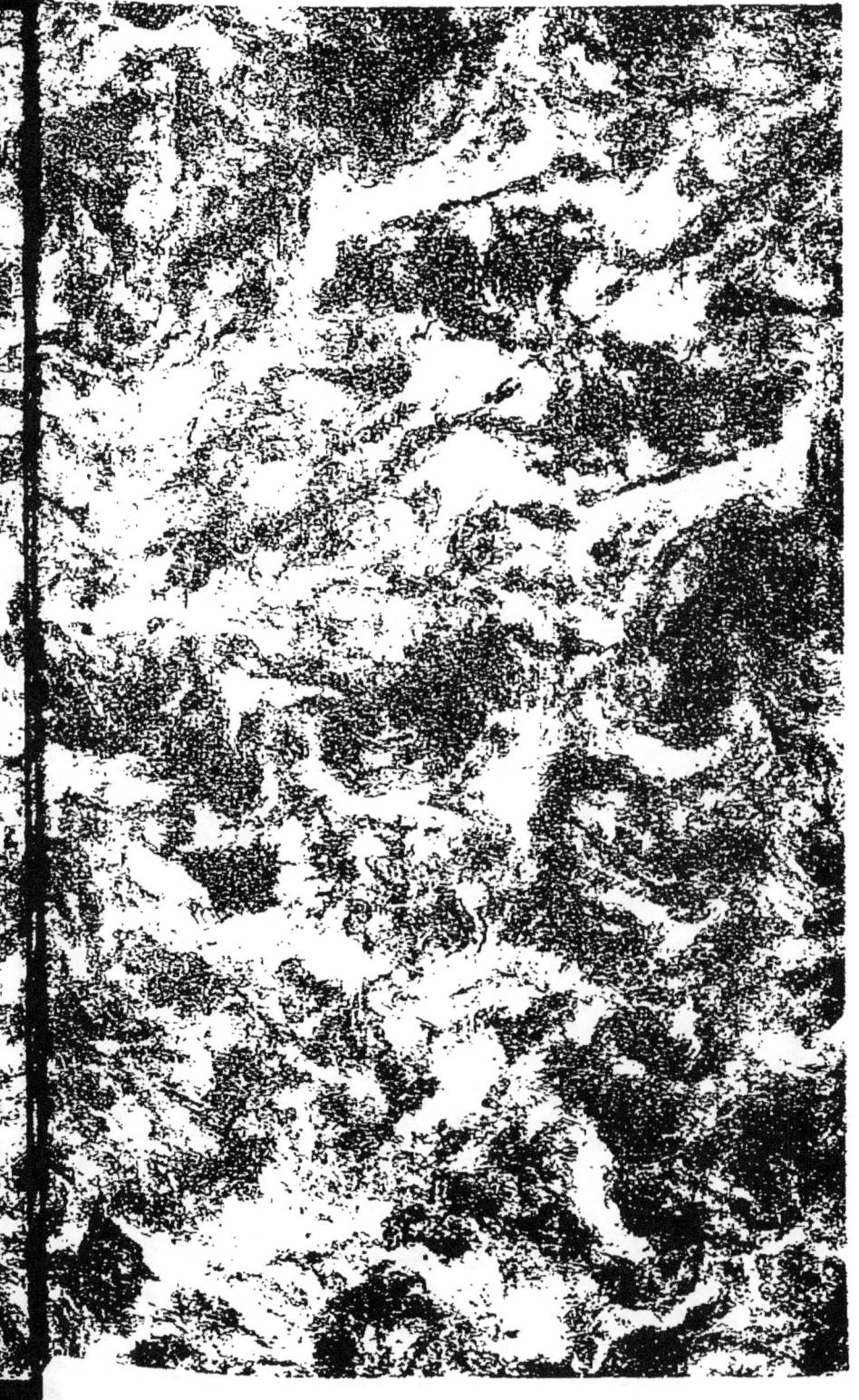

A.GREE 1976

FABLES

NOUVELLES,

PAR

M. VILLIET-MARCILLAT.

MOULINS,

IMPRIMERIE DE P.-A. DESROSIERS.

1851.

FABLES

NOUVELLES.

FABLES

NOUVELLES,

PAR

M. VILLIET-MARCILLAT.

MOULINS,

IMPRIMERIE DE P.-A. DESROSIERS.

—

1851.

MAXIMES

NOUVELLES

A. CHARLES MORALE

MOULINS,

IMPRIMERIE DE P.-A. DESROSIERS

1851.

PRÉFACE.

—

C'est avec la plus grande hésitation, c'est même avec un sentiment pénible d'appréhension que je me suis décidé à donner de la publicité à mes deux premiers Livres de Fables, et à mon petit poème sur la victoire des Français à Isly (Afrique). Avant de prendre une détermination, j'ai dû consulter bon nombre de mes amis sur ce projet, le plus important de ma vie ; et, sur leur avis unanime, j'ai dû enfin me résoudre à le mettre à exécution.

Peut-être en cela fais-je un pas de clerc ; peut-être, et je m'y attends, aurai-je vingt fois, cent fois, mille fois à me repentir de ma témérité ; qu'importe. Le dé en est jeté : il faut que j'en subisse les conséquences ; quelles qu'elles soient. Sur les pressantes et incessantes sollicitations de mes amis, je vais chercher à encourir le blâme peut-être du plus grand nombre de mes concitoyens ; — quelques-uns peut-être aussi m'accorderont-ils de sincères encouragements, en-

couragements qui me décideraient ; sans doute , à
donner, plus tard , de la publicité à mes autres ouvrages , et me dédommageraient amplement des
dédains, des sarcasmes de beaucoup de ceux qui me
liront. J'ai prévu tout cela et je n'ai pas été rebuté.
Le désir d'être agréable à mes amis, à mes concitoyens m'a fait vaincre toutes les incertitudes, toutes
les appréhensions fâcheuses qui, jusque-là , m'a-
vaient fait garder le plus glacial silence sur mes
compositions tant en vers qu'en prose.

La poésie, comme on le sait, n'est pas à la portée
de toutes les intelligences, de toutes les personnes
même qui possèdent les plus grandes connaissances ;
n'est pas poëte qui veut ; cet art n'est accessible qu'à
quelques êtres privilégiés. Je n'entends pas cependant
vous dire, mes chers concitoyens , que je réunis en
moi les connaissances variées que comporte cet art
si difficile ; bien loin de cela , je reconnais toute
l'infériorité de mes talents : au surplus, vous allez
en juger à la lecture de mon livre, et beaucoup plus
encore par les détails dans lesquels je vais entrer sur
l'instruction qui m'a été donnée et sur ma vie.

Je suis né de parents dont la position de famille
n'était rien moins que brillante : mon père et ma
mère étaient aubergistes à Ébreuil, petite ville du
département de l'Allier, sur la Sioule ; mais ils jouis-
saient de mœurs douces et d'une probité bien re-
connue : voici mon plus beau titre de gloire et dont
je m'honore singulièrement. Comme mes parents, et

quoique peu fortuné, je n'ai jamais dévié du sentier que doit toujours suivre l'honnète homme, l'homme de bien, le bon père de famille, le bon patriote.

La famille de mes père et mère se composait de onze enfants ; j'en étais le dixième. J'étais fort jeune quand la mort me priva de mon père qui m'aimait beaucoup. Ma mère a fait tout ce qu'elle a pu faire pour mon instruction qui, malgré ses excellentes intentions à mon égard, fut, on doit bien le comprendre, fort négligée, quand, sans fortune, une femme a à pourvoir, avec le produit de son travail, à la nourriture, à l'entretien, à l'éducation et à l'établissement d'un si grand nombre d'enfants. Malgré cela, je fus mis en pension à Gannat pour suivre les cours de l'école communale de cette époque, cours que j'ai suivis pendant *neuf mois seulement* : voici toute mon instruction classique.

Un monsieur Chauchard, secrétaire de la sous-préfecture de Gannat, qui était également pensionnaire dans la même maison que j'occupais au même titre, ayant reconnu, à l'inspection de mes cahiers d'école, que j'avais de grandes dispositions pour l'écriture, m'appela près de lui, dans son bureau, pour me perfectionner dans cet art qu'il possédait, lui, au suprême degré. Sous cet excellent maître, j'ai acquis une très-belle écriture et j'ai travaillé sous ses ordres pendant plusieurs années à copier. J'écrivais assez correctement et surtout d'une manière très-lisible, mais je ne connaissais nullement les principes de la grammaire française, et même c'est tout au plus si je savais lire correctement ; cependant, voilà où s'est terminée l'instruction qui m'a été donnée.

A ce sujet je dois reproduire ici ce que je disais à M. Lucas Laganne, dans la dédicace que je lui faisais de ma tragédie de *Charlotte Corday,* parce que dans cette épître j'entre dans quelques détails au sujet de mes études ; cela pourra peut-être intéresser mes lecteurs. — Je transcris toute l'épître.

A M. LUCAS LAGANNE,

JUGE AU TRIBUNAL DE CLERMONT-FERRAND.

Permettez-moi de vous offrir
Les rimes, produit de mes veilles.
Si vous daignez les parcourir,
Vous pourrez dire, sans mentir,
Qüe ce ne sont pas des merveilles,
Et vous aurez raison, ma foi !
Je ne les donne pas pour telles.
Que peut-on attendre de moi,
De mes muses toujours rebelles ?
Oh ! rien de bon, croyez-le bien.

Mais, pourtant, je crois vous entendre,
Ou, du moins, est-il bien certain
Que je crois assez bien comprendre
La surprise et l'étonnement

Que va vous causer ma Charlotte.
Quoi ! direz-vous à chaque instant
En parcourant mon œuvre sotte,
Aurait-on jamais pu penser
Qu'un homme si froid, si timide,
Eût eu l'esprit de composer ?
Sans doute que quelqu'un le guide;
Car sans la moindre instruction,
Sans but et sans intention,
Que peut on faire ! Rien qui vaille.
En vain on se tue, on rimaille,
Et le pauvre diable d'auteur
Reste dans l'oubli qui l'accable.

Mais cependant on a cité
Comme une chose remarquable
(Je ne sais dans quelle cité),
Qu'un menuisier devint poète;
Mais de ces poètes chéris,
Auxquels les grands font toujours fête,
Que suivent les jeux et les ris :
C'était cas extraordinaire,
Qu'un poète fût menuisier !
Mais de nos jours le tapissier
Ne reste plus dans son ornière.
Grâce à Guttemberg, le maçon,
Le boulanger, touchant la lyre,
Savent invoquer Apollon,
Et font si bien qu'on les admire.
Si donc l'humble profession
N'ôte point accès au mérite,

Pourquoi repousser de mon cœur
Le beau sentiment qui l'agite,
La volonté, la noble ardeur
Qui savent franchir tout obstacle ?
Oh ! daignez le croire, Monsieur,
Cette volonté fut l'oracle
Dont j'écoutai la douce voix :
C'est elle qui régla mon choix ;
C'est cette voix forte et puissante
Qui m'a fait vaincre l'âpreté,
La difficulté repoussante
Et le dégoût tant redouté
Qu'offre toujours la poésie,
Dès que, par une instruction
Forte, recherchée et choisie,
On n'a pu se rendre Apollon,
Moins revêche, moins intraitable.
Cette volonté me permet,
Sans l'instruction désirable,
De pouvoir vous dire en secret,
En rimes maussades, étiques :
Tel qu'il est, daignez recevoir
Le second de mes fils tragiques.
Vous l'adresser m'est un devoir
Dicté par la reconnaissance.
J'eusse été beaucoup plus heureux
Si, dirigé par la science,
Et versifiant sous ses yeux,
J'eusse composé ma Charlotte,
Que j'aime dans le fond du cœur,
Sans doute, elle eût été moins sotte
Et plus digne d'un bienfaiteur.

Vous m'accorderez, je le pense,
Pour prix de mes constants efforts,
Votre bienveillante indulgence ;
Quand vous saurez que ces accords
De ma lyre faible et timide,
De ma muse humble et sans éclat,
Sont le modeste résultat
De la volonté qui me guide
Sans le grand appui des talents.
A cette volonté, je sens
Que l'art chez moi n'est point manie :
C'est un feu sacré qui nourrit
Les doux élans de mon esprit
Et ressemble presqu'au génie,
Auquel il ne manquerait plus
Que plus de temps pour se produire.
Du temps ! Ah ! faut-il le dire !
Tous mes chers instants sont perdus
Dans l'âpreté, la minutie
De la triste bureaucratie
Qui, comme quelqu'un l'a bien dit,
Est l'éteignoir de la science ;
Et ce n'est que pendant la nuit
Que sous mon humble toit j'encense
Ma muse, ma divinité ;
Aussi l'on s'aperçoit, je pense,
Avec quelle rapidité (1)

---

(1) Ma tragédie de Charlotte Corday a été commencée le
27 novembre 1845, elle a été achevée le 18 décembre suivant,
encore n'y ai-je travaillé que pendant les soirées depuis six
jusqu'à dix ou onze heures.

La quinteuse arrange mes rimes !
Oui, du temps. Oh ! si j'en avais,
J'étudierais, je polirais
Mes vers défectueux, infirmes ;
Avec des soins, j'arriverais
Peut-être à les rendre lisibles,
Plus corrects, beaucoup moins horribles.
Mais !... Qu'il est terrible, ce mais !
Il pétrifie ! et je le sais.
Si pourtant, quoiqu'elle radotte,
Quoiqu'étourdie et sans raison,
Vous pouviez trouver en Charlotte,
Parmi ses grands défauts, du bon,
Je permettrais à Scipion (1)
Qu'il allât vous rendre visite ;
Veuillez, Monsieur, m'en dire un mot,
Scipion partirait bientôt,
Disons mieux, partirait de suite.

Je continuai à demeurer quelques années de plus à Gannat. Je pourvoyais aux frais de ma pension et de mon modeste entretien au moyen du produit des leçons d'écriture que je donnais en ville, et plus particulièrement au pensionnat de jeunes demoiselles tenu par Mademoiselle Béchonnet, ancienne religieuse, et que dirigeait son frère, M. l'abbé Béchonnet, vieillard rempli d'instruction.

(1) Ma première tragédie, qui ne m'a coûté que dix-huit soirées, aussi de six à dix ou onze heures.

Ne recevant aucun traitement à la Sous-Préfecture,
je cessai d'y aller travailler.

A cette époque, et pour remplir mes instants, j'ai
suivi, mais pendant peu de temps, un cours de latinité, ouvert par M. l'abbé Torterat, cours que j'ai
cessé de fréquenter à cause de l'antipathie que j'avais
pour apprendre par cœur, non pas que l'intelligence
et la mémoire me manquassent, mais parce que je
ne pouvais me livrer à une occupation de ce genre :
mon imagination était trop vive, trop remuante,
pour la tenir ainsi enchaînée.

Étant né, je le crois, pour les arts, je me livrai à
la musique où je n'ai pas fait de grands progrès. Il
n'en est pas ainsi du dessin et de la peinture à l'huile,
dans lesquels, sans avoir eu de maîtres, toutefois en
ce qui concerne la peinture, j'avais acquis une force
si remarquable, que M. de Sartiges, alors sous-préfet
de Gannat, m'avait obtenu une place à Paris dans une
école ou un atelier dont je ne me rappelle plus le
nom aujourd'hui. Mais le travail d'imagination, beaucoup plus que le travail manuel, m'avait tellement
exténué, et ma santé était dans un si pitoyable état,
que ma mère ne voulut jamais consentir à me laisser
partir pour Paris. En dépit de ce non consentement, je
jetai au feu pinceaux, tableaux, dessins, pincettière,
palette, et depuis cette époque je n'ai plus voulu toucher ni crayons, ni pinceaux. Ainsi, mes travaux
rudes et pénibles d'une bonne partie de mes belles
années ont été pour moi sans aucun résultat.

Plus libre alors de mes instants, et ma nature active et passionnée pour tout ce qui tenait aux arts, ne me permettant pas de demeurer dans l'oisiveté, je me livrai simultanément, avec une activité peut-être phénoménale, à l'étude de la poésie et de la médecine. J'arrivai à Paris avec de puissantes recommandations pour apprendre le dernier de ces arts que j'aimais, que j'étudiais avec passion et un goût très-prononcé, dans lequel, je crois, je me serais fait remarquer, en raison de ma puissante volonté qui ne reculait pas devant les plus grands obstacles. Mais un jour, jour pour moi bien terrible! mon protecteur, je dirai plus, mon ami, M. Barbier, médecin en chef de l'hôpital militaire du Val-de-Grâce, m'adressa quelques mots latins : il eût autant valu qu'il m'eût parlé grec ou hébreux! Je ne pus lui répondre ni en latin que je ne connaissais pas, ni en français, parce que ces quelques mots latins m'avaient anéanti, m'avaient pour ainsi dire pétrifié. Ce brave et respectable homme ayant compris mon silence, me prit à l'écart; et, après quelques observations tant soit peu rassurantes, me dit : « Mon cher monsieur Villiet,
« vous êtes encore jeune, je vous conseille d'appren-
« dre le latin; avec votre rare intelligence, cette
« étude ne peut pas être de longue durée, sinon vous
« ne pourrez faire qu'un simple officier de santé. »

Je ne sais pourquoi je trouvai de l'objection, du repoussant dans ces mots : *officier de santé;* et déjà, selon moi, trop âgé (19 ans) pour me livrer à l'étude de la latinité que je n'ai jamais aimée, je dis adieu, en pleurant, à mon excellent protecteur, qui fut attendri aussi lui, et je quittai Paris après l'avoir habité pendant cinq mois, autant que ma mémoire peut me le rappeler.

Encore bien du travail et bien des instants employés en pure perte pour mon avenir.

Rentré dans mes foyers, je me livrai sérieusement à l'étude de la Grammaire française, et je n'avais que ma ferme volonté pour maître : aussi mes progrès furent-ils lents et très-imparfaits Cette étude et celle de la poésie m'occupèrent exclusivement jusques à l'époque de mon mariage, qui eut lieu quelques mois seulement après avoir satisfait à la loi sur le recrutement de l'armée.

Époux, j'avais besoin de réfléchir mûrement sur les circonstances présentes et sur les conséquences de l'avenir, et je réfléchis sagement, quoique fort jeune encore (20 ans). Ma fortune était peu de chose ; je pensai qu'il me fallait une occupation, quelle que peu lucrative qu'elle fût. En attendant mieux, j'ouvris une école primaire privée, dans ma ville natale à Ébreuil. Avec mes mœurs douces et mon amour pour le travail, mes élèves furent bientôt assez nombreux pour remplir tous mes instants ; la rétribution qu'ils me payaient mensuellement était suffisante pour faire face aux exigences de mon petit ménage A trois ou quatre ans de là, mon beau-père qui était huissier à Ébreuil, vint à décéder. Sur les pressantes sollicitations de toute ma famille, je me fis recevoir à sa place, charge que j'ai exercée pendant dix ans environ, non comme huissier, mais en homme excessivement sensible : aussi, je puis le dire, j'étais très-aimé et je jouissais d'une excellente considération. Mais ayant éprouvé un accident qui m'empêchait et de marcher et de me tenir à cheval (la rupture du tendon d'achille de la jambe gauche), le territoire du canton d'Ébreuil est tellement montueux et haché, les chemins, à cette époque, étaient en si mauvais état, qu'il m'était de toute impossibilité de faire mes voyages en voiture. J'étais sur le point de renoncer à mes fonctions, lorsqu'un de mes amis vint me proposer de me céder sa place (secrétaire de la sous-préfecture de l'arrondissement de Gannat). Je ne fis aucune difficulté pour accepter cette offre bienveillante, malgré tous les regrets que j'éprouvais à m'éloigner des délicieux rivages de la Sioule qui m'avaient procuré de si douces inspirations, et où j'avais passé les plus belles années de ma vie.

Les fonctions de secrétaire de la sous-préfecture de Gannat que j'exerce depuis vingt-cinq ans, sans interruption, avec un zèle toujours soutenu et avec cet amour du travail qui n'a jamais varié, seront sans doute les dernières fonctions qu'il me sera permis de remplir : mon âge déjà avancé (57 ans), le travail qui a détruit ma santé, des douleurs rhumatismales qui me rongent presque continuellement, m'annoncent qu'il faudra bientôt me résoudre, quoi-

que à regret, à céder la place à un autre. Voilà toute
la vie du poète de la Sioulé.

Je prie mes lecteurs de vouloir bien me pardonner
si je suis entré dans ces détails, sinon puérils, du
moins très-inutiles pour eux. Toutefois, j'ai cru devoir les aborder pour leur démontrer, et surtout à la
jeune génération qui grandit sous mes yeux, ce qu'une
volonté forte peut faire, même sans le puissant et
inappréciable secours de l'instruction collégiale; c'est
un exemple qu'il est toujours avantageux de faire entrevoir aux jeunes gens, et c'est peut-être en cela
seul que je pourrais mériter la bienveillante attention,
l'estime de mes compatriotes et un regard non moins
favorable de la postérité. Ce n'est pas que je veuille
dire que mes compositions soient sans imperfections
et doivent être admirées : l'amour-propre d'auteur
ne m'aveugle pas jusques à ce point. On trouvera
sans doute que ma vive imagination et une volonté
sans bornes seules ont fait tous les frais de mes ouvrages; à ce titre aussi je dois attendre, au moins de
mes concitoyens, une forte dose d'indulgence; je la
sollicite dans toute la sincérité de mon cœur, et je
dois espérer qu'elle ne me fera pas défaut : j'en ai
besoin sous tous les rapports.

Quant à la critique, je ne l'appréhende en aucune
manière; je me suis aguerri à l'avance contre les
coups terrifiants de ses traits envenimés. Que peut-
elle dire? Ce que j'avoue franchement moi-même
dès aujourd'hui? Des irrégularités sans nombre dans

2

mes vers, beaucoup de fautes de français, — des expressions mal rendues, des rimes défectueuses, des phrases ambigues, que sais-je encore? Je conviens de bonne foi de tout cela. Ainsi, messieurs les critiques, laissez en repos vos plumes dont vous savez tirer de si terribles diatribes. Si, par hasard, vous descendez jusques à attaquer mes pauvres œuvres, je dirai : je paye ma dette, c'est une conséquence de toute muse qui ose braver le grand jour, le jour de la publicité. Qu'importe, je vous applaudirai en tous vos sarcasmes ; je profiterai des leçons que vous voudrez bien me donner ; je me corrigerai d'après vos savantes indications. Vous ne trouverez point en moi un auteur pétri d'amour-propre, colère, emporté ; je serai soumis. Je méditerai, j'apprécierai vos lumineuses remontrances, et j'espère, guidé par vos savants conseils, que je ferai mieux plus tard.

Peut-être trouverez-vous que, dans mes Fables, je n'ai pas observé le laconisme qui convient, dit-on, si essentiellement à ce genre de poème? A cela je pourrai vous répondre que je n'ai fait que suivre l'impulsion qui a été donnée par mes devanciers.

En effet les Fables d'Ésope et plus particulièrement encore celles de Phèdre, sont renfermées dans des cadres très-restreints ; il n'y a rien de trop, il y a tout ce qui constitue cette sorte de poème ; mais peut-être a-t-on trouvé plus tard que ce laconisme donnait de la sécheresse, de la dureté même à l'apologue, et qu'il en détruisait le plus souvent l'agrément, la délicatesse, la naïveté, le naturel et peut-être aussi la simplicité qui en font les vraies bases et qui, sous tous les rapports, sont essentiellement de sa nature.

Lafontaine, ce maitre si parfait, dans quelques-unes de ses fables s'est un peu écarté de cette sévérité laconique, et cependant ses plus longues fables, à mon sens, sont les meilleures ; ce sont des scènes parfaitement encadrées ; ce sont des petits poëmes remplis de la plus naïve simplicité et des plus riches expressions poétiques en même temps ; les a-t-on rayées de son livre immortel parce qu'elles avaient vingt ou vingt-cinq vers qui dépassaient les bornes imposées ? Et par qui, s'il vous plaît, ces bornes ont-elles été imposées ? Je l'ignore. Mais ces fables, quoiqu'un peu longues, font l'admiration de toute personne qui sait lire et qui comprend, tant soit peu, le beau côté de la poésie ; les images belles et ce véritable talent poétique que, depuis lui, nul n'a pu atteindre, et que l'on ne trouve qu'en lui.

Lamotte et Florian surtout, ont suivi l'impulsion donnée par le grand génie, et leurs fables n'en sont pas moins admirées, quoique très-inférieures à celles de Lafontaine. — Aubert est plus circonspect, plus observateur des règles établies, plus concis, plus serré ; mais on y retrouve quelques-uns des défauts que je viens de signaler : de la raideur, de la sécheresse, de l'âpreté même, qui découlent, suivant moi, de ce laconisme qui, pourtant, est sévèrement proscrit, afin qu'une fable, alors qu'elle renferme les au-

tres exigences de ce petit poème, puisse être considérée comme une œuvre accomplie et régulière dans
toutes ses parties.

Dès-lors, si les grands génies dont je viens de
parler, et dont la France s'honore, se sont graduelle-
ment écartés de la rigidité et de l'obligation du laconisme dans la fable, j'ai dû tout naturellement suivre
l'élan déjà donné par ces hommes illustres, et je ne
crois pas l'avoir dépassé de beaucoup; le lecteur en
jugera : je m'en rapporte entièrement à lui.

Quoi qu'il en soit, je reconnais que c'est un défaut,
malgré les autorités que je viens de citer : je m'en
confesse à messieurs les critiques et leur en demande
bien sincèrement pardon ; ils conviendront, je dois
l'espérer, que je suis de bonne foi en tout, puisque
je conviens franchement de toutes les imperfections
de mon ouvrage : je fais plus que d'en convenir, je
les leur signale avec bonhomie ; que pourront-ils
dire de plus contre mon livre ? je l'ignore ; dans tous
les cas, s'ils trouvent que j'en vaille la peine, je les
prie de vouloir bien m'éclairer de leurs avis, et je leur
promets, sur l'honneur, de m'y conformer stricte-
ment dans mes publications futures, car je crois
bien que je ne m'en tiendrai pas à celle-ci ; le bienveillant accueil qu'elle a reçu de mes compatriotes
est un si puissant encouragement pour moi que je
promets de le mettre à profit, si Dieu ne borne pas
trop promptement mon existence. Cet accueil flatteur
m'honore trop pour ne pas comprendre toute l'éten-

due, toutes les exigences du devoir qu'il m'impose, et mon intention est bien arrêtée de le remplir le plus complètement qu'il me sera possible.

Mes compositions poétiques sont assez nombreuses, mais elles sont encore très-imparfaites ; elles ont besoin d'être soigneusement retouchées ; malgré cela, quelques-unes d'elles, sur l'invitation qui m'en fut faite par l'excellent M. de Vesins, alors sous-préfet de l'arrondissement de Gannat, ont été communiquées à un savant de la capitale, auteur lui-même très-distingué, qui, après les avoir lues, me félicita beaucoup sur mon intelligence et sur ma rare facilité. Non content de ces félicitations verbales, il m'a adressé de Paris, une épître, en vers très-flatteuse pour moi, et m'engageait de la manière la plus pressante à ne pas abandonner une carrière pour laquelle, me disait-il, j'étais né, et dans laquelle nécessairement je devais, un jour, me faire remarquer.

Je prie le lecteur de me permettre de reproduire ici la réponse que je fis à cette épître, parce qu'elle indique les divers genres de poésie auxquels je me suis livré, et pourra lui donner une juste idée des efforts que j'ai dû faire pour m'entourer des connaissances spéciales à chacun de ces genres Les difficultés, pour moi, étaient sans nombre, d'autant plus, comme je l'ai dit plus haut, que je n'ai reçu aucune instruction collégiale ; j'ai fait mon possible pour vaincre ces difficultés ; j'ai fait plus, j'ai créé un genre de poésie, le *Sonnacros*, sans pouvoir assurer, toutefois, que ce genre mérite d'être adopté.

Voici ma réponse à M. du Camp :

ÉPITRE A M. DU CAMP.

Salut ! ô noble ami des arts !
A toi, dont l'âme douce, honnête,
Tourne de rassurants regards
Sur l'humble réduit du poète ;
A toi, qui crus trouver en moi
Quelques légères étincelles,
Quelques marques, dis-tu, réelles
De cet art dont tu suis la loi ;
A toi, dont les doctes paroles
Caressent doucement mon cœur ;
Enfin, à toi qui me consoles
Dans mon abandon, mon malheur,
        Salut ! salut encore !

Avec amour j'ai lu tes vers !
        Ah ! ce dieu que j'adore,
Cet antique dieu que je sers
N'a donc point déserté la France,
        Puisqu'il respire en toi !
L'éclair de la douce espérance
        A rassuré ma foi ;
        Je commence à comprendre
        Que tout n'est pas perdu ;
        D'après ce que j'ai lu,

On doit bientôt s'attendre
A voir s'anéantir
Ces myrmidons, ces mimes,
Qu'on nous peints si sublimes,
    Qui, sans mentir,
Etaient peu faits pour faire époque.
Qu'importe ? ils ont eu leur saison ;
Mais aussi la pauvre raison,
Conviens-en, battait la breloque.
Un art venant je ne sais d'où,

Sans raisons, sans règles aucunes,
Ehonté, libertin, très fou,
Par ses scènes fades, communes,
A fasciné tous les esprits ;
Si bien qu'aujourd'hui tout Paris,
Jusques aux plus petites villes,
Tout est étranger au bon goût :
Le vieil Homère est un rapsode
Mauvais de l'un à l'autre bout ;
Et Virgile n'est plus de mode ;
Voltaire n'est plus du bon ton ;
Contre Molière on se mutine,
Et l'on abandonne Racine
Pour courir au sot feuilleton.
    Le bon goût a gémi,
    Et les mœurs ont frémi
A la marche lascive et prompte,
    Aux excès, à la honte
De l'art dépravé de nos jours,
Dont s'épouvantent tes amours :
Mais ton épître me rassure
Contre une telle flétrissure ;

Je m'en réjouis pour les mœurs.
Homère, cet immortel Homère,
Tu l'as vu, brillant de lumière,
Te proclamant d'augustes vérités.
    Je t'en crois sur parole,
Car c'est à son illustre école
Que tu puisas tant de clartés.
Le génie, aux âmes bien nées
    Se montre en tout son jour;
    C'est un instinct d'amour
Qui sait embellir nos années
Et suit toujours la trace de nos pas.

Mais ce que je ne comprends pas,
C'est ce bel espoir qui découle
    Avec force et bonheur
    De ta bouche, en faveur
Du poète de la Sioule,
Quand le dégoût t'anéantit.
Je sais tout ce que tu m'as dit,
    Dans l'occurrence,
Mais je sais ce que j'en pense;
Car pour moi l'immortalité,
Cette estimable déité,
N'est plus qu'un insipide leurre
    Qu'un échec, qu'un revers;
Je l'ai bien compris tout à l'heure
    En lisant tes beaux vers;
Et malgré le dieu que je sers,
Cette immortalité m'échappe,
De son caducée elle frappe
    Mon Pégase engourdi
    Par les glaces de l'âge

Et par l'infortune attiédi ;
   Je comprends qu'il est sage
   D'en rester où j'en suis.

Quoique mes œuvres soient sans nombre,
Aujourd'hui je suis tout surpris,
De n'avoir embrassé qu'une ombre.
J'ai fait des sonnets, des rondeaux,
Des satires, des comédies,
Des épîtres, des madrigaux,
Des sonnacros, des tragédies,
   Des fables à foison,
Des odes et des élégies,
   Maintenant la raison,
   Avec son accent tendre,
   M'a fait comprendre
Que j'avais besoin de repos ;
Mais, cependant, je crois encore
   Ressentir de nouveaux
   Elans que j'adore,
   Toujours vifs, toujours beaux,
Comme dans mes jeunes années
Si douces et si fortunées.
Mais mon épouse, mes enfants,
Qu'en secret j'adore peut-être,
Mais l'infortune, mais le temps,
Ce temps dont je ne suis pas maître,
   M'ont enfin fait connaître
Que mes travaux sont impuissants.
Mes grands projets s'évanouissent,
Ainsi que mes vastes désirs,
   Et, ne rimant plus, mes plaisirs

S'éclipsent et s'anéantissent.
     Abreuvé de dégoûts,
     J'ai suspendu ma lyre,
Dont les accords m'étaient si doux ;
Et cependant, je dois le dire,
J'avais conçu de grands projets !
Mais !... mais !... mais !... il est tant de mais
Si terrifiants et qui glacent
Mon pauvre Pégase aux abois,
Que par ces mais nombreux s'effacent
Les sentiers enchanteurs des bois
     Du Pinde et du Parnasse.
      Adieu ! coteaux fleuris !
      Adieu ! sentiers chéris
Que fréquentaient jadis Horace,
Homère, Racine, Boileau,
Corneille, le Tasse, Rousseau !
Adieu ! séduisante fontaine,
Source divine d'hypocrène,
Je ne boirai plus de ton eau :
     Je la crois corrompue !
La muse du savant Gilbert,
De Malfilâtre en fut repue.
O ciel ! que n'ont-ils pas souffert,
Ces deux grands martyrs du génie !
Je crains pour moi leur agonie ;
     Je crains, avec raison,
L'effet d'un si subtil poison.
Adieu !... Mais est-ce pour la vie ?...

D'après cet exposé, le lecteur se fera une juste idée

de mes travaux incessants, de mes veilles, de mes déceptions souvent renouvelées, de mes pénibles efforts pour atteindre le degré des connaissances qui m'étaient nécessaires pour franchir tous les obstacles qu'une instruction plus soignée eût, sans aucun doute, rendus plus abordables et surtout beaucoup plus faciles à vaincre. C'est pour cette raison peut-être aussi, que je dois mériter une forte dose d'indulgence de la part de mes lecteurs, en raison des irrégularités que l'on pourra remarquer dans ma publication, et je la sollicite avec les plus vives instances, bien persuadé qu'elle ne me sera pas refusée.

J'ai lu quelque part et je prends la liberté de le reproduire ici, qu'une naïveté piquante dans le récit et dans le style, une délicatesse singulière dans les réflexions, une gaîté philosophique dans la morale, un choix exquis dans les images, une façon de narrer toujours variée et toujours attachante, une facilité étonnante et non étudiée à répandre les trésors de la poésie sans paraître y songer, un air de bonne foi, une simplicité naturelle, mille grâces ingénues et entraînantes quand il s'agit d'exprimer le sentiment, enfin un nombre prodigieux de maximes sages et morales, neuves, profondes et intéressantes (tel est le but que je me suis proposé d'atteindre dans cet ouvrage : je laisse au lecteur à juger si je m'en suis beaucoup écarté), telles sont les qualités heureuses qui ont fait goûter en France et à l'Étranger l'apologue manié par l'immortel Lafontaine.

Si la finesse des allégories de Lamotte, nous dit-on, se fût montrée parée de tant de grâces, il l'aurait indubitablement emporté sur son prédécesseur, parce que celui-ci s'était contenté d'embellir les inventions des autres, que les Français paraissent surtout faire un cas singulier des auteurs qui leur offrent d'eux-mêmes d'ingénieuses fictions ; mais Lamotte, disent les critiques, n'avait de facilité que pour inventer ; il n'était heureux ni dans les images, ni dans les expressions, ni dans le sentiment. Il était philosophe ; mais il n'avait pas cette tournure d'esprit, cette ingénuité qu'il faut pour joindre convenablement la morale à la philosophie ; il n'avait qu'un rire forcé, et pour me servir de l'expression singulière d'un homme de goût : *il voulait rire comme la Fontaine, mais il n'avait pas la bouche faite comme la sienne, et il faisait la grimace.*

C'est un piége dans lequel donnent ordinairement les personnes qui travaillent dans un genre qu'un autre a porté à sa perfection avant elles, que de n'oser s'écarter de la route qui a été suivie par ce premier inventeur. Occupées à saisir en tout sa manière, elles se bornent à être ses copistes, et souvent elles ne font rien comme il faut, par l'envie qu'elles ont de faire comme lui. C'est le public après tout qui leur dresse ce piége en adoptant pour modèle unique, dans un genre quel qu'il soit, la production qui se montre avec le plus d'éclat, et en se faisant, dès lors, une espèce de loi de mépriser toutes celles

qui , par la suite , ne seront pas formées sur ce modèle. Cette admiration excessive pour les premiers
chefs-d'œuvre qui paraissent dans un genre, a nui
de tout temps au progrès des arts, et leur nuirait
toujours , sans contredit , s'il ne se trouvait des
génies assez heureux et assez courageux pour se
raidir contre une prévention si folle , en s'écartant
des routes déjà frayées , au risque d'échouer dans
celles qu'ils veulent suivre , persuadés qu'il leur
sera toujours glorieux d'avoir essayé d'en tracer de
nouvelles.

Les poèmes d'Homère et de Virgile , de Milton et
du Tasse , sont également admirés quoiqu'ils ne se
ressemblent guère dans leurs diverses parties. Bossuet et Fléchier , Bourdaloue et Massillon , Laroche-
foucault et Labruyère , en composant des ouvrages
essentiellement du même genre , sont cependant
arrivés à la perfection en suivant des chemins contraires.

Bien persuadé de la vérité des observations qui
précédent , je n'ai pas craint d'aborder l'apologue
malgré toutes les déceptions qu'il semblait me promettre ; je n'ai pas hésité surtout à suivre une route
un peu différente de celle tracée par mes savants
devanciers , et dans laquelle beaucoup de poètes se
sont égarés en cherchant à imiter trop servilement
les grands hommes qui ont écrit dans ce genre. J'ai
respecté , autant qu'il a été en moi de le faire , les
vrais caractères de la fable : la simplicité, les senti-

3

ments moraux, la naïveté, la délicatesse dans les
réflexions, la gaîté philosophique et toutes les grâces ingénues et attachantes, dans les maximes sages, profondes et intéressantes que j'ai employées;
mais je me suis un peu écarté, ainsi que je l'ai dit
plus haut, des bornes prescrites pour la régularité
de ce petit poème. Je ne puis prévoir si cette innovation sera approuvée de mes lecteurs. Toujours est-
il que j'ai fait tout mon possible pour ne pas trop
dévier de la route frayée, et je dois penser que mes
concitoyens ne me feront pas un grand crime de cette
innovation qui, au surplus, n'est pas très-exhorbi-
tante, et qu'ils ne verront en cela que la bonne intention que j'avais de donner à mes tableaux une importance, un complément qui fissent de chacun
d'eux un cadre régulier et achevé dans toutes ses
parties, que détruit quelquefois le laconisme de nos
anciens fabulistes qui, comme je l'ai déjà dit, produit le plus souvent de la raideur et de la sécheresse,
défauts, à mon sens, qui doivent être bannis des
compositions de ce genre, qui ne doivent respirer
que la gaîté philosophique et une morale douce. En
raison de mes excellentes intentions, je me plais à
croire que le lecteur me pardonnera cette faible innovation, si toutefois pourtant il pense qu'elle soit contraire à la nature de l'apologue.

　　J'ai la satisfaction de publier ici, et mes lecteurs
ont dû s'en convaincre, que dans aucun des portraits
que j'ai peints, aucune des expressions employées,

aucune pensée, aucun mot, ne sont de nature à faire
baisser les yeux à la pudique innocence, à blesser la
morale et la religion. On ne me reprochera pas, du
moins je le crois sincèrement, d'inspirer l'égoïsme
dans mes fables. Si j'ai peint d'après nature quelques
égoïstes, j'ai toujours fait en sorte qu'ils fussent
sévèrement punis de ce déshonorant défaut, ce que
nos anciens fabulistes n'ont pas fait, sans en excepter
même l'immortel Lafontaine. En cela, je crois avoir
introduit dans la fable un point assez important pour
en faire une des principales beautés, et qui me semble être essentiellement de son essence, puisque la
fable, avec le secours de la fiction, peint les défauts
des hommes, afin de les amener à de meilleurs sentiments : voici l'unique but que je me suis proposé ;
je serais heureux si je pouvais l'atteindre un jour !

Je m'humilie devant les grands fabulistes mes
devanciers. Après eux, je n'ai pu que glâner, tant les
vastes domaines de la nature avaient été bien mois-
sonnés par eux ; je n'ai rencontré que des épis maigres
et desséchés. Pour donner à mes tableaux un certain
air de nouveauté et tant soit peu de cette physionomie
moderne, souriante, qui plaît, malgré quelques défauts apparents, j'ai dû me frayer, pour ainsi dire,
une nouvelle voie, à mes risques et périls. Qu'en
peut-il résulter ? Que mon ouvrage tombera, parce
qu'on est assez disposé à repousser toute innovation ;
j'en supporterai courageusement le désagrément, qui
m'est personnel. J'aime à croire, pourtant, que quel-

ques personnes indulgentes apprécieront à leur juste
valeur les efforts que j'ai faits pour atteindre le but
que je m'étais proposé ; leur approbation serait pour
moi une bien grande satisfaction, et je pourrais dire,
avec une certaine jouissance, que la lice dans laquelle
je suis entré n'était point impraticable, puisque j'ai
trouvé quelques approbateurs. J'aurais ouvert une
carrière qui, plus tard, sans doute, pourrait être
suivie avantageusement par des hommes plus éclai-
rés que moi ; cela me consolerait, car il est encore
quelques plaisirs à savourer, lors même qu'on n'a
pas entièrement réussi dans une entreprise. Quand
une innovation qui émane de nous est tant soit peu
goûtée, cela nous fait du bien et nous confirme dans
l'idée qu'avec du travail et une ferme volonté, l'esprit
humain peut arriver à créer quelques conceptions
qui peuvent être utiles aux hommes.

Dans cet espoir, qui caresse agréablement mon
cœur, je prends ici l'engagement d'employer active-
ment tous les instants que la bureaucratie me laissera
de libres, à retoucher, à corriger avec le plus grand
soin les ouvrages les plus importants que j'ai com-
posés, et lorsque je verrai qu'ils seront tant soit peu
dignes de voir le jour, je me ferai un bien sensible
plaisir de leur donner de la publicité ; ce sera un
témoignage de gratitude publique que je rendrai à
mes concitoyens, de l'empressement qu'ils ont mis à
accueillir favorablement ma première publication,
dont je leur conserverai une bien vive reconnaissance ;

ce sera, en même temps, pour ceux qui ont gardé un glacial silence sur la première publication de l'auteur, un objet de repentir du peu d'empressement qu'ils ont mis à encourager un modeste talent qui n'avait besoin que du concours bienveillant de ses concitoyens, pour donner à son imagination assez active tous les développements dont elle était susceptible ; et il leur en aurait coûté si peu pour imprimer à cette imagination créatrice et puissante, l'impulsion qu'elle attendait d'eux avec une entière confiance !

Je dois aussi prévenir mes lecteurs, que si, contre mon attente, mon ouvrage arrivait à une seconde édition, je l'augmenterais de deux, peut-être de trois autres livres de fables. Je m'occupe, en ce moment, à réunir, à cet effet, les matériaux qui me sont nécessaires, et je crois pouvoir donner l'assurance que je m'y livrerai avec toute l'activité dont je suis capable. Je me plais à ce genre de composition, et je dirai comme Lafontaine : les longs ouvrages me font peur ; ou, pour mieux dire, je me trouve dans l'impossibilité d'en entreprendre, en raison du temps qui me manque.

Je serais heureux si les résultats de mes travaux, quelquefois favorables, le plus souvent pénibles et lents, pouvaient plaire à mes lecteurs : c'est là le but unique de mes soins assidus, de mon travail rude et opiniâtre.

Je dirai, en terminant cette préface déjà trop longue, que j'attends de mes compatriotes le même accueil bienveillant pour mes futures publications, si toutefois ils manifestaient le désir de connaître mes autres ouvrages, qui sont déjà assez volumineux, qui s'accroissent journellement, et témoignent bien puissamment du désir que j'ai toujours manifesté pour le progrès des arts en province; je me mets à leur disposition : ils n'ont qu'à parler, je suis tout à eux.

Si Reboul de Nismes, si maître Adam de Nevers se sont attirés la bienveillante attention de leurs concitoyens, du monde littéraire, n'aurais-je pas le droit de réclamer la même faveur de mes compatriotes? Reboul et maître Adam étaient des ouvriers dont le génie essentiellement poétique, sans le grand et puissant secours de l'instruction collégiale, est parvenu à inscrire ces deux noms célèbres, sinon au temple de Mémoire, du moins dans l'esprit de tous ceux qui savent apprécier les efforts d'une imagination forte et créatrice qui, seule, leur a fait franchir les bornes assignées à l'esprit humain sans être secondés du fécond concours de l'instruction.

Comme ces deux grands génies, et peut-être plus qu'eux, j'aurais droit au bienveillant intérêt de mes compatriotes; mon instruction a été négligée peut-être plus que la leur; peut-être plus que les leurs mes compositions sont nombreuses et importantes; peut-être plus qu'eux aussi, je mérite quelqu'attention par l'extrême facilité de mon imagination souple et féconde, qui a dû se courber aux exigences, aux

difficultés de presque tous les genres de poésie ; et
cela a eu lieu avec une promptitude vraiment extraordinaire, avec le peu de temps que la bureaucratie
me laisse de libre ; car, ce n'est que dans mes veil-
lées, particulièrement l'hiver, entouré de mes enfants
et à la lueur du même flambeau qui éclaire les travaux des membres de ma famille, travaux qui doivent
naturellement m'apporter des distractions sans nombre, que je me livre à mes compositions littéraires et
poétiques ; aussi mes ouvrages doivent indubitablement se ressentir des conversations auxquelles je
prends le plus souvent part. A ce titre, je dois encore
m'attendre à l'indulgence de mes lecteurs, qui re-
connaîtront, sans nul doute, que mes pièces, quelles
qu'elles soient, ne sont pas assez soignées ; soit par
défaut d'instruction, soit par manque de temps
suffisant pour les retoucher : ce n'est qu'un éclair
qui part : une fois mon idée partie et écrite, je n'ai
plus le temps de la corriger.

C'est sans doute à raison de ce manque d'instruction
bien connu dans le pays, que mes concitoyens n'ont
pas, pour une première publication, répondu à l'appel
que je leur ai fait, avec l'empressement que j'attendais
d'eux ; mais Homère, mais Le Tasse, et une infinité
d'autres ont été presqu'ignorés ou peu appréciés pendant leur vie, malgré l'immensité de leurs talents ;
je dois à plus forte raison me soumettre humblement
à un oubli, puisqu'il est une conséquence naturelle de
cet ancien et terrifiant adage : *Nul n'est prophète*

dans son pays, et j'ajouterai : *pendant sa vie.* Cela
est si vrai que , même mes plus anciens amis , mes
plus proches voisins , avec lesquels je suis d'une in-
timité parfaite, ne m'ont pas accordé leur concours
dans cette circonstance, parce que, sans doute, il n'a
pu leur entrer dans l'idée, qu'un homme si modeste,
si timide même, parlant fort peu , mais réfléchissant
beaucoup, un homme surtout qui n'a reçu aucune
instruction, fût capable de mettre sous leurs yeux des
compositions dignes de captiver leur attention, dignes
de supporter le grand jour de la publicité. Je ne leur
en conserve aucune rancune dans mon cœur, parce-
que je suis sûr de leur amitié ; mais je ne puis en
dire autant de ces faux amis qui , les premiers , se
sont empressés de m'inviter à publier mes ouvrages.
Ceux qui semblaient m'entourer d'une estime de laquelle je dois me défier maintenant , ont été les premiers à me refuser leur concours. J'ai reconnu, dans
cette circonstance , avec une douleur qui m'a été
infiniment sensible, que pour ces sortes de personnes,
l'estime , l'amitié même ne sont que de vains noms ,
noms sacrés pour moi et qui , pour elles, ne vont pas
plus loin que les cordons de leur bourse. Il m'a été facile d'apprécier les uns et les autres. Aux uns, je conserve dans mon cœur un précieux souvenir de gratitude ; je remercie les autres de ce que cette action
de lésinerie a levé le voile qui me cachait leur cœur,
et me les a montrés tels qu'ils sont. Il leur en coûtait
cependant si peu pour continuer à jouer le même
rôle envers moi, SIX FRANCS ! cela fait vraiment pitié !

Toutefois, je ne les nommerai point ; mais leurs noms ne seront point imprimés à la suite de mon livre avec ceux de mes vrais amis, avec ceux des hommes essentiellement protecteurs des Arts dans notre belle province ; et cette seule absence de leurs noms sur ma liste de souscriptions, les fera juger ce qu'ils sont véritablement ; telle est l'unique vengeance que je tirerai de leur glacial silence à mon égard.

J'avais annoncé à mes compatriotes, que ma publication, outre deux Livres de Fables, contiendrait quelques autres pièces de poésies ; mais sur les observations judicieuses d'une personne éclairée, je me suis décidé à ne comprendre dans ce premier volume uniquement que des fables MM. les souscripteurs y gagneront parce que ce volume contiendra un bien plus grand nombre de vers que celui que j'avais annoncé.

Je prie donc MM. les souscripteurs de regarder ce changement comme un avantage réel pour eux, et d'avoir l'extrême obligeance de vouloir bien me faire connaître si mon ouvrage leur a plù.

S'il en était ainsi, je m'empresserais de livrer à la publicité un second volume de poésies plus importantes, deux tragédies : *Charlotte Corday* et *Frédégonde et Brunehaut* ; cette dernière pouvant être considérée comme une tragédie chrétienne. A cet effet, j'attends le jugement de mes compatriotes, et jusque-là je garderai le silence.

VILLIET.

FABLES NOUVELLES.

LIVRE PREMIER.

*À M. T..., ex-sous-préfet de Gannat, en lui adressant
les trente-deux Fables contenues dans ce premier
livre.*

Si le sort eût doué mes parents de fortune,
Je ne serais pas là privé d'instruction ;
 Peut-être à mon extraction
 Sans aucun éclat et commune,
 J'eusse pu donner du relief ?
Privé de tout, dans l'ombre je végète.
 Cependant Apollon, mon chef,
Me promettait que je serais poëte.
Promesse vaine ! espoir bien mal fondé !
Par le latin nullement secondé,
Privé du grec et même de ma langue,
Que puis-je faire ? Eh ! mon Dieu ! qu'ai-je fait ?...
D'un métal pur, entouré de sa gangue,
Je suis l'image, et je reste imparfait :
Cela doit être, aussi je m'en console.

Disons-le, cependant : Je me crus appelé
A jouer ici-bas un assez beau rôle ;
Et devant cet espoir je n'ai pas reculé,
    Tant l'espoir est un divin maître !
    J'ai, sans relâche, travaillé,
        Etudié, rimaillé,
        Sans chercher à paraître :
    Poèmes, fables, tragédies,
    Sonnets, églogues, comédies,
    Odes, sonnacros, madrigaux,
    Vers élégiaques, rondeaux ;
    Enfin, en poésie, en prose,
    J'ai tout tenté, tout abordé ;
    Et je ne comprends pas la cause
Pourquoi, sur tant d'objets, mon Phébus a gardé
Jusqu'à ce jour un glacial silence.
        Fort bien ! il a compris
        Qu'il valait mieux, surtout en France,
    Etre ignoré qu'attirer le mépris.
    Quoi qu'il en soit, je ne puis, à cette heure,
Repousser un désir si longtemps comprimé ;
    Tant pis pour moi si ce n'est qu'un leurre !
Eh bien ! partez, mes vers, dont je suis peu charmé,
    Et montrez-vous tels que vous êtes ;
    Peut-être rira-t-on de vous,
        C'est le sort des poètes !
    Muse, je le dis entre nous,
        Je ne redoute guère
        Les ris d'un bienfaiteur.

Il sait de plus d'une manière,
Avec quelle constante ardeur
    Je m'occupe et travaille,
Je versifie et je rimaille ;
Il m'accordera, j'en suis sûr,
    Toute son indulgence,
    Et peut-être un bien pur,
(J'en conçois du moins l'espérance)
Un bien doux encouragement.
    Et s'il daignait sourire
    Aux efforts que je fais,
    Je reprendrais ma lyre
Et poursuivrais mes pénibles essais.
    M'amuser, faire rire,
Voilà mon but et mon ambition.
Si mes fables pouvaient instruire
Et rappeler à la raison,
A la prudence, à la sagesse,
Quelques lecteurs indifférents,
Je dirais avec allégresse :
Je n'ai pas perdu tout mon temps !

FABLE I.

La Chèvre, le Blaireau, le Loup et le Renard.

—

La Chèvre, le Blaireau, le Loup et le Renard
S'associèrent pour la chasse ;
Et sans avoir égard
Au plus, au moins d'audace,
D'adresse, on me comprend,
Des associés, chaque prise
Dans les filets communs surprise,
(Le contrat en était garant)
Devait se partager en quatre,
Sans retenue et sans en rien rabattre.
Déjà plusieurs lapins, lièvres et brebis
Dans leurs lacs avaient été pris,
Sans que la Chèvre ait eu part à la proie :
Elle s'en plaint amèrement ;
Invoque le contrat ; on rit, on la renvoie
D'un air tant soit peu menaçant,
En lui faisant comprendre
Que, dans ce cas,
Se nourrissant de feuille tendre,
La chair ne lui convenait pas.

Notre Chèvre, peu satisfaite

De cette mauvaise défaite,
Va trouver le juge de paix.
C'était un Singe, adroit comme nul autre,
Un saint, un savant, un apôtre,
Qui connaissait tous les arrêts
Applicables à la matière.
Expliquez-moi, ma chère,
Dit le juge, ce grave fait ?
La Chèvre l'ayant satisfait
Sur tous les points, sans plus attendre.
Il mande au palais de Thémis
Les trois amis ;
Les contractans, on doit m'entendre.
Eux venus, maître Singe, ajustant son rabat,
Et feuilletant le Code,
Les instruit du débat ;
Puis, suivant sa méthode,
Leur demande à chacun des explications.
Le contrat est nié. Pour plus grandes raisons :
Les accusés ont dit qu'ils ne savent écrire.
Je produis un témoin, dit la Chèvre, un saint Rat
Se trouvait présent au contrat ;
Monsieur le juge, il pourra tout vous dire.

Testis unus, testis nullus ?
Allez, leur dit le juge, et ne discutez plus :
Sans dépens la Cour vous renvoie.

Je laisse à penser le dépit
De l'une, et des autres la joie.

Et je répéterai ce qu'un poète a dit,
    Lafontaine, mon divin maître :
Dis-moi ceux que tu suis, je saurai te connaître !

* * *

FABLE II.

Le Chêne et l'Églantier.

    Lafontaine, mon savant maitre,
Dit quelque part : « Le droit appartient au plus fort,
    « Le faible a toujours tort. »
    Essayons, et peut-être
    Réussirons-nous à prouver
Qu'il n'en est pas toujours de même ;
Que, malgré notre force extrême,
    Nous finissons par trouver
    Quelqu'un qui nous terrasse.
Ne croyez pas, lecteur, que ce cas m'embarrasse.
    Il m'est très-facile, au surplus,
    De l'établir, je pense :
    Beaucoup de cas à moi connus
    Sur ce fait d'importance
    M'empêcheront de varier ;
    Mais je choisis de préférence
    Le Chêne et l'Églantier.
Accordez-moi, lecteurs, un moment de silence,

Vous serez satisfaits, je puis le parier,
    Je suis sûr de ce que j'avance.

Un Chêne monstrueux, des forêts le doyen.
    D'autres diraient anté-diluvien,
Enfonçait dans le sol ses racines rameuses,
Elançait vers le ciel ses branches vigoureuses ;
Depuis cent ans au moins, des vents et des hivers
    Bravait les efforts, la colère,
    Et ses nombreux branchages verts
Lui promettaient de vivre autant que l'univers :
    Il le disait à sa manière.
Tout près de lui, modeste et solitaire,
    S'élevait un frêle Eglantier.
Les sucs du sol, absorbés en entier
    Par les suçoirs sans nombre
    De son gigantesque voisin,
    Et l'effet dangereux de l'ombre
    De son feuillage, rendait vain,
Pour lui, l'aspect du brillant luminaire
    Qui fertilise et nous éclaire ;
Si bien que l'arbrisseau, rabougri, languissant,
Un jour lui tint à peu près ce langage :
    Que j'étais donc sot, en pensant
    Que ton épais feuillage,
    Dans tous les temps,
Protégerait ma faiblesse et ma vie
    Contre le courroux des autans !
    Par toi, ma sève est appauvrie ;
    Par toi, je languis et je meurs.

Que me fait à moi, dit le Chêne,
Ta croissance ou tes fleurs.
Ta vie est bornée, et la mienne
Ne finira qu'avec cet univers.
Eh ! qu'importe aux déserts
Que tu vives ou que tu crèves ?
Souffre sans bruit, et surtout trèves
De sottes lamentations !

Mais, sur ces entrefaites,
Se présentent trois bûcherons.
A l'ouvrage, dit l'un ; et quittant leurs casquettes,
Se mettent aussitôt
A couper le Chêne superbe,
Qui fut bientôt
Gisant sur l'herbe.
Ah ! ah ! dit l'Eglantier, tu meurs et moi je vis !
Je vois que la grandeur est quelquefois atteinte.
L'opulence est sujette à s'attirer la crainte,
Surtout l'envie ; et ses riches débris
D'un plus fort deviennent la proie ;
Et je vois avec joie
Qu'aux petits
Souvent on n'attache aucun prix.

L'Eglantier a raison, et l'on doit le comprendre :
Le riche donne prise à la cupidité,
Tandis que chez la pauvreté,
Elle ne trouve rien à prendre.

FABLE III.

Les Deux Voyageurs.

—

Le monde, à mon avis, est rempli de menteurs :
Tous les hommes le sont, au moins les grands parleurs.
On ment en prudence, en sagesse ;
On ment parfois à sa maîtresse ;
On ment aux monarques beaucoup ;
Et si j'étais en veine,
Je pourrais en peindre un, mais un petit menteur,
Disons plutôt un vrai parleur,
Tel que celui du pot aux choux de Lafontaine.
J'arrive aux faits. Lecteurs, trouverez-vous
Que ma mouche vaut bien la marmite et les choux
Du savant fabuliste
Que je suis à la piste ?

Deux voyageurs, un jour,
En parlant bagatelles,
Se rendaient à Strasbourg,
Célèbre par ses belles.
« Parler, chasse l'ennui ».
Disait Sancho, je le dis après lui ;
Et le temps sur ses ailes
Emporte nos instants :
L'amuser avec la parole,
C'est, à mon sens,

Un moyen non frivole
Pour abréger le temps et le chemin :
C'est un fait bien certain.
Il est inutile de dire
Que nos deux voyageurs parlaient à qui mieux mieux.
On fait un pas, on en fait deux ;
On parle, on s'arrête, on respire.

Tu sais fort bien, dit l'un des voyageurs,
Que la nature bienfaisante
En aveugle dispense à chacun ses faveurs :
A l'un, l'esprit; à cet autre les mœurs ;
Moi, j'ai la vue admirable, excellente,
Et partant, très-perçante,
J'entends, par un beau jour.
Je vais te prouver tout à l'heure
Que nul autre ne l'a meilleure :
Nous sommes séparés d'une heure de Strasbourg;
Eh bien ! j'aperçois sur sa tour,
Sa flèche, tu m'entends, une petite mouche.

Et moi, dit l'autre, qui suis louche,
Je ne puis pas la voir sur le clocher,
Mais je l'entends fort bien marcher.

Ces mensonges, je crois, en valent bien cent autres,
Qu'en dites-vous, lecteurs ?
Vous, Lafontaine, mes menteurs
Ne valent-ils donc pas les vôtres ?

FABLE IV.

La Rose et le Muguet.

—

Je cherche la fraicheur, le calme des forêts.
 J'aime le silence et la paix,
 Je suis aimé de la bergère,
 Dit à la Rose printannière
  Le Muguet un matin;
 Et semblable à la Violette,
  Je me cache au grand jour
  Pour couronner l'amour
   Sous la coudrette.

 Et moi, dit la Rose à son tour,
  Des parterres de Flore
Je suis le plus riche ornement;
  Je couronne l'aurore,
  Je couronne l'amant
 Et la déesse de Cythère :
 La Rose est la reine des fleurs,
Comme l'amour est le dieu des bons cœurs.
  —Non pas, non pas, ma chère,
  Répliqua le Muguet,
 De ce discours peu satisfait;
  Le Dalliia t'efface,
  Du moins il prend ta place
  Par ses couleurs divines.

Selon moi, la beauté
Est compagne de la bonté :
Toi, tu te hérisses d'épines !
— Tu ne sais pas, pauvre Muguet.
Lui répondit la Rose,
Qu'un bonheur n'est parfait,
En toute chose,
Que lorsqu'il a coûté
Des ennuis et des peines ;
De même la beauté
Renferme dans ses veines
Des peines, des tourments
Qu'il faut toujours détruire,
Pour qu'enfin puisse luire
Le bonheur aux yeux des amants.
Un trésor acquis sans alarmes
N'est pas un vrai trésor :
De même je deviens tout or
Pour celui qui brise mes armes.

Je crois que la Rose a raison,
Elle parle tout comme un livre ;
Le bonheur dans une maison,
Fût-elle celle de Caton,
Ne se montre pas sans qu'on livre
De sérieux combats ;
Et quand, après cela,
Il vient au foyer domestique,
Il est bien compris

Et double de prix :
Cela me semble sans réplique.

FABLE V.

La Poule et le Canneton.

—

Certaine Poule, à fin de son couvain,
Avec plaisir voyait chaque poussin
Rompre la coque et paraître à la vie ;
Elle aidait de son mieux, du bec et de la voix,
    Ses chers poussins ; à chaque fois
      Sa joie était suivie
D'un résultat qui flattait son envie.
Restait encore un œuf plus tardif et plus lent.
    Dire pourquoi, surtout comment
      Ce long retard s'opère,
      Ma foi je n'en sais rien ;
        Mais je sais bien
        Qu'en bonne mère,
Elle y mit tous ses soins ; cet œuf est retourné
    Par-ci, par-là, de cent manières ;
    Son amour en est étonné ;
Elle adresse au bon Dieu de touchantes prières,
Si bien que le poussin parait enfin au jour.
    Mon Dieu ! mon Dieu ! dit la Poule interdite
    Est-ce bien là le fruit de mon amour ?

Je vois un monstre, une engeance maudite
Qui ne ressemble en rien à moi !
Pourtant je puis fort bien jurer ma foi
Que jamais Pénélope, à la foi conjugale
N'a gardé, je le crois, un respect si parfait
　　　　Que je l'ai fait.
Pour prix de ma vertu pure, toujours égale,
　　Je mets au monde un étranger !
　　Que va dire chaque voisine ?
　　Que de propos vont m'outrager !
　　　Du moins je les devine.
　　N'ayant rien à me reprocher,
　Je souffrirai tout sans rien dire,
　Puisqu'en rien je n'ai pu broncher :
　Dieu le veut ainsi, je l'admire.
Puis appelant ses bienheureux poussins,
　　　Loin des yeux des malins,
　Elle les guide à la campagne.
　En traversant la basse-cour,
　　　Un matin d'un beau jour,
　Avec tout ce qui l'accompagne,
　Quolibets ne manquèrent pas,
　Et maître coq fit des éclats ;
　Mais forte de sa conscience
　　　Elle suit son chemin
Entendant tout, et ne répondant rien :
　　　C'était prudent, je pense.
　　　Elle arrive bientôt
　　　Près d'une marre d'eau ;

Le Canneton s'y lance,
(J'entends notre étranger)
Et, joyeux, se met à nager.
Ah ! j'y suis maintenant, dit-elle ;
Notre ménagère aura mis
Un œuf de Canne avec mes œufs chéris :
Et je n'en suis pas moins fidèle !

Si parmi nous des nuances pareilles....
Pardon, lecteur, je m'égarais ;
Mais, par respect pour les chastes oreilles,
Je dois me taire et je me tais.

FABLE VI.

La Grenouille et le Rat.

Défions-nous des mauvais cœurs ;
Car le venin qui les imprègne
N'a pas besoin qu'on le contraigne
Pour donner jour à leurs noirceurs
De lui-même il s'échappe,
Et dans toute occasion, frappe
Des coups d'autant moins attendus
Que, pour arriver à leurs buts,
Ils se servent de la voix tendre
De l'amitié. Lecteurs, daignez m'entendre,

5

Je vais tâcher de le prouver ;
C'est un secret : voyons si je puis le trouver.

Une Grenouille, la plus fine
Des lacs, des fossés, des marais,
Si je disais la plus coquine,
En cela point ne mentirais,
Un jour aborde un Rat, son jeune ami,
Mais un Rat sans cervelle
Qui cherchait fortune parmi
Maintes javelles.
Bonjour, notre ami, lui dit-elle ;
Que faites-vous donc là ? ces blés ne sont pas mûrs ;
Venez chez nous, daignez me croire,
Les bons repas y sont plus sûrs,
Les meilleurs vins y sont à boire ;
On vous y servira des mets dignes d'un roi.
Le prince Bouffardoi,
Dont le nom est inscrit au temple de Mémoire,
Dans deux jours se marie, et je viens tout exprès
Vous inviter à prendre part aux mets.
Depuis huit jours on pêche et l'Allier et la Loire ;
Depuis huit jours aussi les vergers, les forêts
Déposent au palais
Le gibier, les fruits les plus rares ;
Venez, mon cher ami, vous serez bien reçu.
Notre Rat, redressant ses oreilles bizarres,
Hélas ! dit-il, je dois être déçu
De ce plaisir qui flatte mon attente !

Pourquoi cela, mon cher? mon invitation
    Vous semble-t-elle insuffisante?
    C'est le vœu de ma nation;
    C'est celui du prince mon maître.
    On vous a choisi pour témoin;
    En ce cas il n'est pas besoin
      De vous faire connaître
Que vous devez signer l'acte civil. —
    Cette grande faveur m'honore,
    J'en suis tout glorieux, dit-il;
    Mais cet élément que j'abhorre,
    La rivière, vous-m'entendez,
Est un obstacle à ce que je m'y rende. —
  La rivière?... elle n est pas grande,
     Et vous l'appréhendez? —
Oh! beaucoup! — Mon cher, je me charge
    De vous conduire sans danger
    Et de vous faire voyager
Commodément jusqu'à l'autre rivage. —
Et comment, dit le Rat? — Un simple brin de jonc
  Est suffisant. — Eh bien! essayez donc.
Aussitôt fait que dit : les voilà l'un et l'autre
A chaque bout du jonc attachés bel et bien :
    Puis la Grenouille, bon apôtre,
S'élance à l'eau, joyeuse d'un butin
Qui semblait lui promettre un repas très-splendide.
Le Rat, se débattant, buvait à qui mieux mieux :
    Quand un Milan au vol rapide;
   Fondant sur lui, les enleva tous deux;
    Puis il les croqua l'un et l'autre.

Cela nous démontre assez bien
Que tout le mal qu'on veut faire au prochain
Souvent devient le nôtre.

FABLE VII.

Le jeune Paysan, son Père et la Montre.

Un jeune Paysan, un vrai franc Bas-Breton,
Mais de la plus grande ignorance,
Quoiqu'ayant dépassé l'enfance,
Partant, ayant barbe au menton,
La bêche sur l'épaule, allait, d'un pas alerte,
Au rendez-vous de ses travaux
Où quelques-uns de ses égaux
L'attendaient sur la chaume verte.
Il était près d'atteindre au but,
Son champ, on me comprend sans doute.
Quand il aperçut,
Au beau milieu de la route,
Une superbe montre en or;
Ce riche objet, pour tout autre un trésor,
Pour lui fut un objet de crainte.
Qu'est-ce ceci, dit-il, un animal nouveau?
Quoiqu'il me semble beau,
Je crains sa dent. Cependant, après maintes
Et maintes paroles en l'air.

Il se hasarde et la ramasse ;
La prenant par son cordon vert ,
Il la tourne sur chaque face ;
Mais en cet instant il entend
De la montre le mouvement ;
   Soudain il la rejette
Et l'écrase sous son sabot :
Va, va, dit-il, maudite bête.
   Je ne suis pas si sot ,
Vile bête étrangère,
De me laisser mordre par toi :
   Peut-être es-tu vipère ,
   C'en serait fait de moi.

Sur ces entrefaites , le Père
Du jeune garçon , on m'entend ,
Se présente et voit la méprise :
Qu'as-tu fait , dit-il , mon enfant ?
Bien grande est ta sottise !
Ne vois-tu pas que cet objet charmant
Est une Montre et des plus belles,
Où resplendit le plus fin diamant ?
Que tes méprises sont cruelles !
Qu'ils sont sots ces jeunes garçons !
N'en parle pas surtout , car les morceaux sont bons ;
Et tu verras ce que ton père
   Plus tard en saura faire
   Si nous les conservons.

On dit que l Ignorance est mère des méprises ;
    Moi , je dirai , des plus lourdes sottises :
Le cercle de la vie en est un sûr témoin ;
    Je ne crois pas qu'il soit besoin
Par d'autres faits d'en montrer l'évidence :
    Le lecteur en a connaissance.

FABLE VIII.

Le Bourgeois et le Paysan.

    Un Paysan , un simple journalier,
        Las de sa pénible existence,
        Un jour peignait son indigence
    Au Bourgeois qui le faisait travailler :
Dès l'aube, disait-il , je pousse pic ou bêche ;
Dans ces travaux sans fin je m'use, je dessèche ;
        Et , bienheureux encor le soir
        Quand, rentré chez moi, d'un pain noir
    Je puis calmer la faim qui me dévore,
        Garantir du froid maints marmots
        Que, dans le fond du cœur, j'adore,
        Payer tous les mois mes impôts,
        Pourvoir Suzon, ma ménagère ,
        De coiffes , d'habits , de jupons,
        Satisfaire en toute manière
        L'administration voyère,

Héberger les soldats ; en cas de maladie
    Payer les médecins
    Qui, souvent, prennent corps et biens ;
    Solder drogues de pharmacie
Et cent autres objets que je ne nomme pas.
    Pour tout cela, je n'ai que mes deux bras ,
    Donc, le produit de ma journée ;
    Encore, dans beaucoup de cas,
    Elle ne peut être donnée :
    Les dimanches, le mauvais temps
    Et mille autres empêchements.
    Ah ! quelle triste destinée
    Que celle de l'humble ouvrier !
    Hélas ! que la vôtre, mon maître,
    Est belle et digne d'envier !
Pourquoi le Tout-Puissant ne m'a-t-il pas fait naître
    Riche bourgeois et votre égal ?

    Pour être heureux, dit le Bourgeois modeste.
Il ne faut point regarder comme un mal.
L'absence de fortune ; et comme un lot funeste
    Ta position d'ouvrier,
    Car si tu voulais bien m'entendre,
    Je te ferais comprendre
    (Et je pourrais le parier)
Que ta position vaut presque la mienne ;
    Que peut-être la tienne
    En repos emporte le poids.
    Ecoute : A la fin de l'année,

Quand, avec ta simple journée,
Tu peux payer ton blé, ton bois,
Ton médecin et ton apothicaire,
Et pourvoir de toute manière
Aux besoins de tes enfants,
Tes désirs sont remplis et ta gaîté parfaite.
Il n'en est pas ainsi des grands :
Un grand train de maison presque toujours en fête,
Les diners, les concerts, les allants, les venants,
Les meutes, les chevaux, un nombreux domestique.
Le luxe, les journaux, les arts, la politique,
Et bien d'autres objets que je ne nomme pas,
Comme forçats les tiennent à la chaîne,
Multipliant leurs embarras,
Grossissent d'autant leur peine,
Toujours pesante dans tous cas.
Et puis, si leurs fermiers, au temps des échéances,
Ne tiennent pas leurs engagements.
Conçois-tu toutes les souffrances
De nos grands si brillants ?
On ne rabat rien des dépenses,
Le luxe va le même train
Qu'il allait hier et qu'il ira demain :
La chute vient ensuite :
Et ces grands noms, le plus souvent,
Quoiqu'entourés d'un faux semblant,
N'en sont pas moins frappés de ruine subite.
Et crois-tu, mon ami, qu'un seigneur, un bourgeois
Est plus heureux qu'un rustre ?

L'un est heureux toujours, et l'autre, en moins d'un lustre
Se voit souvent deux fois :
En commençant, riche et superbe,
En finissant, plus malheureux que toi.

Ah ! s'il en est ainsi, dit le Rustre, ma foi,
Bêchons, fendons le bois, suons en fauchant l'herbe.
Ce métier là vaut mieux que la richesse :
L'un est sûr, l'autre cesse.

FABLE IX.

La Pie et le Moineau.

—

Un certain jour, commère la Margot,
Caqueteuse comme une Pie,
Aussi méchante que harpie,
Qui fréquentait et taverne et tripot,
Et d'autres lieux, à ce que dit l'histoire,
Que je ne puis nommer,
Parlait comme un batelier de la Loire
Et tous ses mots tendaient à diffamer.
Maints oisillons, formant cercle autour d'elle,
Écoutaient ses bons mots et riaient aux éclats.
Enfin, lassé de sa langue cruelle,
Un Passereau, prudent en tous les cas,
Lui dit : à quoi bon, ma très-chère,

Toujours parler et toujours critiquer ?
　　Et votre caquet de Mégère
　　　　Ne cesse d'attaquer
　　Ceux qui se sont fait remarquer
　　Par une conduite exemplaire.
　　C'est affreux; et toujours parler
N'indique pas le bon ton , ma commère !
　　Vous feriez bien mieux de vous taire.

Je ne puis pas te le dissimuler ,
　　Répliqua la Pie insolente ,
　　Et pardessus tout très méchante ,
　　Moineau , tu n'es qu'un pauvre sot .
　　Tu ne fus jamais à l'école ;
Aussi crois-tu que le don de parole,
　　Surtout qu'un lazzi , qu'un bon mot ,
　　　En tous points est contraire
　　A ce que tu nommes bon ton ?
　　　Je le vois bien , mon frère
Tu n'as jamais fréquenté le salon
　　De la meilleure compagnie,
　　Duquel l'ignorance est bannie,
Où l'on babille autant que je le fais ;
Tu n'a pas entendu les discours du palais ,
　　Où maints avocats s'évertuent ,
　　Pérorent sans raison , et suent
Pour rendre soutenable une mauvaise cause.
C'est là qu'impunément on repousse, on suppose,
　　On combat le vrai pour le faux.—

Ce droit , je le sais bien , ma chère ,
Fut de tout temps celui des tribunaux ,
Personne ne dit le contraire.
L'avocat parle pour le gain ,
Et c'est là sa pierre de touche ;
Mais tout ce qui sort de ta bouche ,
Pauvre Margot , ne produit rien ,
Rien de solide , de palpable ;
Tu ne parles que pour parler ;
Pour déchirer, pour ravaler,
Tant que tu le peux, ton semblable.
Et conçois-moi bien, l'avocat,
Ne vise qu'au gain , qu'à l'éclat ;
Aussi Dieu sait comme il entasse !
Et toi , tu ne seras jamais que Pie-agasse !

Oh ! que de femmes sont Margots !
(Quant au bec , on doit me comprendre)
C'est un plaisir de les entendre
Débiter leurs bons mots
Que l'on sait gazer et qu'on cache
En ne peignant qu'en raccourci
C'est un vrai tic tac sans relache !
Ah ! que d'hommes le sont aussi !
Lecteurs , retenez bien ceci.

FABLE X.

Les deux Renards pêcheurs.

Deux vieux Renards ; las de la chasse,
Se mirent, nous dit-on , pêcheurs.
Mais voulant conserver la trace
De l'amitié que nourrissaient leurs cœurs.
Ils convinrent de bonne grâce
De pêcher en lieux différents,
Pour éviter la concurrence
Qui brouille, en toute circonstance,
Les amis les plus constants.
Le projet arrêté, les amis s'embrassèrent,
Non sans pleurer, puis ils se séparèrent.

A quelque temps de là , le bruit ayant couru
Que l'un de nos Renards avait fait sa fortune,
L'autre Renard , qui n'en avait aucune,
Pensa que son ami, le voyant dépourvu,
Lui rendrait sa bourse commune,
Ou, tout au moins, lui dirait le secret
Qui l'avait fait
Riche propriétaire.
S'étant mis en route aussitôt ,
Il arriva bientôt
Chez l'ami qu'il aimait tout comme on aime un frère.

Après l'avoir complimenté
Sur sa rare prospérité :
Enseigne-moi, dit-il, je t'en conjure,
Par quel secret, par quelle marche sûre
Je pourrai, comme toi, devenir opulent,
Chasser l'ennui de mon toit indigent,
En changeant chaque rouble
En monceaux d'or, ainsi que tu l'as fait ?

L'autre répond : Je pêchais en eau trouble,
Voici tout mon secret.

Lecteurs, vous conviendrez, je pense,
Que les humains ont bien singé mon vieux Renard,
Non-seulement en France,
Mais sur tout notre globe, œuvre du Créateur !
L'eau trouble maintenant est toute la science ;
Y pêcher comme mon Renard,
Voilà tout l'art
Qui mène à la fortune :
Le sage, à ce prix là, n'en aura jamais une !

FABLE XI.

L'Anon et son Conducteur.

L'ignorance est, dit-on, mère de la sottise :
Ce cas est démontré par mille et mille faits

6

Déjà vieux, il est vrai ; mais cette marchandise
Offre partout tant de nouveaux portraits,
Qu'il faut bien, à mon tour, toucher à cette corde.
Je demande au lecteur seulement qu'il m'accorde
  Un peu d'attention ; dans le louable but
  De l'amuser, j'ai dépendu mon luth.

  Un jeune Anon, pour faire apprentissage,
S'était laissé charger de deux lourds sacs de blé :
      C'était trop, vraiment, pour son âge !
Aussi, notre Baudet en était accablé.
      Son Conducteur, homme peu sage,
        Peu clairvoyant surtout,
    Après avoir ruminé dans sa tête,
        Dit : Je suis un sot, pour le coup ;
    Je vais à pied, et cette jeune bête
        Peut fort bien me porter !
Monter sur ces deux sacs, il n'y faut pas compter ;
    Le pauvre Anon n'en peut plus tout à l'heure ;
        Cherchons une raison meilleure :
      Fort bien ! j'y suis. Savez-vous ce qu'il fit ?
    Mon cher lecteur, je vous le donne en mille.
En quelques mots, voici comment l'homme s'y prit :
D'un sac décharger l'Ane, à lui fut très-facile,
        Et sur son épaule il le mit ;
        (Le sac, on me comprend peut-être)
      Puis il monta sur le pauvre Baudet
        Avec le fardeau qu'il portait,
        Sans pourtant en rien reconnaître

Que , par ce fait , il augmentait
De tout son poids la charge de son Ane :
C'était un nigaud , Dieu me damne !
Qu'arriva-t-il?... je suis au fait :
N'en pouvant plus , accablé par la charge
Deux fois trop lourde pour son âge ,
Le malheureux Baudet ,
Harassé , tout en nage ,
Sous le faix tombe , et crève en faisant un gros pet.

Lecteur , qui fut benêt ?

FABLE XII.

Chacun rit à sa Manière.

Un beau jour, un Chat miaulait ,
Un Bœuf beuglait ,
Un Cheval hennissait ,
Un gros Anon braiait ,
Un homme qui passait
De tant de bruit riait ;
L'autre qui le suivait ,
Du même bruit jurait ;
Le lecteur qui m'écoute
Aussi rira sans doute
De ce vacarme ci ;
Moi , je riais aussi ;

Quand l'un des passants dit à l'autre :
Pourquoi vous fâcher, mon ami ?
L'animal rit ainsi :
C'est son rire, après tout, nous, nous avons le nôtre
Je vois en tout ceci,
Mais bien en raccourci,
Que l'Artisan suprême,
Que j'admire et que j'aime,
Fit bien tout ce qu'il fit ;
Lafontaine avant moi l'a dit,
Je puis bien le redire.

Fort bien ! mais pourquoi rire
Sans rime ni raison,
Répond l'homme colère ?
A ce propos hors de raison,
Maitre Grison,
Secouant sa crinière,
Dit : sans raison, mon cher ?
Tu te crois philosophe
De la meilleure étoffe ;
Mais moi, qui ne sais rien cacher,
Je te dirai, foi d'Ane !
Que la raison qui te condamne,
Nous avait dit que tu n'étais qu'un sot,
Plus sot encore que Bardot
Qui ne craint pas de te le dire,
Voilà ce qui nous faisait rire.
De ma leçon fais ton profit.

En tout ce que Baudet a dit,
  Cher lecteur, je l'admire ;
Car je crois que, quand Ane brait,
  Il rit de nos sottises,
Et ne commet point de méprises :
Chacun comme moi le dira
  Et point ne mentira.
Après tout, je pourrais vous dire
Que quand Bardot nous entend rire,
Il peut bien dire aussi que nous beuglons
Tant nous forçons parfois les tons !

FABLE XIII.

Les Animaux voulant combattre l'Ours.

—

Depuis fort peu de temps, un Ours, mais des plus forts,
Cherchait à se fixer dans certaines contrées
Dignes, dans tous les cas, de maître Ours et consorts.
Beaux sites, hauts rochers, campagne concentrée
Entre de vastes bois presque diluviens,
    Peu fréquentés par les humains,
Où beaucoup d'animaux trouvaient grasse pâture,
Semblaient offrir à l'Ours une rétraite sure,
  Et pour sa table amples provisions.

Un Taureau, se doutant de ses intentions,
Convoque ses amis, loin du bois les rassemble,
Et leur conte le cas de l'un à l'autre bout.
        A ce récit, chacun frémit et tremble :
Armons-nous, dit le Bœuf; attaquons-le ; surtout
        Soyons unis : l'union fait la force.
On le crut ; et, guidé par la flatteuse amorce
D'éloigner pour jamais ce voisin dangereux
        Des lieux chéris légués par leurs aïeux,
Chacun sent dans son cœur une ardeur inconnue :
Lièvres, Gazelles, Cerfs, Anes, Chèvres, Moutons,
Se présentent. On dit, mais ce sont des dictons,
Qu'une taupe en leurs rangs aussi fut aperçue;
        On doit penser qu'avec de telles gens,
                La réussite était certaine !
                Moi je l'aurais cru. Mais à peine
        Le Bœuf eut-il rangé ses combattants;
        A peine l'Ane eut-il sonné la charge,
Qu'ils aperçurent l'Ours se dirigeant vers eux.
        Adieu l'ardeur et le noble courage !
                Chacun cherche à gagner du pié,
                Si bien, je l'aurais parié
                Tout comme deux et deux font quatre,
        Que le Taureau resta seul pour combattre :
Il combattit tout seul et fut vaincu.
                Lecteurs, l'auriez-vous cru ?

Dans le grand art de Mars, n'employons point le lâche;
Au plus fort du danger, il s'enfuit ou se cache;

Souvent, chez nous, nous l'avons vu !
Et je tiens pour certain, dans toute conjoncture,
Que la nature est toujours la nature :
La peur ne se maitrise pas,
Avec elle, point de soldats !

FABLE XIV.

La Taupe et le Grillon.

—

Une Taupe, un matin d'été,
En parcourant ses salles souterraines,
S'échappe par un trou de ses vastes domaines
Et se montre à la clarté
Du grand flambeau de la nature.
Trottant menu, courant sans savoir où,
Elle arrive enfin près d'un trou
Entouré de fraîche verdure,
Où le joyeux Grillon
Chantait et faisait carillon.
En apercevant sa voisine,
Il interrompt son chant d'amour.
« Qui peut vous amener au jour,
Dit-il; mon aimable, ma fine ?
Quelqu'ennui secret
Aurait-il troublé votre calme ?
Daignez parler, Madame,
Car je suis inquiet.—

Rassurez-vous, mon cher compère :
            Rien n'est contraire
            A ma tranquillité ;
            Et quoique solitaire,
            Mon silence ordinaire,
Mon bonheur, ma félicité,
A personne ne porte envie ;
            J'en suis vraiment ravie.
Mais vous avez si bien chanté,
            Qu'en mon cœur enchanté,
Je n'ai pas senti de ma vie
Un désir plus prédominant
Que celui que, dans cet instant,
            J'éprouve,
            Et qui, dans mon sein, couve
            Depuis longtemps ;
Il faut bien que je vous l'explique :
            J'aime vos chants ;
            Ils caressent mes sens ;
            Et chez moi la musique,
            Cet art de prédilection,
            Est une forte passion.
Y résister m'est impossible ;
Et je viens, voisin, vous prier,
Même, au besoin, vous supplier,
D'être à ma demande accessible :
            Enseignez-moi votre art,
Je veux être musicienne. —

Ah ! qu'à cela ne tienne,
Dit le Grillon, je bénis le hasard
Qui me procure telle élève !
Aussi, j'y mettrai tous mes soins,
Et j'espère, du moins,
Que la méthode que j'observe
Aura, sous peu, de bons résultats ;
Je promets, en tous cas,
De mettre sous vos yeux, et recueils et solfèges,
Tel que je le faisais
Pour les élèves des colléges ;
Cependant, je croyais
Que vous n'y voyiez rien, voisine ?—
C'est vrai, voisin ; et vous pensez
Que, pour celui qui se destine
Au bel art que vous professez,
La vue est nécessaire ?—
Mais tout à fait, ma chère !
L'oreille est un grand point, en musique surtout ;
Mais, Madame, la vue est tout ;
Sans elle, point de réussite. —
A cela je remédierai,
Dit-elle, je tâtonnerai,
Et dans mon projet je persiste. »

On ne convient jamais de son défaut,
Du moins, on croit le faire disparaître :
L'homme en tout point ne sait pas se connaître :
Ainsi l'a voulu le Très-Haut.

FABLE XV.

Les Bulles de Savon.

—

Hier, je voyais sur un balcon
Un tout jeune et joyeux garçon.
    Qui s'amusait à faire
    Des Bulles de Savon.
Chaque Bulle, ronde et légère,
S'élevait sur l'aile du vent :
L'une tombait au même instant :
L'autre, excitée, et par la bise.
Et par le souffle de l'enfant,
Atteignait presqu'en un moment.
    Le faîte de l'église.
    Ces doux jeux attiraient
D'enfants une foule joyeuse,
    Qui criaient, qui riaient
A chaque ascension heureuse :
    Je riais aussi, moi,
       De bonne foi,
    Tant la joie est flatteuse !
    Mais la réflexion
    Entrant en action,
    M'arrive à la sourdine :
    Cette scène enfantine,
Dis-je, me démontre en tous points
La docte camaraderie,

Dont la voix puissante, les soins,
Et plus encor la flatterie,
Font la fortune des auteurs,
Tant poètes que prosateurs.
Tels qu'une Bulle, enflés aux sons flatteurs,
Qui prônent leur grimoire,
Ils arrivent à pas géants
Au Temple de Mémoire;
Mais alors que cesse l'encens,
La gloire cesse,
Et l'auteur n'est qu'un avorton.
Telle la Bulle de Savon
Tombe et s'affaisse,
Quand d'Eole les fils
Ne lui fournissent plus d'appuis.

FABLE XVI.

Le Rat malade et la Taupe.

Un vieux Rat, père de famille,
Se trouvant très-malade un jour,
Son épouse, son fils, ses petits-fils, sa fille,
Qui l'aimaient d'un sincère amour,
S'empressèrent, on doit me croire,
Du moins, c'est ce que dit l'histoire,
D'aller chercher un médecin,
Qui se trouvait, par bonheur, leur voisin.

On frappe au souterrain
Du nouveau Gallien,
D'une très-vieille Taupe, à fourrure d'hermine,
Qui se mêlait de médecine.
Une Taupe ? me direz-vous ;
Vous vous moquez de nous !
Je ne ris point : la Taupe la plus fine,
Qui fréquenta longtemps les cours de médecine,
Ayant subi sa thèse en français, en latin,
Porteuse d'un diplôme
En la meilleure forme,
Imprimé sur beau parchemin,
Délivré par l'Académie
Le trente septembre..... à midi,
Et signé : Salvandi ;
Au-dessous, pour copie,
Très-conforme, bien entendu,
Le conseiller d'Etat : Rendu.

Voyons le médecin aux prises.—
Qu'avez-vous donc, dit-il, mon cher ?—
Je ne sais ; mais diverses crises,
Depuis que l'on m'a fait coucher,
M'ont fait voir de fort près le royaume des ombres ;
Je souffre beaucoup, et je sens
Qu'il faut bientôt quitter céans.—
Quoique des indices si sombres
Ne nous indiquent rien de bon,
Dit la Taupe, mon art peut-être

Vous tirera de là ; maître Raton ;
    Et je crois bien connaître
    Que ce ne sera rien.
    Voyons le pouls ?... Fort bien ;
    La langue ?... Elle est un peu chargée :
Purgation. La face est dérangée,
    La peau tendue, et puis...—
Mais, mais, s'écria le Malade,
    J'avais appris
Que Taupe, notre camarade,
    Ne voyait rien.—
Mon ami, rien n'est plus certain,
    Et cela vous étonne ?
    Mais je tâtonne.—
Ah ! Madame, Dieu me pardonne !
Vous êtes donc semblable aux médecins
    Humains ?

Jugez, lecteurs, jugez sans rire,
    Ce cas que je ne puis écrire.

FABLE XVII.

Le Serin et le Roitelet.

Ce qu'on ne connaît pas ne peut nous faire envie.
    A ce sujet, je puis facilement

7

Prouver que, dans la vie,
On se courbe aisément
A tout ce qu'a de repoussant
Le plus dur esclavage même;
L'absence d'un bien savouré
Nous fait pousser tout à l'extrême,
Et moi je tiens pour assuré
Que tout est ainsi dans le monde.

Un serin avait pour maison,
Mais disons plutôt pour prison,
Une très-belle cage ronde
Dont les barreaux étaient dorés,
Le fond tout tapissé de mousse;
Et tous ses mets étaient sucrés :
Son existence était si douce,
Si belle, qu'il chantait toujours.
Rien ne troublant le cours
D'une félicité si pure,
Rien ne pouvait troubler ses chants.

Entendant de si doux accents,
Un Roitelet, par aventure,
Passant dans cet endroit,
S'arrête pour entendre:
D'abord il croit
Rêver en voyant tant de joie.
Eh! quoi, dit-il, peux-tu chanter ainsi!
Tu devrais, à mon sens, être plutôt la proie

De la tristesse et du souci ! —
   Pourquoi cela, mon frère ?
Je suis bien logé, bien nourri ;
Les changements de l'atmosphère
   Ne m'inquiètent guère ;
Et quand j'ai bien chanté, bien ri ,
Je dors d'un sommeil si tranquille !
   Le lendemain , joyeux ,
Dès l'aurore j'ouvre les yeux ,
Je chante encore et suis encore heureux :
Ah ! cet état peut-il être servile ?

Quoique déconcerté , le Roitelet lui dit :
   Tu te trompes , mon frère ,
Le vrai bonheur ne nous sourit ,
   Nous n'apercevons sa lumière
   Que dans l'état de liberté ;
   Sans cette déité
   Point de félicité ;
   Et ta maison , quoique dorée
   N'en n'est pas moins une prison.
Une prison ? Oh ! tu n'as pas raison ?
La liberté , ta déesse adorée ,
   Que tu ne cesses d'admirer ?
   M'est ignorée ,
Je ne puis donc la désirer !
Ma cage m'a vu naître ,
Elle est le témoin de mes jeux ;
J'y suis fort bien , j'y suis heureux

Je serais sot de chercher à connaître
Un tout autre bonheur;
Puisque celui que j'éprouve
Suffit à mon cœur.
Le bonheur est un enchanteur,
Un volage, un flatteur.
Jouissons-en quelque part qu'on le trouve.

Le Serin a raison, le Roitelet aussi :
Lecteurs, comprenez-vous ceci ?

FABLE XVIII.

Le Rat d'eau et le Rat de terre.

Deux Rats, le Rat de terre et le Rat d'eau
Amis depuis longues années,
Se rencontrent un jour sur le bord d'un ruisseau,
Retraites pour eux fortunées.
Leurs plaisirs sont d'autant plus grands
Que, depuis fort longtemps,
Une rencontre telle
N'avait eu lieu
Dans ce lieu.
Chacun montre son zèle,
Son amitié surtout.
La joie était parfaite :

C'était pour eux un jour de fête;
    Mais c'était avant tout
Le plus heureux jour de leur vie,
Un jour sans haine, sans envie.

Ils en étaient là quand un bruit
    Près d'eux se fit entendre.
Adieu plaisirs; le rat d'eau fuit,
    Et, sans plus attendre,
      Se jette à l'eau.
    Son ami, son confrère
S'esquive et se cache sous terre.
    Le bruit cesse bientôt;
Bientôt aussi le Rat terrestre,
    Allongeant le museau,
Ecoute et cherche à reconnaître
Quel est le motif de leur peur;
Mais rassuré par le silence,
Le calme renaît dans son cœur
Ainsi que la noble assurance;
Et, joyeux il sort de son trou.
Il cherche, il appelle son frère;
Il gémit et se désespère :
Où le trouver? Je ne sais où.
Mon frère, oh! mon ami, viens vite!
Oh! viens que je t'embrasse encor!
Soins superflus! le sombre bord
    Du ténébreux Cocyte
Est devenu sans doute son tombeau :

Mon frère, oh ! viens mon frère !
A ce nom chéri, le Rat d'eau
   S'élance sur l'eau claire,
   Et dans quelques instants,
Par de pressants embrassements
   Et la plus douce étreinte,
Ils ont éloigné toute crainte.
Enfin, bien guéris de leur peur
   Qui comprimait leur cœur,
Le Rat des champs dit à son frère :
Foi de Rat, je te croyais mort !
Comment cela peut donc se faire ?
   Au moindre effort
Que je veux faire sur l'eau claire
   Je m'enfonce et je bois :
   Je me noierais, je crois ;
Et toi, tu nages à merveille !
Cependant ta forme est pareille
   A la mienne en tous points.—

   Il est un Dieu, mon frère,
Dit le Rat d'eau, qui veille à nos besoins :
Toi, tu dois courir sur la terre ;
Moi, je dois nager sur les eaux ;
   Là, la Couleuvre rampe
   Sur la terre qu'elle détrempe
De son venin ; l'air est pour les oiseaux ;
   Là, le Lion rugit ;
   Et plus loin le Renard glapit.

Admirons en silence
L'éternelle puissance
Du Dieu de l'univers.
A genoux donc, mon frère !
De ce Dieu que je sers,
Qui fit le monde et la lumière,
Qui fit tout pour notre bonheur,
Admirons la grandeur !

Ce Rat n'est pas un Rat vulgaire,
Convenez-en, mon cher lecteur,
Il parle comme les Apôtres.
Hélas ! parmi nous autres,
On rencontre fort rarement
Un si juste raisonnement !

FABLE XIX.

Le Paysan et les Deux Pommiers.

Deux Pommiers, l'un franc, l'autre enté,
Étaient voisins et végétaient ensemble ;
L'un vint de graine, et l'autre fut planté
Par un Paysan, ce me semble,
Avec le plus grand soin.
Au pied de l'arbre il labourait la terre,

Echenillait, arrosait au besoin,
Avec soin arrachait toute plante étrangère ;
Aussi c'était plaisir de voir
Comme sa sève avait de force ;
Lisse était son écorce,
Et sa feuille était d'un vert noir ;
Mais cette sève vigoureuse
Donnait beaucoup de bois,
Et la récolte en fruits était peu copieuse.

Le Paysan s'en étonne. Je crois,
Dit-il, Dieu me pardonne,
Que plus je donne
De soins à ce maudit Pommier,
Moins j'en retire !
Et du soir au matin
Je ne néglige en rien
Cet arbre que j'appelle nôtre,
Parce que ma main l'a planté
A côté de cet autre ;
Je l'ai fait croître et puis enté ;
Tandis que cet arbre sauvage
Que je ne laboure jamais,
Que je néglige et que je hais,
Outre son bel ombrage,
Me donne étonnamment de fruits :
C'est ce que je ne puis comprendre.
Bon homme, je vais te l'apprendre,
Lui dit l'arbre : si mes produits,

Par une récolte abondante
Ne répondent à ton attente ;
Ils sont de bonne qualité ,
Et ta ménagère en retire ,
    Faut-il te le dire.
Un argent bel et bien conté ;
Maïs le fruit que produit mon frère ,
Ne sert tout au plus qu'aux pourceaux ;
Encore ne le prisent-ils guère :
    Les miens sont bons et beaux.
Si rares sont les bonnes pommes,
De même aussi parmi les hommes
    Sont rares les bons cœurs :
Un bon cœur est une richesse ,
Comme un bon fruit est un trésor :
    Chacun le dit sans cesse ;
L'un et l'autre valent de l'or.
Prends donc patience, bon homme ,
Et tu conviendras à la fin
    Qu'une excellente pomme
      Vaut bien
    Cent fois une mauvaise.

    Tu parles à ton aise ;
Dit l'Homme ; mais.... Pourtant il a raison.
  Le bon est toujours bonne chose :
C'est le bonheur d'une maison ;
Et là , se termina la glose.

Qu'en dites-vous, mon cher lecteur ?
Un bon fruit, tout comme un bon cœur,
Est richesse bien précieuse.
Ce serait chose curieuse
Si quelqu'un allait dire non !
Mais peut-on parler sur ce ton ?
Et nous qui savons nous entendre,
Vous devez fort bien me comprendre !

FABLE XX.

Les Oiseaux de passage et les Oiseaux sédentaires.

—

Depuis longtemps, la paix était rompue
Entre les habitants des airs.
De son voisin on fuit la vue ;
Dans les bosquets, dans les déserts
Plus de jeux, plus d'amour, partant, plus de concerts ;
On se persiffle, on fait le diable à quatre,
On se mutine, on veut combattre,
Et pour ce grand dessein,
De part et d'autre on se rassemble :
Le fer brille dans chaque main
Et personne ne tremble.
Pour quel objet, me direz-vous ?

Tout doux, lecteurs, tout doux :
Dans l'instant je vais vous l'apprendre.
Toujours est-il que Grecs et que Troyens
Armés sur les bords du Scamandre,
Etaient tout autant incertains
Du résultat de leur prouesse,
Du repos d'Illion, du salut de la Grèce,
Que le sont mes héros.
Des deux côtés on ruse, on forme des complots.
Là, c'est un bataillon, plus loin une colonne
Recevant avec bruit l'ordre que le chef donne.
Le signal est donné;
Le clairon a sonné
Et les échos ont résonné.

En ce moment, en vrai héros d'Homère,
Un rameau d'olivier au bec, un Loriot
Sort de ses rangs; on crie alors haro,
Et le Merle en colère
Fait agir son perçant sifflet,
Dont le magique effet
Fut si prompt, que notre beau sire
Rentra bien vite dans ses rangs :
On rit beaucoup, il faut le dire,
Dans l'un et l'autre camp.

En cet instant, plumet en tête,
Voulant braver à son tour la tempête,
Le Rossignol, précédé d'un hérault,

S'avance entre les deux armées,
Et, sur un ton ni trop bas ni trop haut,
Il dit : Ecoutez-moi : Nos forêts, alarmées
Des différends qui nous ont désunis
Sans une raison bien expresse,
Demandent par ma voix que la paix reparaisse
Parmi d'anciens amis.
Et l'on se plaint, avec raison, sans doute,
Que, depuis nos grands différends,
On n'entend plus nos chants ;
Expliquons-nous, et que chacun m'écoute :
De quoi vous plaignez-vous ? Que nous venons chaque an
Quand le zéphir a pourchassé l'autan,
Prendre part à notre pâture ?
Ce sol produit assez pour tous.
Ecoutez : Quand l'hiver flétrira la verdure,
Partons ensemble, amis, venez chez nous ;
Mais à cela, vous me direz peut-être
Qu'un instinct puissant vous retient
Dans le climat qui vous vit naître ?
Je le sais comme vous ; on tient
Avec amour à sa patrie ;
Elle est de nous, elle est de vous chérie ;
Mais tout considéré,
Ce sol tant adoré,
Que vous appelez vôtre.
Est bien aussi le nôtre ;
Car n'est-ce point ici toujours
Le rendez-vous de nos amours ?

Vos enfants, les nôtres y naissent ;
Et si nous fuyons ces climats
Quand les frimats
Paraissent,
C'est un ordre d'en haut
Qui nous pousse, nous presse,
Et, malgré nous, il faut
Ployer devant la divine sagesse.

A ces mots, il se tut. Un calme rassurant
Caresse doucement
Les cœurs où la guerrière audace
De la rage agitait les serpents, le tison.
Soyons amis, il a raison,
Répétait-on partout ; que tout courroux s'efface:
Encore une fois qu'on s'embrasse,
Ne cessait-on de répéter :
Soyons amis, allons chanter.

Si les humains ainsi voulaient bien se comprendre,
Nous ne verrions jamais tant de sang se répandre

FABLE XXI.

Le Papillon et la Chenille.

Toujours en quelques points nous sommes imparfaits,
Aussi, ne rions pas de la forme des autres.
    Si par hasard nous critiquons leurs traits,
    Le plus souvent ils s'amusent des nôtres.
    L'un de nos yeux, chez autrui, voit tout noir ;
    L'autre, pour nous, du beau c'est le miroir.

      Un jour, une grosse Chenille,
      Sur une Giroflée en fleurs
      Etalait, au soleil qui brille,
      Les nuances de ses couleurs,
Et rongeait à loisir les fleurs et la verdure
      Qu'Aurore humectait de ses pleurs.
      Un Papillon, par aventure,
Se pose auprès de l'insecte rampant.
    Apercevant la Chenille rongeuse,
    Il s'écria : Quel objet dégoûtant !
      Quelle horreur ! quelle bête affreuse !—
      Mon cher frère, pas tant de bruit,
Vous n'eûtes pas toujours des aîles si brillantes,
Ni ce beau coloris au soleil qui reluit :
Vous fûtes, comme moi, dégoûtant, exécrable ;

A vous, bientôt, vous me verrez semblable. —
Moi, ton frère ! fi donc ! j'en serais bien fâché ! —
La Chenille dit vrai, reprit la Giroflée :
Tout récemment encor j'ai pu te voir caché
  Sous l'enveloppe affreuse et boursoufflée
  Qui te rendait si conforme à ta sœur.
  Tu fus Chenille, est-ce un si grand malheur ?
  Et ta dépouille est là sous ma feuillée,
  Tu peux la voir par la fange souillée.

  Le Papillon, comprenant qu'il a tort,
   Sans dire mot prend son essor.
   Après tout, qu'avait-il à dire ?
   Cette leçon devait suffire !

FABLE XXII.

Le Vieillard, son Fils et son Petit-Fils.

—

La voix de la douceur est souvent méconnue ;
   L'âpre dureté vit toujours.
Comme la vérité, la douceur, toute nue,
   Brille fort peu dans nos discours,
  Ne frappe point et reste inaperçue.
   Je n'en dirai rien aujourd'hui :
   Plus tard, j'y reviendrai peut-être.

A mes lecteurs je vais soumettre,
Si de ma muse j'ai l'appui,
De cette dureté de l'âme,
Qu'en secret je déplore et blâme,
L'effet que sans cesse j'ai fui.

Un homme était si vieux, si vieux, qu'à peine
Ses yeux voyaient,
Et ses oreilles entendaient;
Tout s'éteignait en lui : sa lente et faible haleine
Par saccades gonflait ses poumons paresseux;
Ses mains étaient sans force et sans adresse :
Ce n'était plus qu'un mannequin hideux,
Dégoutant quelquefois, surtout pour la jeunesse,
Si digne cependant d'amour et de tendresse.
Il arriva qu'un jour dînant avec son fils
Et sa bru, ce vieux père,
Ainsi qu'à l'ordinaire
Entr'eux deux se trouvant assis,
Laissa cheoir sur la nappe un peu de son potage
Au lait;
Il en ruisselait
Aussi sur sa barbe que l'âge
Avait, dit-on,
Passablement blanchie.
A cet aspect, on se récrie,
On fait le diable à quatre, on gronde le barbon
Qui ne peut mais de cette maladresse.

Pour le punir, le jour suivant,
Et sans égard pour sa faiblesse,
Pour ne plus voir cet objet repoussant,
Dans un coin, derrière le poêle,
On lui sert, sur un banc,
Et dans un plat de bois, un mets peu confortant.
A cet aspect, sa voix se voile,
Et quelques pleurs mouillent son menton blanc.

Un tout petit enfant
Assis sur le plancher, s'amusait sans rien dire
Avec des planchettes de bois.
Son père qui l'admire,
Lui dit : « Que fais-tu là, François ?—
Oh ! Papa, vois, c'est une écuelle ;
Je la fais de mon mieux :
Mais aussi sera-t-elle !
Tout à fait belle !—
Qu'en feras-tu ?— Quand tu seras bien vieux.
Comme le grand Papa, j'y mettrai ton potage ;
Mais je l'emplirai davantage
Que celle de mon *bon* ? »

Lecteurs, jugez de la leçon !

FABLE XXIII.

L'Ecureuil et la Belette.

—

Un Ecureuil des plus beaux
Et la Belette un jour s'associèrent
Pour piller les nids des oiseaux,
Et par écrit ils cimentèrent
Les conditions du traité.
Dès l'instant on se met en quête,
On visite mainte cachette,
Chacun de son côté;
Partout on fait conquête;
Mais rien n'est apporté
A l'office commune,
Quoique, tout dit et bien compté,
Plus d'une
Trouvaille, je le crois,
Ait été faite :
C'était une adroite défaite.
Dame Belette est aux abois,
Elle crie, elle s'exaspère.
Mais quoi, vous n'avez rien trouvé ? —
Rien du tout, ma commère,
Sinon que tout était couvé :
Des œufs couvés ne sont pas notre affaire ;

Aussi je suis encore à jeun.
        Et vous, ma commère,
        A l'entrepôt commun :
    Avez-vous mis quelque nichée ? —
Pas plus que vous ; j'en suis vraiment fachée
Je crois que les oiseaux en amour sont bien neufs :
        Ils n'aiment plus ; ne font plus d'œufs ;
            Cela me désespère !
    Je suis à jeun tout comme vous. —
        Cependant, ma commère,
        Je le dis entre nous,
        Et surtout sans colère,
        Pour n'avoir rien mangé,
    Vous êtes on ne peut plus ronde,
    Et Gaster me semble chargé
            Le mieux du monde ! —
    Vous, vous me paraissez aussi
    Avoir fait chair très-copieuse.
        Je vois en tout ceci,
        Chose bien curieuse :
Chacun de nous a fait un bon repas ;
Mais le trésor commun n'y gagne pas.
Entre gens comme nous, qui vivons de rapine,
Il n'est point de traité qui puisse subsister :
    Ainsi le veut la volonté divine,
        Je n'ai garde d'y résister.
        Pillons chacun à notre guise.

Vous conviendrez, lecteurs, que telle marchandise
  Se rencontre aussi parmi nous,
  Et que les plus adroits de tous
      Ont seuls de la science;
      Que *le tien* et *le mien*
      A leurs yeux ne font rien;
      Vous m'entendez, je pense?
      Sinon je vous dirais,
      Et point ne mentirais,
      Que, parmi nous, l'adresse,
      (Je me sers de ce nom
      Par esprit de bon ton
      Et par délicatesse)
  Procure seule des trésors.
  L'homme droit, malgré ses efforts,
      Reste dans la misère,
      Ou n'est point aperçu;
      Cent fois nous l'avons vu;
  Cela n'a pas besoin de commentaire !

FABLE XXIV.

Les deux Lapins en guerre.

Pour un terrier, un simple trou sous terre,
  Un jour une terrible guerre
      Eclata. Jean Lapin,

Un sage, un philosophe,
Chassé de son logis par son voisin
Nommé Lapin Christophe,
Supportait sans murmure aucun
Le tort qu'il éprouvait de cet acte contraire
A son droit de propriétaire
Par le temps acquis, et chacun
Le tourmentait, dans l'occurrence,
Pour le revendiquer.
« Attaquez, disait-on, Christophe avec outrance ;
Que peut-il répliquer ?
Le droit étant à vous ; en lapin sage,
Il vous rendra votre logis. »
Et, quoique prudent personnage,
Jean Lapin suivit cet avis.
Un jour, aidé de quelques siens amis,
Il attaqua Christophe en forme.
Celui-ci, qui n'était pas sot ,
Sans que personne l'en informe,
Ayant deviné le complot,
Et secondé d'amis intimes,
Fait sortir tous ses combattants,
Qui tombent sur les assaillants.
Dans ce terrible choc, le nombre des victimes,
Comme on doit le croire, fut grand,
Et des ruisseaux de sang
Coulaient sur le champ de bataille.
Quoique sur tous les points battus,

Les assaillants ne se croient pas vaincus.
On se rallie et l'on se ravitaille
Pour donner un nouvel assaut.

La nation lapine, en cette alternative,
Crut que, pour arrêter la lutte destructive,
Elle devait, en ce cas, parler haut
Et prendre l'initiative.
On dépêche aussitôt
A chaque puissance un héraut.
Partout on reconnaît l'urgence
D'interposer la force en cette circonstance,
Pour empêcher l'effusion du sang.
On délibère, on fait des protocoles ;
Et, comme il arrive souvent,
On perd bien du temps en paroles
Avant d'atteindre aux résultats.
Enfin, pourtant, chaque puissance
Dirige sur les lieux bon nombre de soldats ;
Et, quoique un peu tardive,
La force cependant arrive ;
Mais, hélas ! il n'était plus temps !
La guerre était finie
Faute de combattants !...

N'est-ce point ainsi dans la vie
Qu'on perd des instants précieux ?
Usons moins de paroles

Au ministère, au parlement ;
Griffonnons moins de protocoles,
D'avis que l'on croit importants,
De séances interminables,
De dépêches infinissables,
De pourparlers terrifiants,
Et nous ne verrons pas les nations voisines
S'éteindre dans l'horreur de luttes intestines,
Souvent pour des objets d'un intérêt plus vain
Que le terrier de Jean Lapin !!!...

FABLE XXV.

Le Poirier et le Potiron.

Un certain jour, un Poirier s'endormit :
Ce fait est très-certain, l'Arioste l'a dit.
Bah ! direz-vous, cela n'est pas croyable ;
Vit-on jamais un végétal dormir ?
Patience, lecteurs ; ceci n'est qu'une fable
Dont le sens est moral et le récit menteur ;
Patience ! et daignez m'entendre,
Peut-être parviendrai-je enfin
A vous faire comprendre
Que rien n'est plus certain :
Je vais vous l'établir en forme.

Notre Poirier dormit d'un somme
Qui dura, nous dit-on, trois mois ;
En cela, ce sommeil est étonnant, je crois ;
Dormir pendant trois mois, la chose est assez rare !
Mais qu'importe ce fait bizarre !
Voyons notre apologue, et je crois sûrement
Que chacun en sera content,
Du moins, je dois le croire.

Au pied du végétal, quelqu'un sema, dit-on,
Une graine de Potiron,
A ce que rapporte l'histoire.
Ce Potiron, avec soin terreauté,
Arrosé, cerfoui, prudemment abrité,
Pousse rapidement, s'attache à la ramille
De notre arbre dormeur :
C'était plaisir de voir une telle vigueur !
Il s'étend, s'agrandit, et, joyeux, s'éparpille
A l'aide de ses rameaux verts,
Dont il atteint bientôt la cime.
Son ascension dans les airs
Etait belle et sublime.
En ce moment, le Poirier s'éveilla,
Etendit les bras, et bâilla.
Il s'aperçut bientôt, non sans quelque surprise,
Qu'un être vivant l'étreignait
Et de ses feuilles le couvrait. —
« Quel es-tu ? d'où viens-tu ? quelle est ton entreprise ?
Quel est ton but ? dit-il. — Je suis le Potiron,

Dit celui-ci , le jardinier Toinon ,
Pendant que tu dormais , m'a semé là : ma sève,
    Tu le vois , a bien travaillé
En trois mois ; mais aussi je n'ai pas sommeillé !
    Et si ma croissance s'achève ,
Je t'offrirai bientôt un salutaire abri
Contre le froid des nuits et l'ardeur du midi. —
Potiron , mon ami , lui dit l'arbre en colère ,
Il m'a fallu trente ans pour atteindre où je suis ;
Mais je résiste aux vents , aux hivers, aux orages ;
    Et, chaqu'an, mes nombreux branchages
    Fléchissent sous le poids des fruits.
    Ta croissance démesurée ,
    Au moindre souffle de Borée ,
    Vers la terre s'inclinera :
Si trois mois t'ont fait croître , un instant te tuera.
    De qui veut s'élever trop vite
    La chute toujours est subite. »

    L'arbre dit vrai. Nous voyons , tous les jours ,
    Tomber celui (ceci n'est pas un conte) ,
    Dont l'élévation fut prompte.
De la vie, en tous cas, suivons sans bruit le cours :
    L'orgueilleux tombe , et sa chute est terrible ;
Le sage à tout résiste : il a compris et vu
    Qu'avec le temps et la vertu ,
    A l'homme tout devient possible.

9

FABLE XXVI.

Le Cochon et la Chèvre

—

D'un manteau de frimats la terre était couverte.
N'ayant rien en réserve, une chèvre aux abois,
Ne pouvant aller paître à la campagne, aux bois,
    Se met en quête ; à la porte entr'ouverte
De son voisin le Porc elle frappe soudain.
    Le Porc lui dit : que voulez-vous, ma chère? —
    Seigneur, ayez pitié de ma misère;
    Je n'ai plus rien au magasin :
Secourez-moi? — Vous pouvez aller paître? —
Tout est gelé! Depuis deux jours, mon maître
    Ne m'a rien donné; j'ai bien faim ! —
Vous êtes bien heureuse en cela, ma voisine !
Moi, je suis bien pourvu de son et de farine !
    Et le malencontreux destin,
    Au milieu de tant d'abondance,
    Paralyse mon appétit !
Qu'il est heureux, mille fois je l'ai dit,
    Celui qui ressent la souffrance
    Que l'on nomme la faim
    Que je regarde comme un bien !
    Ce bonheur je l'ambitionne.
En cet instant paraît le maître du cochon :
    Tâtez cela, dit-il, maître Simon.
    Simon boucher palpe, tâtonne :

Bon à tuer, dit-il, fin, gras ! —
Va comme il est dit ; à l'ouvrage ,
Père Simon, et bon courage.
On le prend , on le met à bas ;
Il eut beau faire des hélas ,
(J'entends le Porc) crier , faire tapage ,
Simon le saigna bel et bien.

Il est parmi le genre humain
Beaucoup de gens nageant dans l'abondance ,
Bien gras et bien pourvus ,
Faisant leur Dieu de leurs écus ,
Et qui repoussent l'indigence
Comme l'a fait notre cochon ;
Mais cependant pour cette engeance
Il n'est point de père Simon !

FABLE XXVII.

Le Renard aveugle.

Un vieux Renard savant , aveugle depuis peu ,
Et pour cela réduit à l'indigence,
Ne pouvait plus chasser ; et malgré sa science ,
Tout lui manquait : l'eau , le manger, le feu.
Que faire ? Le besoin, chacun en fait l'aveu ,
Est le père de l'industrie :

Donnons, dit-il, le besoin le prescrit,
Des leçons de géométrie.
Fort bien ! Aussitôt fait que dit.
Il publie à l'instant partout à son de trompe,
Que tel jour, à telle heure, il ouvrira son cours.
En ce grand siècle de science,
Surtout en France,
Les disciples toujours
Sont nombreux et pleins d'un beau zèle ;
Mais la science y gagne-t-elle ?
On doit le croire, au moins.
Pour moi, je le crois en tous points.
Toujours est-il qu'au jour de l'ouverture
Du cours de don Renard,
Et quoiqu'il ne fût pas bien tard,
L'auditoire, je vous assure,
Etait nombreux et bien choisi,
Et jamais les sermons de l'abbé Montchoisi
N'ont attiré foule pareille.
Le professeur arrive. Un singe, son voisin,
Avec respect le conduit par la main.
La foule allait crier merveille,
Quand on reconnut pour certain
Que don Renard ne voyait rien.
Quoi ! dit l'un, vous êtes aveugle,
Et vous voulez nous faire la leçon ?
C'est vouloir nous duper d'une belle façon !
On crie, on siffle, on beugle.
Le professeur fit signe de la main

Qu'il veut parler : Messieurs, je ne vois rien,
C'est bien vrai : mais tous mes confrères,
Soyez de bonne foi,
Sont-ils plus clairvoyants que moi ?
Cependant, leurs cours sont prospères.
Malgré leur cécité,
Le grand Milton, l'incomparable Homère,
Sont parvenus tous deux à l'immortalité !
Il eut beau dire, il eut beau faire,
On se moqua du professeur,
Et d'un clin d'œil la salle fut déserte.

La perte de la vue est une immense perte,
Vous le savez, mon cher lecteur :
C'est un malheur
Irréparable :
Elle ne détruit pas l'imagination ;
Mais pour la démonstration,
Elle rend incapable.
L'aveugle, je le crois un peu,
N'est plus capable de science ;
Il n'est plus bon, je pense,
Qu'à méditer, qu'à prier Dieu.
Celui-ci, si je ne radote,
Avait compté, mais sans hôte.

———

FABLE XXVIII.

Le Rat navigateur.

—

Un jeune Rat, qui se croyait savant,
Ayant suivi l'école communale,
Se mit en tête, un jour, étourdiment,
De voyager. Dès l'aube matinale,
Après avoir brûlé deux ou trois grains d'encens
　　　Sur l'autel de ses dieux pénates,
　　Après avoir embrassé ses parents :
　　　Confions-nous, dit-il, aux vents,
　　Et visitons l'Estrigons et Marates,
Et le pôle qui glace, et le lion brûlant.
Il reste encor, je crois, bien des lieux à connaître;
　　　Courons les mers ; peut-être
　　　D'un autre continent
　　Verrai-je les peuples sauvages.
J'étudierai leurs mœurs et leurs usages :
　　J'immortaliserai mon nom.
　　　Les voyages, dit-on,
Ont inscrit plus d'un nom au Temple de Mémoire,
Et fait brûler l'encens sur l'autel de la Gloire.
　　　Allons, nous perdons temps.
　　Ayant dit, le voilà qui trotte
　　Et se dirige à pas pressants
　　Vers la mer, où l'attend sa flotte :
Une petite planche en a fait tous les frais,

Le général en sera le pilote ,
L'espoir en fait tous les agrès.
Il s'embarque aussitôt, et, maniant la rame,
Le vaisseau vogue au gré des vents ;
Rapide, il franchit chaque lame,
Traverse les courants.
Il se trouve bientôt en vue
D'une île qu'il croit inconnue :
Il y dirige son vaisseau ;
Il aborde, il débarque,
Et, par précaution, il amarre sa barque
Solidement au bord de l'eau.
A peine a-t-il fait, qu'il s'apprête
A s'assurer de sa conquête.
Il en était là, lorsqu'un chat
S'offre à sa vue, et, d'une griffe agile,
Happe le navigateur Rat,
Moderne Bougainville,
Et, malgré maint effort,
Il rencontra la mort
Sur cet ilot qu'il voulait reconnaître
Et lui donner son nom peut-être.

Naviguer, rien n'est aussi beau ;
S'embarquer, rien n'est plus facile ;
Mais, mon Dieu. que de Bougainville
Ont creusé leur tombeau
En allant à la découverte !
Et, tels que notre Rat,

Ont couru tout droit à leur perte,
Non pas en se faisant engriffer par un chat,
Mais bien par les Sauvages,
Et beaucoup plus par les naufrages.

FABLE XXIX.

L'Homme, la Femme et le Curé.

Rester bouche close,
Pour le sexe, dit-on,
N'est pas minime chose ;
Et je crois, tout de bon,
Ce fait très-impossible :
Il faut un cas majeur
Pour demeurer paisible.
Et puis, l'esprit, le cœur,
Les petites intrigues,
Les mille soins, les brigues,
La danse, les cancans,
Le secret des ménages,
Le jeu, les mariages,
Et surtout les romans,
Sont de doux stimulants
Qui ne permettent guère
Aux dames, je le crois,
De demeurer sans voix :

De plus d'une manière
On en use, Dieu sait !
Pourtant, je puis citer un fait,
Un fait vraiment unique
Et tant soit peu comique :
C'est une femme, un jour,
Qui s'imposa silence,
Non pas par haine, par amour,
Mais par obéissance.
Oh ! direz-vous peut-être,
Cela ne se peut pas ;
Et faites-nous connaître
Un si singulier cas ?
Un moment de silence,
Mon cher lecteur,
Je vais, de très-bon cœur,
Vous satisfaire, je le pense :
Lisez la fable ci-après
Qui semble faite tout exprès.

Un homme, un jour, en mangeant son potage,
Dit qu'il était sans goût, que le sel y manquait ;
Sa femme, parleuse et peu sage,
Lui tint à peu près ce langage :
Monsieur, puisque rien ne vous plait
Devenez marmiton et cuisinez vous-même. —
Mais vous poussez tout à l'extrême ;
Et ce ton là, Madame, me déplait ;
Le ménage est votre œuvre, et non, morbleu la mienne ;

Mais surtout faites mieux,
Je vous le dis au sérieux ;
Permettez-moi que je m'abstienne
De mots injurieux. —
Parlez, parlez, monsieur, je saurai vous répondre :
Suis-je ici domestique ? oh ! non, surement non !
Pensez-vous me confondre
Avec vos gens ? Je porte un nom
Qui n'admet point la servitude. —
Puisque vous ne voulez plus rien faire céans,
Allez, Madame, auprès de vos parents,
Partez avec la certitude
De ne rentrer ici jamais. —
Moi je veux rester ! — Mais
Vous n'y resterez pas, c'est moi qui vous le jure. —
Je resterai. Puis d'injure en injure,
(Et l'on en dit à qui mieux mieux !)
On en vint jusqu'au sérieux,
Aux coups, vous devez me comprendre,
Ce qui paraissait assuré.
Après une si chaude esclandre,
Après avoir un peu pleuré,
Notre dame se rend auprès de son Curé,
L'ami de la grande famille.
On lui conte le cas de l'un à l'autre bout,
En blamant son mari sur tout,
Et comme femme elle babille !
Le Curé qui n'était pas sot,
Comprit au premier mot

La vérité de cette affaire ,
Disons plutôt de ce mystère ;
Ah ? Madame ; je le vois bien ,
    Vous êtes malheureuse !
Mais je possède un remède divin
    Dont la puissance merveilleuse ,
    J'en suis sûr , mettra bientôt fin
    A la colère furieuse
    Aux excès de votre mari. —
Ah ! donnez-moi , Monsieur, ce remède chéri ,
    Pour que j'en fasse au même instant usage ! —
    Très-volontiers. Cela dit , le Curé
    Sort un instant , a bientôt préparé
Le philtre précieux qui doit faire merveille :
    De l'eau , du sucre , voilà tout ;
    Il rentre et lui remet la divine bouteille.
    Ecoutez-moi de l'un à l'autre bout :
    Quand vous verrez votre mari colère ,
Ne lui répondez rien ; recourez à cette eau :
Une seule bouchée opérera l'affaire ;
Mais gardez-la longtemps ; et vous verrez bientôt
    Votre mari ne rien plus dire ,
    Et devenir calme aussitôt.
La dame promet tout, puis elle se retire ,
    Remerciant le généreux Curé :
Et , rentrée au logis , son mari gronde encore ;
    Elle a recours au remède sacré ;
    Il fait effet , la fureur s'évapore ,
    Le calme renait à l'instant :

Elle en éprouve une joie infinie.
Et quoique l'eau soit loin d'être finie,
Elle a retrouvé le bonheur
Dans sa chère bouteille.

Cela n'est pas une merveille,
Vous en conviendrez, cher lecteur !

FABLE XXX.

Le Turbot las de la Mer.

—

Un Turbot, grand parleur, qui passait pour savant;
Qui, je ne sais ni pourquoi, ni comment,
Avait fait sa philosophie,
Se croyait un être important,
Comme on en voit beaucoup trop dans la vie.
Ce Turbot orateur,
Un jour étant en grande compagnie,
Voulut prouver que Dieu, le créateur
Des êtres et des mondes,
S'était bien mépris en plaçant
Les poissons dans les ondes.
Vous conviendrez assurément,
Messieurs, dit-il, que c'est une méprise
Si nous nageons dans l'eau ;
Aussi tout m'autorise
A dire au moins que le Très-Haut

N'est pas exempt de blâme,
De nous avoir placés dans ces gouffres hideux
Où, même au milieu du calme,
Tout est horrible, affreux.
Il n'en est point ainsi des autres créatures
Que nous voyons agir sur la terre en tous sens :
Les jeux les plus bruyants,
Les jouissances les plus pures
Leur sont offerts sur des tapis de fleurs ;
Leur air est parfumé des plus douces odeurs :
Tout est faveur pour elles ;
Pour nous, tout est abjection.
Ainsi, Messieurs, notre position
Étant des plus cruelles,
Affranchissons-nous-en,
Quittons ce bourbeux océan.
Les jouissances de la terre
Me paraissent dignes de nous :
Son air, ses prés, ses fleurs, son soleil, son tonnerre,
Son firmament si clair et ses zéphirs si doux
Sont faits pour flatter notre envie ;
Mon ame en est ravie ;
J'y cours : suivez mes pas.
A ces mots, l'orateur, satisfait de lui-même,
Et, prenant un sublime essor,
S'élance assez loin sur le bord,
Qui semblait lui promettre un agrément extrême :
Il y trouva la mort.

Le Créateur mit chaque être à sa place ;
Tout ce qu'il fit , il le fit bien.
Ce serait une audace
Dont l'effet ne produirait rien ,
De vouloir modifier l'œuvre :
Le poisson doit nager et ramper la couleuvre.
Tombe à genoux , mortel,
En tout admire l'Éternel !

FABLE XXXI.

Le Bec-Figue et la Cane.

—

Un bienfait , quel qu'il soit , n'est jamais oublié.
Par un bienfait on est toujours lié ,
Et , tôt ou tard , on sait le reconnaître :
L'apologue suivant le prouvera peut-être.

Au-dessous d'une vigne, et près d'un clair ruisseau
Garanti du soleil par l'ombre d'un ormeau ,
Certaine Cane avait déposé sa couvée.
Près de là, dans la vigne, un peu plus élevée,
Un tout gentil Bec-Figue, heureux dans tous les cas,
Vivait tranquille et sans nul embarras,
En ce qui touche au moins sa nourriture :
Abondante était sa pâture ;

Aucun trouble dans ses repas ;
Et, partant, il était si gras,
Qu'avec peine ses ailes
Dans les airs le soutenaient-elles.
Il visitait souvent
La Cane, sa voisine,
Qu'il aimait tendrement ;
Et comme sa cuisine
Était pourvue on ne peut mieux,
Il en faisait part à notre couveuse :
Tantôt, certains grains farineux :
Le plus souvent d'une grappe vineuse
Arrachant une graine, il la portait joyeux
A notre Cane solitaire.

Il arriva qu'un jour pourtant
Cette tranquillité prospère
Fut interrompue un instant :
C'est bien fâcheux, Dieu me pardonne !
Notre oiseau pourvoyeur, un beau matin d'automne,
Vit entrer dans la vigne un trio de chasseurs.
L'un d'eux disait : sans peines, sans fatigues,
Je pense qu'il vaut mieux, Messieurs,
Ne nous attacher qu'aux Bec-Figues ;
Ils sont ici nombreux et gras :
Nous en verrons à chaque pas.
Le pauvre pourvoyeur, tremblant, comme on le pense,
Se sauve en volant bas,

Et, dans une terrible transe,
Il va trouver la Cane et lui compte le cas :
C'en est fait, ma commère,
Je le vois bien.
Mon trépas est certain,
Ce n'est plus un mystère.
Non pas, non pas, mon cher,
Dit la Cane, viens te cacher,
Là, tout près, sous mon aile,
Et j'espère que, par mon zèle,
Je te garantirai du fusil des chasseurs.
Ce qu'il fit avec joie.
Les chasseurs firent ample proie,
Le prouvèrent par leurs clameurs,
Et, bien joyeux, se retirèrent.
Notre Bec-Figue, alors tout-à-fait rassuré,
Sort de son asile sacré ;
Puis les deux amis s'embrassèrent,
En convenant que les moindres bienfaits
Des cœurs ne s'effacent jamais.

FABLE XXXII.

Une leçon de Musique.

Le Rossignol un jour fit publier
Dans les forêts, surtout sans oublier

Les frais bosquets , la rive sombre
Des fleuves, des étangs,
Son cours ouvert pour tous les rangs.
De tous côtés on vint. Les élèves en nombre
Faisaient de rapides progrès.

Ayant eu connaissance
D'aussi brillants succès,
Maître Corbeau , se berçant d'espérance,
Paraît devant le maître. Il n'a besoin , dit-il ,
Que d'une ou deux leçons pour faire un symphoniste
Le plus moëlleux, le plus subtil.

Voyons, lui dit le Rossignol harpiste,
Ce que sait faire don Corbeau.
Donnez le *la* ? — J'y suis, mon jeune maître ;
Ce ton là ; je dois le connaître !
Au même instant un bruyant *crau*
Sort de son poumon élastique. —

Un peu plus bas ; essayez de nouveau ;
Ces tons-là ne sont pas tolérés en musique.
L'élève , ouvrant un large bec,
Laisse échapper un nouveau *crau* si sec,
Que le musical auditoire
En est presqu'effrayé. — Chut ! dit le Rossignol,
Monsieur veut rire, il faut du moins le croire.
Voyons encore : Donnez le *si* bémol ; —

Un *crau* si fort de son gosier s'élance,
    Que pour le coup
    On rit beaucoup.
  Ennuyé, perdant patience,
  Le Rossignol lui dit en souriant :
Mon cher, vous n'avez point d'oreille,
Vos sons sont faux. Toutefois, votre chant
Peut convenir à Madame Corneille,
    Ainsi qu'aux hôtes des grands bois ;
    Retournez-y, daignez me croire :
Chez nous, le chant exige une autre voix.
    A ces mots, l'auditoire
Se mit à rire et siffler le Corbeau,
Qui, tout honteux, poussant un dernier *crau*,
    Mais un vrai cri de rage,
    Qui fit pâlir plus d'un visage,
Se retire, en disant qu'on ne l'y prendra plus.

    J'ai lu, dans maint ouvrage,
Que vouloir corriger la nature, est abus.
  Nous devons le croire sans peine,
  Puisque l'a dit Jean Lafontaine.

Épilogue.

—

Ainsi que l'a dit Lafontaine,
Les ouvrages de longue haleine
    Épouvantent, font peur.
    Puisons avec usure
Dans le trésor de la nature,
Mais n'en dérobons que la fleur,
C'est bien assez pour le poète :
Au naturaliste appartient
Le droit, selon moi, fort honnête,
De peindre ce qu'elle contient
De majestueux, de sublime ;
Au fabuliste, les détails
Suffisent au vœu qui l'anime.
Sur cette mer, sans gouvernails,
    Il vogue à pleines voiles,
    N'ayant, le plus souvent,
Pour pilote que les étoiles,
    Son goût et son talent ;
    Et rarement encore,
Malgré l'ardeur qui le dévore,
S'il arrive sans accident
Au port où tous ses travaux tendent.
Dans ce trajet hazardeux,

Partout les humains lui demandent
Quel est son but , quels sont ses vœux ?
Les instruire par l'apologue,
Leur montrer leurs égarements,
　　　Et peindre à tous venants,
Non avec l'air d'un pédagogue
Le plus souvent hors de saison ,
Mais bien avec la voix de la raison ,
　　　Et surtout en les faisant rire,
　　　Du vice la difformité,
　　　Des douces vertus la beauté:

A ce digne but où j'aspire
Pourrai-je atteindre ou non un jour ?
C'est ce que je ne puis vous dire :
C'est dans ce but pourtant que j'ose écrire ;
　　　C'est mon espoir, c'est mon amour :
　　　Ce fut celui de Lafontaine,
　　　Et d'Ésope et de Florian.
　　　Lecteur, ont-ils perdu leurs peines
En travaillant dans ce but important ?
　　　La raison seule experte
　　　En un si grave cas,
　　　Vous dira qu'ici-bas,
　　　En l'apologue offerte
　　　Par des traits amusants,
　　　Qui caressent les sens,
　　　Elle réjouit l'âme,

En extirpe le blâme
Et le vice hideux,
Et fait naître à leur place
Les vertus et les mœurs.
Ah! s'il en est ainsi, de grâce,
O Muse, ne résistons plus;
Et, quoi que l'on en puisse dire,
Viens préparer de nouveaux chants :
Dans ce but, j'ai monté ma lyre;
Soutiens mes fiers élans;
Et puisque nous pouvons instruire,
Viens me dicter, je vais écrire.

FIN DU PREMIER LIVRE.

LIVRE SECOND.

FABLE I.

Le Paysan et ses Fils.

Un Paysan des bords de la Moselle,
      D'autres disent du Rhin ,
    Doué de sagesse réelle,
    A prouvé récemment combien
Il est prudent de garder en réserve
La poire pour la soif. Lecteur, voici le fait :
Il démontre très-bien qu'il faut que l'on conserve
Tant soit peu pour le temps où l'on fait son paquet.

Les Fils de ce manant le tourmentaient sans cesse
    Pour qu'il leur fît l'abandon de ses biens ,
    Lui promettant les soins les plus certains
      Qu'exigerait d'eux sa vieillesse
      Pour tout le reste de ses jours,
      En l'assurant de leur amour,
     De leurs respects, de leur tendresse.
Le Paysan ajourne à quelque temps de là

La réponse qu'il doit leur faire.
Il y rêve sans cesse ; et le fait que voilà
Lui semble convenir de plus d'une manière.
Il prit un nid de beaux chardonnerets
Qu'il déposa dans une cage,
Et qu'il plaça dans son jardin au frais
Sous un épais ombrage.
Bientôt les cris plaintifs
De nos petits captifs
Apprirent à leurs père et mère
Qu'ils étaient là ;
Et, joyeux, les voilà
Qui s'apprêtent à satisfaire
Aux besoins les plus pressants
De leurs bien chers enfants.
Quoique captifs, la nourriture
Ne leur manqua pas, je vous jure.
Le Paysan faisait remarquer à ses Fils
Cette tendresse paternelle,
Ces soins touchants pour leurs petits,
Cette amitié réelle.

A quelque temps de là,
Il attrapa
Et le père et la mère,
Et les mit à la place des enfants
Assez forts pour chercher pâture,
Et leur donna la clé des champs.

Les Fils du Paysan, dans cette conjecture,
Pensaient qu'ils nourriraient à leur tour leurs parents,
    Mais il n'en fut rien, je vous jure ;
    Ils furent vite abandonnés !
Sans rien manger quelques jours ils vécurent,
    Puis ils moururent.
Nos jeunes gens en furent étonnés.

    Vous le voyez, mes enfants, dit le père,
On ne doit pas compter sur les soins des enfants :
Et ces petits oiseaux en sont de sûrs garants.
Comprenez bien surtout ; car la chose est bien claire,
Que l'homme est plus ingrat encor que ces oiseaux ;
    Et je pourrais, par mille faits nouveaux,
Le prouver ; celui-ci, je crois, doit vous suffire.

Il suffit, en effet ; l'exemple était frappant.
De l'abandon les Fils n'osèrent plus rien dire :
    Moi, j'en aurais fait tout autant.

FABLE II.

Le Renard promettant la Fortune.

Annoncez aux humains la vertu, la sagesse,
Vous êtes sûr que vous n'aurez pas presse ;

    11

Mais parlez-leur d'emplois ou de trésors ,
L'auditoire s'emplit, s'encombrent ses abords :
Tant est flatteur l'appât de la fortune !
A tout prix on en désire une.
Voyons ce que nous dit la fable à ce sujet.

Un vieux Renard , mais rempli de finesse ,
Le même, nous dit-on , qui vendait la sagesse ,
Fit publier qu'il assurait
La fortune à qui le croirait.
Au jour dit , la foule fut grande :
L'appât de l'or est si puissant !
On arrive de loin , on se pousse , on demande
Avec empressement
Ce qu'il faut faire enfin pour avoir des richesses ?
« Rien n'est plus facile , Messieurs :
Renoncez aux plaisirs , à la pompe, aux honneurs ,
Dit le Renard , aux jeux , aux bals , à vos maîtresses ;
A tout ce qui flatte les sens ;
Contentez-vous de peu , vous aurez la fortune :
A ce seul prix, le sage en acquière une ,
Dont les charmes sont suffisants
Pour assurer un bonheur pur et stable. »

A peine eût-il fini , qu'un murmure effroyable
Eclate et se fait jour.
Renoncer aux jeux , à l'amour ,
Dit-on , aux plaisirs de la vie ,

C'est un vieux fou !
Chacun se retire en furie,
Et pour courir je ne sais où.

Promettre la fortune à l'homme,
C'est lui promettre tout ;
Il vous suivra du Japon jusqu'à Rome,
De Paris jusqu'à Tombouctout ;
Dans le seul but de vous rendre propice
A ses désirs ; mais si, pour de tels dons,
Vous exigez le sacrifice
De quelques passions
Qui le retiennent à la chaîne,
Vous perdrez votre peine ;
Votre promesse est vaine
Ainsi que vos leçons :
C'est bien là la nature humaine !

FABLE III.

L'Ourse et le Renard.

Depuis deux jours, une Ourse avait mis bas :
Aussi depuis ce temps elle ne cessait pas
De lécher ses petits maussades et sans formes,
Et je pourrais même ajouter difformes,

Car , à mon sens , rien n'est aussi vilain
Que le petit Ourson qui vient de naître ,
    Et point ne mentirais peut-être ;
    J'ai toujours tenu pour certain
Qu'un jeune Ourson est une affreuse bête :
J'en ai vu de mes yeux , dans ce cas je puis bien
Le dire sans me compromettre en rien.
Cette Ourse donc était à la toilette
    De ses petits qu'elle admirait.
      En ce moment passait
    Un Renard qu'elle connaissait ,
      Dit-on , d'ancienne date :
      Viens donc voir , mon voisin
   Dit-elle , mon trésor , mon bien.
     Ensuite elle les flatte
     Des yeux et de la patte ,
       En retirant ,
       On me comprend ,
    Ses cinq griffes aigues ;
Vois donc comme ils sont bien tournés
    Mes enfants nouveaux nés !
C'est à croquer ! beaux traits , formes menues ,
    C'est à ravir , mon cher !
    C'est charmant, admirable ,
    Pardessus tout aimable;
    Il faudrait loin chercher
    Pour trouver leurs semblables !

Je ne crois pas cela ,
Dit le Renard , ces petits là ,
A dire vrai, sont effroyables.

Ma foi , tu n'y vois rien ,
Mon cher Renard , je m'en aperçois bien !
Ton jugement bizarre
Me cause des regrets :
La distance qui nous sépare
En est la cause ; approche-toi plus près :
Viens donc. Notre Renard , quoique prudente bête,
S'y laissa prendre bel et bien :
L'Ourse le saisit par la tête ;
Il eut beau s'agiter , crier , faire tempête ,
Notre Ourse en fit un bon festin.

Ce Renard là , bien franc et sans colère ,
Ne voyait pas avec des yeux de mère !
Il paya cher d'avoir été si franc.
Une mère toujours regarde à sa manière :
Ce qui lui paraît noir , un autre le voit blanc ;
Par la nature elle est , dit-on , guidée :
C'est l'irriter d'avoir une autre idée.

FABLE IV.

Le Chat endormi, et les Rats.

—

Ne troublez point, Rats imprudents,
De ce Chat le sommeil paisible :
Quand il cache griffes et dents,
Son réveil en est plus terrible.
Un autre l'a dit avant moi,
Et je le crois de bonne foi ;
Mais il ne s'agit pas de croire,
Il faut en forme l'établir ;
Et la fable, comme l'histoire,
Sans ravaler, sans embellir,
Doit montrer telle qu'est la chose,
Et c'est à quoi je me dispose.

Un jour, l'Alexandre des Chats,
Le Gengis-Kan, le vrai fléau des Rats,
S'endormit dans une mansarde.
Mais dormait-il ? Assurément
Je ne m'offre pas pour garant,
Car c'est un mauvais garnement ;
De près il faut qu'on y regarde
Pour s'assurer de son état ;
Il connait tous les tours d'adresse,
De ruse, de finesse.

C'était un véritable Chat
Dans toute la force du terme :
    De jour, comme de nuit,
    Quand il parait, tout fuit,
Toute porte de Rats se ferme.
Pourtant un Rat, un jeune fou,
Se hasarde, sort de son trou,
Et pour sa race se dévoue :
C'est trop pour un Rat, je l'avoue ;
L'exemple est rare, j'en conviens,
Ainsi que parmi nous humains.
    Se soutenant à peine
Sur ses pieds, et retenant son haleine,
    Notre dévoué Rat
    S'approche du saint Chat
    Qui ronflait comme quatre.
    Fort bien ! dit-il, fort bien !
    Ce sommeil bien certain
    Permet de nous ébattre
Et de nous livrer aux plaisirs,
Peut-être aussi de le combattre :
Ce seraient là tous mes désirs,
    Et la chose publique
    L'attend au moins de nous :
Instruisons-en la République.
Il dit et court à tous les trous,
Aux trous de rat, on me comprend sans doute,
Et raconte le cas ; chacun est enchanté ;

Joyeux, chacun l'écoute :
Chacun déjà s'est apprêté
Pour le soutien de la patrie,
 Par eux toujours chérie,
Pour frapper de glorieux coups.
 Bientôt de tous les trous
Sortent des combattants en armes ;
Aux vents flottent les oriflammes,
On s'approche du dormeur Chat :
 On se forme en bataille,
On règle l'ordre du combat.
Le plus hardi travaille
 A chasser la frayeur
 De chaque cœur.
L'ennemi dort encor. Quel parti va-t-on prendre !
Le général s'avance et leur tient ce discours :
Je demande, dit-il, qu'on veuille bien m'entendre.
Le temps est opportun : il ne l'est pas toujours !
 Quoi qu'il en soit, dans cette circonstance,
 Je crois que la prudence
 Seule doit nous guider.
 Nous ne devons pas retarder,
 Je le sais, la vengeance ;
Mais sommes-nous tous ensemble assez forts ?
 Et que produiront nos efforts ?
Rien, si ce n'est sûrement, je le pense.
 Qu'à nous faire écraser.
N'attaquons pas de front ; servons-nous de la ruse

Aux faibles il est permis de ruser.
Notre faiblesse nous excuse.
Et, sauf meilleur avis,
En ce cas périlleux, il faut qu'un se dévoue
Pour le bien du pays :
D'avance je l'en loue.
C'est vrai ! cria de tous côtés
Notre multitude ratonne.
Dévouons-nous ! Par ces célébrités,
Le nouveau Décius s'assure une colonne,
Et son nom passe à l'immortalité.
Mais la mort d'un de nous, nous assurera-t-elle
Celle de l'ennemi commun ?
J'en doute fort, dit l'un.
Le général reprit : Pour prix d'un si beau zèle,
Notre ennemi mourra très-sûrement ;
La raison que j'en donne
En est un sûr garant :
Qu'un de nous s'empoisonne
Et se fasse manger aussitôt par le chat
Qui, sans doute, mourra : cette action d'éclat
Aura sauvé la République.
C'est bien ! dit l'assemblée avec un cri confus.
Qui veut être de nous le nouveau Décius ? —
Pas moi, ni moi, ni moi non plus ; —
Je tiens beaucoup à la chose publique,
Dit l'autre ; mais mon nombreux domestique
M'en ôte la possibilité ; —

Moi, quoique vieux, j'aime la vie ; —
Moi, je suis jeune, et je n'ai pas envie,
Pour acquérir quelque célébrité,
De m'en aller si vite en autre monde.
Enfin, pas un ne consent à mourir,
    La seule idée en fait frémir ;
    Chacun murmure, chacun gronde.
    On jette des cris éclatants ,
        Jamais scène pareille
        N'avait eu lieu céans.
    À ce bruit, Minet se réveille
        Et croque les plus lents.

    N'est-ce pas ainsi dans le monde ?
    Si la patrie est en péril ,
Beaucoup de gens, de sagesse profonde,
    Projettent ; mais, existe-t-il,
        Parmi ces fiers courages,
        Ces braves et ces sages,
        Beaucoup de Décius ?
        Lecteurs, je vous écoute,
        Vous direz : non, sans doute :
        Le temps passé n'est plus !

FABLE V.

Le Dahlia et le Réséda.

Un Dahlia, l'ornement d un parterre,
Etalait avec luxe aux yeux ses belles fleurs,
Couvrait avec orgueil de ses tiges la terre,
Et bravait du soleil les brûlantes ardeurs;
 Il était fier de sa riche croissance ;
 Il admirait sa flatteuse présence.
 Je suis, dit-il à l'humble Réséda,
L'honneur de ce jardin et la gloire du maître ;
  L'Etre-Suprême m'accorda,
   Tu dois le reconnaître,
   Ses plus douces faveurs.—
   C'est vrai, rien ne le nie,
Reprit le Réséda, sa sagesse infinie,
  Dans les nuances de tes fleurs
  Imprima son divin génie ;
Mais il te refusa l'agrément des odeurs.
Le Lys, le Fuxia, l'OEillet, la Renoncule,
  Devant toi ne reculent pas ;
Et moi, par mon odeur, je me crois ton émule :
  Nous te valons, dans tous les cas.—
  Ta présomption est bien sotte,
  Dit à l'odorant Réséda
  Le présomptueux Dahlia,
Vous n'êtes bons qu'à décorer la hotte

Du jardinier Simon ;
Moi, j'orne le salon
De nos grands, de nos princes,
Et je suis l'amour des provinces ;
Ma gloire est vraie et ne finira pas.

A ces mots, une courtillère,
Convoiteuse de tels repas,
L'attaqua de belle manière,
Fit tant des serres et des dents,
Que notre Dahlia superbe
Inclina bientôt ses montants,
Ses larges fleurs, jusque sur l'herbe.
Ah ! ah ! lui dit le Réséda,
Ton règne se termine là ?
Sans tant d'éclat je vis encore,
Et toi, l'insecte te dévore !

L'envie est l'insecte des grands ;
Le petit, on l'ignore :
Il végète sans bruit. Aisément, je comprends
Qu'en ce bas univers, autour de ce qui brille,
L'insecte qui ronge fourmille,
Et que, le plus souvent,
La beauté passe en un instant :
Je l'apprends à la jeune fille,
Aux orgueilleux j'en dis autant.

FABLE VI.

L'Ane portant plainte au Lion contre le Cheval.

Le faible a toujours tort,
Le droit appartient au plus fort;
Penser autrement, c'est folie :
Devant ce droit tout s'humilie.

Un Ane gardait avec soin
Plusieurs bottes de foin
Pour la saison dure :
Il n'y touchait pas, je vous jure.
Un beau matin
Qu'il était allé paître,
Un Cheval, son voisin,
S'en rendit maître
Et les porta chez lui.
Le Cheval n'est pas chiche,
Dit-on, du bien d'autrui ;
C'est quelquefois le cas du riche,
J'entends de l'homme parvenu.
L'Ane étant revenu
A son modeste domicile,
S'aperçut bientôt de ce vol.

12

Il lui fut très-facile,
Vu le licol
Laissé dans cet asile,
D'en désigner l'auteur.
C'est le licol, dit-il de suite,
D'un tel, donc-il est le voleur.
Là dessus il débite
Maints cas où le Cheval
Fut reconnu peu probe.
Tout être qui dérobe,
Dit-il, doit, par le tribunal
Etre puni d'amende
Envers celui qu'il a volé.
Quoi qu'il en soit, notre Ane est désolé ;
Malgré son droit il appréhende
L'abord des tribunaux.
Mais qu'importe, voyons le juge :
Devant la loi les êtres sont égaux ;
La loi de tous est le refuge.
Ayant dit, il se rend près du Lion
Juge de paix de son canton,
Et lui conte l'affaire
D'une manière claire.
Après avoir bien entendu,
Le juge, secouant la tête :
Tout bien compris, dit-il, tout vu,
Et sans recourir à l'enquête,
L'accusé n'est pas un voleur ;

Je le connais de date ancienne
Pour un Cheval rempli d'honneur;
Ainsi tu perds ta peine ;
Il aurait mieux valu n'en avoir pas parlé. —
Et ce licol trouvé chez moi?... — Tu l'as volé ;
Je te connais, et je serais à même,
D'après ta déclaration,
De te faire mettre en prison.

Dans sa surprise extrême,
Notre pauvre grison,
Baissant l'oreille,
Sans savoir s'il dort ou s'il veille,
Pressant la foule,
Se retira, bien plus honteux
Qu'un Renard pris par une Poule.
Ce jugement est curieux,
Disait-il en sortant, ma surprise en est grande :
Ce serait le volé qu'on punirait d'amende !

FABLE VII.

La Double Dévotion.

La religion est si pure
Qu'elle exige une entière foi,
Et tout, dans la nature,

Semble nous en faire une loi.
Mais souvent l'homme est hypocrite ,
Et cache sous de saints dehors
Le but coupable qu'il médite ,
　　Et fait d incessants efforts
　　Pour chercher à paraître
　　Dans le public, un être
Parfaitement religieux ,
　　Tandis que dans son âme
　　La vile passion
Eteint toute religion,
Et pour des biens périssables l'enflamme.
Le faux dévot est si commun
Qu'il m'est facile d'en peindre un.

　　Un très-riche propriétaire
　　Avait fait faire un secrétaire
　　A la mode et bien travaillé.
　　Chacun était émerveillé
　　　D'un si parfait ouvrage :
　　L'ébéniste y mit tous ses soins ,
　　　Chercha , comme d'usage ,
　　A marier, sur tous les points ,
　　Les beaux nœuds et les veines
　　Du vif Acajou , des Ebènes ,
　　　Du Frène et du Noyer,
　　Il sut si bien faire ployer,
　　　Sous sa main créatrice ,

Toutes les nuances du bois,
Qu'on aurait dit que, sous ses doigts,
Tout s'était fait par artifice ;
Si bien que le panneau
De ce meuble si beau
Représentait l'image
De la mère de Dieu.
C'était frappant ! sur son noble visage
Régnait l'aimable feu
De la simplicité modeste,
De la douceur et de l'amour divin ;
Et je laisse à penser du reste.
Aussi, chaque matin,
Notre homme allumait-il un cierge
Devant sa Vierge,
Et priait de son mieux.

Mais, chers lecteurs, je dois vous dire
Que le meuble chéri renfermait son trésor.
Que pensez-vous qu'il prie et qu'il admire ?
Non la Vierge, mais bien son or !

FABLE VIII.

L'Homme et la Mort.

—

Depuis longtemps, la femme à Mathurin
Etait malade ; le ménage,

Comme on le pense bien,
N'allait pas mieux : car, femme active et sage,
Dit-on, avec raison,
Est le bonheur d'une maison ;
Mais il n'en était pas de même chez notre homme :
Ses effets mal soignés de jour en jour s'usaient ;
Mal vêtus, mal nourris, ses cinq enfants criaient ;
Lui, de chagrin, n'était plus qu'un fantôme.
Lassé de son malheureux sort,
N'en pouvant plus, il appelle la Mort.
La Mort aussitôt se présente. —
Tu vois, bonhomme Mathurin,
Comme je suis obéissante :
Que puis-je faire pour ton bien ? —
Tu le sais bien, répliqua l'homme.
La Mort qui n'est pas bête, à ces mots le comprit,
Et la femme partit,
Non pour Nantes ou Rome,
Lecteurs, vous m'entendez,
Mais bien pour l'autre monde.

A l'homme plus vous accordez,
Plus il demande. Un jour, faisant sa ronde,
La Mort rencontra Mathurin :
Camuse, ô toi qui sus si bien
Me secourir dans ma misère
J'implore encore ton pouvoir,
Dit Mathurin, tu dois bien voir

Qu'à mes enfants il faut une autre mère?
    Ils l'attendent de ton bon choix. —

    Tu te méprends bien, je le vois,
    Lui dit la Mort; je suis heureuse
    Quand je débarrasse quelqu'un;
    Mais je ne suis pas pourvoyeuse :
    Adieu. Ne sois pas importun.

    Chers lecteurs, vous devez m'entendre :
    Chacun doit être tout entier
    A son affaire, à son métier :
    La chose est facile à comprendre.
Agissant autrement on ne bâtit qu'en l'air :
    A mon avis cela semble bien clair.

FABLE IX.

La Mouche et les Moucherons.

—

Dans un cellier obscur, mais pas tout-à-fait noir,
Une bouteille pleine ayant été laissée,
Attirait par l'odeur (quoique déjà passée)
D'un vin qui contenait encor quelque pouvoir,
    Les Moucherons de cent pas à la ronde :
        C'était un plaisir de les voir
Voltiger, bourdonner autour de mainte bonde.

Mieux encore autour du bouchon
De la bouteille :
Oh ! sans mentir c'était merveille,
De voir comme ils trouvaient le repas bon !
Et, sans désirer mieux, ils pensaient qu'on est sage
Lorsqu'on se contente de peu.

Une Mouche, au fluet corsage,
Passe en bourdonnant dans ce lieu ;
On lui fait fête, elle est la bien venue ;
On l'invite au repas commun ;
On s'empresse, et chacun
En gens honnête, s'évertue
Pour la recevoir de son mieux.
Qu'arriva-t-il ? ce qui souvent, je pense,
Arrive aux citoyens comme eux
Qui, quoique bons et généreux,
Ne sont pas dans l'aisance;
J'accepterais, qui, moi? Vous vous moquez, Messieurs;
L'odeur de ce bouchon peut fort bien vous suffire;
Vous ne connaissez pas pour vous de mets meilleurs.
Mais une Mouche !... Enfin vous voulez rire !
Moi qui fréquente les palais,
Qui savoure les meilleurs mets
Offerts aux princes, aux monarques,
Et vous voudriez que je restasse ici?
On doit me reconnaître à de plus dignes marques !
Notre Mouche, en disant ceci,

Prend son essor pour sortir de la cave.
Mais le destin qui peut paralyser
  Les projets du plus brave ,
   Accourt pour s'opposer
  A celui de la glorieuse.
La sotte ! qui ne se trouvait heureuse
  Qu'à la table de l'opulent ;
  Alla donner étourdiment
  Dans une toile d'araignée
  Qui n'était pas bien éloignée ;
Elle eut beau faire et se plaindre du sort ,
   Elle y trouva la mort.
Sachons nous contenter de notre destinée :
   Aux uns la fortune est donnée ;
  Les autres , et sans contredit ,
  Ceux-ci forment le plus grand nombre ,
  A ce qu'un sage nous a dit ,
   Doivent vivre dans l'ombre
   Et dans la pauvreté ;
  Mais c'est une témérité
  De vouloir , comme notre Mouche ,
   Un peu trop s'élever ,
   Car le sort s'effarouche
   Et ne peut approuver
  Les projets que l'orgueil inspire :
  Je ne cesserai de le dire.

FABLE X.

Les Deux Rats rivaux.

—

L'amour n'est pas toujours doux , toujours bon.
Quoiqu'il soit Dieu , c'est un petit fripon
Qui tend sans cesse à duper qui l'écoute.
Il est aveugle , heureusement pour nous !
Sans le bandeau que le destin jaloux
Mit sur ses yeux , tous les mortels sans doute
Seraient encor beaucoup plus malheureux.
Malgré cela, ses traits sont redoutables ;
Rien n'y résiste ; et, qu'on soit jeune ou vieux,
Ou laid, ou beau, de ses lois adorables
Il faut enfin un jour suivre le cours.
Mais, pour les uns, je le dirai toujours,
Cette faveur souvent devient bien dure !
La sombre Envie, excitant ses serpents,
Souffle partout le poison de discorde.
Examinons quelques-uns des amours :
Sont-ils heureux ? Non. La paix, la concorde,
Même entr'amis, ont-elles quelques droits ?
Je dis aucuns : j'ai raison, je le crois,
Et le bonheur pour eux n'est qu'un vain leurre.
C'est un peu fort ! s'écriera le lecteur,
Dire qu'amour est contraire au bonheur ! —
Eh bien ! je vais le prouver tout à l'heure.

Deux Rats s'aimaient de sincère amitié ;
Cette amitié ne fut jamais troublée.
On les voyait toujours ensemble à l'assemblée ;
Les biens conquis, partagés par moitié,
Sans noise, sans procès, grossissaient à leur vue :
(L'union fait la force); et chaque part échue
Ne semble point trop faible, on est toujours content ;
On la mangeait ensemble ou bien séparément :
Et c'était, en deux mots, une union parfaite,
Un bonheur qui semblait devoir durer toujours,
Tant ils savaient en embellir le cours ;
Et chaque jour, pour eux, était un jour de fête.
Hélas ! ils ne prévoyaient pas
Que l'amour dût troubler cette amitié paisible !
Lecteurs, voici le cas :
Vous gémirez si vous avez le cœur sensible.

Un certain jour qu'ils étaient aux aguets,
A la chasse, on doit me comprendre,
Une bien jeune Ratte, au regard doux et tendre,
Au beau corsage, aux beaux attraits,
Se montre : adieu la paix, l'amitié fraternelle ;
Chacun des deux amis veut se faire aimer d'elle.
On projette, on complotte, on se fait plus d'un tour,
On en vint aux mains, et l'amour
Divisa ce qu'unit l'amitié la plus pure.
Le combat fut sanglant, fit frémir la nature,
Et l'un des champions resta sur le carreau.
Puis, le vainqueur joyeux s'approcha de la Ratte,

Pensant être agréé, fait l'aimable et la flatte :
Je n'aimerai jamais d'un ami le bourreau ,
     Dit-elle en fuyant au plus vite.
     Notre Rat, furieux de voir
     Que son Hélène a pris la fuite,
La rage dans le cœur, se pend de désespoir.

     Contemple, amour, tes deux victimes !
     Le monde est rempli de tes crimes,
          Et je ne sais pourquoi
     On adore encore ta loi.
     C'est un aimant irrésistible,
     Le plus fort s'y prend le premier.
     Ah ! puisse à ta cour corruptible,
     Ce grand crime être le dernier !!!

FABLE XI.

Jenner et la Variole.

—

J'en veux à la beauté, j'en veux au genre humain,
     Disait un jour la Variole,
Et si Dieu le permet, j'en donne ma parole,
     Mes ravages iront bon train.
     Point de quartier ! j'attaque tous les âges,
La jeunesse surtout, les fous comme les sages,
          Je précède la mort,
     Et, sans un trop pénible effort,

A mon venin tout cède ;
Si je ne tue, au moins je rends la beauté laide :
En cela je crois sûrement
Rendre aux mœurs, aux vertus, un service important·
    La beauté rend fragile
    Le sexe si charmant
    Et partant si facile ;
    Tandis que la laideur
    Repoussante, fait peur
    A la tourbe nombreuse,
    Si douce, si flatteuse
    De ces vils séducteurs
    Qu'on nomme adorateurs,
    Que je dois bien connaître ;
Ils en auront menti peut-être !
Si Dieu seconde ma fureur
    Et surtout mes ravages :
    A force de laideur,
    Filles deviendront sages :
Tout sera profit pour les mœurs,
Et j'en aurai tous les honneurs.

Assez et trop longtemps de la maligne rage,
    Dit Jenner qui se trouvait là,
    On a ressenti le ravage ;
    Mais celle que voilà,
    Ma fille, la vaccine,
    Va mettre fin à tes horreurs,
    Ainsi qu'à ta vie assassine.

13

Fuis son regard. Les vertus et les mœurs,
Malgré tout ce que tu peux dire,
Sont compagnes de la beauté.

Jenner a raison : je l'admire.
Et je crois que, tout bien compté,
Sa fille, la vaccine,
Rend à l'humanité,
Par sa présence ici presque divine,
Un service très-important ;
Et qu'à tout mal il est remède :
Le trouver, voilà l'art ;
Et j'ai lu quelque part
Que, devant l'art, tout cède.
Jenner le prouve : Avis aux médecins :
Etudiez un peu, vos succès sont certains.

FABLE XII.

Psyché et l'Amour.

—

A défaut de l'histoire,
La fable nous indique, et nous devons la croire,
Que Psyché, divine beauté,
Déesse de la volupté,
Aima, mais d'un amour extrême,
Le petit Dieu qu'on nomme Amour ;
L'amant la paya de retour.

Comme on le sait , cette amitié suprême
    Fut malheureuse en plus d'un cas.
    L'Amour était un Dieu volage ;
    L'inconstance suivait ses pas ;
    Les jeux , les ris , le badinage
Faisaient de lui le plus léger des Dieux.
    Malgré le bandeau secourable
    Que le destin mit sur ses yeux ,
Il n'en était pas moins insatiable
A sans cesse courir de beautés en beautés :
    Et ses vœux étaient écoutés.

    Psyché , qui l'aimait d'amour tendre ,
        Ne pouvait pas comprendre
Qu'il pût l'abandonner pour chercher mieux ailleurs.
        Elle gémit , répand des pleurs ,
        Se tourmente , se désespère ;
        Elle se plaint , et sans succès ,
Fait agir le pouvoir de ses immortels charmes :
    Soins superflus ! vaines et faibles armes !
        Que faire ?.... Mais si j'essayais
        D'autres moyens , dit-elle ?
    Peut-être que je retiendrais
Auprès de moi cet époux infidèle :
J'y songerai. Le cœur d'une immortelle
    Ne céde pas facilement ;
        Il sait saisir l'instant
        Qui lui semble propice
    Pour exercer une malice.

Un jour que, las d'un voyage lointain,
L'Amour, près de Psyché, sur sa couche de roses,
S'endormit sur son sein.
Amant volage, oh ! comme tu reposes !
Qu'il est charmant, le dieu des cœurs !
Dit Psyché. Pourquoi le volage
Est-il insensible à mes pleurs ?
Si je croyais... Mais sa colère...
Qu'importe ? Employons le moyen
Que me suscite mon chagrin
Et ma haine envers sa mère ;
Au moins, il restera près de moi,
Ne rangera plus sous sa loi
Les mortelles qu'il croit si belles
Et qu'il préfère à sa Psyché.
Puis, soulevant l'Amour sur son côté penché,
Elle coupa les plumes de ses aîles,
Pensant bien que, sans elles,
Il ne pourra plus s'envoler.

Belles, si vous craignez que l'Amour ne s'envole,
(Ce serait à s'en désoler !)
Daignez me croire sur parole,
Servez-vous du même moyen,
Il n'en est pas de plus certain
Pour garder en servage
Le petit dieu volage.
Sans lui l'espoir s'enfuit,

Quelquefois le bonheur le suit,
    Et souvent il ne reste
    Que le souci funeste.

FABLE XIII.

L'Homme et son Habit.

—

Un jour, un Homme, en mettant son Habit,
    Prit la parole et dit :
   Conviens-en, la gloire est bien douce,
    C'est le baume du cœur,
Chacun y trouve son bonheur,
Chacun va boire à cette source ;
    Car, après tout, vois-tu,
    Si, quand j'aurai paru
      Dans la rue
      On me salue,
L'honneur à moi seul en est dû :
   Je t'en laisse l'arbitre.—

L'honneur à vous ? Non pas, Monsieur,
    Vous êtes dans l'erreur :
   Je revendique cet honneur,
Dit l'Habit ; la fortune est souvent un vain titre
    Pour mériter l'attention
De ce que vous nommez la population,

Qui se fixe sur l'apparence ;
Et je vous donne l'assurance
Qu'un bel Habit est plus prisé
Et beaucoup plus favorisé,
Le plus souvent, que celui qui le porte.
A la foule, qu'importe
Un titre ? De tout temps l'Habit
S'attira respect et crédit.
Quand je me montre dans la rue,
Croyez-le bien, c'est moi seul qu'on salue :
C'est un fait bien constant, Lafontaine l'a dit.

—————

A MADAME LA BARONNE DE VEAUCE, EN LUI ENVOYANT
LA FABLE CI-APRÈS.

—

La fortune, un grand nom, unis à la beauté,
Surtout à l'amabilité,
Ont toujours mérité l'hommage
Et l'encens des mortels.
Nos fastes, d'âge en âge,
Le prouvent, avec les autels
Que leur dressa l'admiration pure
Et la reconnaissance sûre
Des nations et des bons cœurs.
Permettez-moi, bienfaisante Baronne,
De déposer à vos pieds la couronne

Due à vos vertus, à vos mœurs.
Si l'art, secondant mon envie,
M'eût permis d'entreprendre plus,
Les plus chers instants de ma vie,
Mes veilles, mes soins assidus
Seraient tous consacrés à chanter vos vertus,
Votre amabilité que dans l'ombre j'encense ;
Et mes vers, comme vous, deviendraient immortels.
Mais inconnu, sans nom, sans influence,
Je végéte sans buts réels :
Mes rimes restent ignorées,
Alors que vos mœurs adorées,
Des petits et des grands admirées,
Vous élèvent jusques aux cieux.

J'ai sû, par contre coup,
Que vous aviez été quêteuse
A Veauce, pour la fête de Saint Loup ;
Et cette circonstance heureuse
M'autorise à vous adresser... —
Quoi? direz-vous, — une humble fable ;
C'est peu je dois le confesser,
Mais elle peut vous paraître agréable,
Parce qu'elle repose en tout
Sur une très-récente quête
Faite, non à la fête
De votre vertueux Saint Loup ;
Mais bien dans une église

Que je ne puis nommer ,
Et qui , quoi qu'on en dise,
A bien voulu m'en informer.
Veuillez bien me permettre
De joindre à cet apologue nouveau
Celui du Rat de terre et du Rat d'eau ,
Qui vous feront rire peut être
Non des héros , mais de l'auteur.
Que m'importe après tout ; je vous aurai fait rire ;
Et je crois , je puis vous le dire ,
Que j'en rierais moi-même de bon cœur.

FABLE XIV.

Le Marguillier escamoteur.

—

Il est, convenons-en , beaucoup d'escamoteurs.
Le plus minime bourg , la plus petite ville ,
Jusqu'aux simples hameaux, tous possèdent les leurs.
Au hazard , entre mille
Je vais essayer d'en peindre un ,
Le plus adroit , le moins commun.
Lecteurs , ne riez pas ; car telle marchandise
Se rencontre partout : au palais , à l'église,
A la foire , à la fête , au spectacle , au salon.
Un jour , dans une ville , (il faut taire le nom)
Du lieu c'était la fête patronale.

Les apprêts étaient grands : garde nationale ,
    Grande foule de curieux,
Tambour battant se rendaient à l'église.
    Très-inutile que je dise
    Que tout s'y passa pour le mieux,
    Quant à l'office , ainsi qu'à la musique,
    La satisfaction l'explique :
On était tout oreilles et tout yeux.

Au banc des Marguilliers , ainsi que de coutume ,
Etait une beauté , la quêteuse , on m'entend ,
    En élégant costume ,
    En costume presque de bal :
Mais qu'importe, après tout , je n'y vois point de mal,
Bourse en main, attendant le moment de la quête :
Ce moment vient. Le Suisse apparait et s'apprête
A protéger les pas de la jeune beauté ,
Qui se lève aussitôt et présente sa bourse ,
    D'une manière tendre et douce ,
    Au Marguillier assis à ses côtés.
    Oh ! c'est juste, Mademoiselle ,
    Dit celui-ci, montrant aux assistants
    Une pièce de cinq francs,
Qu'il dépose en la bourse : Elle est neuve, elle est belle,
    Marmotta-t-il entre ses dents.
On remercie avec un doux sourire
        Qui semble dire :
Un bon commencement annonce bonne fin ;

Je vois que ma quête ira bien.
Joyeuse, elle poursuit sa quête
D'un air presque de conquête.
On suit l'église en tous les sens,
Et la nef, et lë chœur, et les collatérales ;
On demande aux petits, aux grands ;
Partout, les mains sont libérales :
Refuse-t-on à la beauté
Conduite par la charité ?
La quête terminée, on revient à sa place
Avec joie et de bonne grâce ;
On remercie encor l'honnête Marguillier,
Qui, dans son banc, était tout prêt de sommeiller.

Enfin, coupons au court. Quand la cérémonie,
La messe, j'entends, fut finie,
Chez elle on reconduit, ainsi qu'on le devait,
La gentille quêteuse,
Tout aise et tout heureuse
Du précieux fardeau qu'elle portait.
Bonne quête ! dit-elle en entrant, à sa mère :
Je suis bien sûre, au moins, d'un écu de cinq francs.
Puis, d'une main légère,
Otant ses gants,
Elle verse aussitôt sa bourse sur la table.
La quête était fort raisonnable ;
Mais d'écus de cinq francs, aucun !
On cherche, on cherche encore ;

Mais rien. Comment cela se fait-il ? Je l'ignore ;
   Pourtant, un tel m'en a bien fait voir un !...
Elle ne savait pas, du moins, je dois le croire,
Que notre Marguillier était un vrai Conus (1)
     Pour escamoter les écus.
     En quelques mots, voilà l'histoire !

————————

FABLE XV.

La Feuille verte et la Feuille séche.

—

Ne rions pas de la chute d'un autre,
     Car, au premier instant,
     Le Destin inconstant
Peut occasionner la nôtre.

   Je ne sais pourquoi ni comment,
Un beau jour, une feuille d'orme
     Se flétrit, se déforme,
Et devient le jouet du vent.
Sa voisine, sa sœur, sans doute,
     Vigoureuse, et partant,
     D'un vert pur et luisant,
     A son malheur ajoute

(1) Fameux escamoteur moderne.

Le trait dur et mordant
De l'ironie et du sourire :
Te voilà bien, ma sœur,
Là, tout prêt, je t'admire
Dans la poussière te traînant ;
Ton destin est vraiment
Digne d'envie !
Sous ses pieds, le passant
Te foule impunément ;
Tu meurs, et moi, pleine de vie,
J'assiste à tes derniers instants !

Entendant ces propos méchants,
Une chenille, bonne bête,
Ayant mis dans sa tête
D'en arrêter le cours,
Après mille détours,
Atteint enfin la Feuille verte :
Elle jura sa perte.
La rampeuse fit tant
Des mandibules, de la dent,
Que la feuille railleuse
Et surtout orgueilleuse,
En un instant
Devint également
Le jouet du vent.

Ah ! dit la feuille séche,

Te voilà donc, ma sœur.
Tu te moquais de mon malheur,
Et le destin revêche
Te met à mon niveau,
Tu m'entends, au tombeau !
Ma sœur, ne t'en déplaise,
J'en suis fort aise.
Sache, ma mie, enfin,
Que le destin colère,
Met bientôt fin
A l'orgueil inhumain
Qui rit de la misère ;
Et comprends bien, ma chère,
Que l'être dur qui rit des maux d'autrui,
Attire au même instant sur lui
Une peine semblable :
Cela me semble raisonnable.

FABLE XVI.

Le Serpent et l'Ecrevisse.

—

Dieu fit bien ce qu'il fit, sans cesse je l'admire.
Vouloir modifier son œuvre en quelques points,
Ce serait, il faut bien le dire,
Perdre ses instants et ses soins.
Chacun dans l'univers exécute son rôle :

14

L'un va droit devant soi , cet autre à reculons ,
    Le Serpent rampe et l'oiseau vole ;
Chacun, selon son but et ses intentions ,
    Sans s'égarer , suit la commune route :
        Dieu le voulut ainsi sans doute.
        Voyons la fable ci-dessous :
        Peut-être y démêlerons-nous
        La raison de ce que j'avance.

    Dame Ecrevisse, un beau matin d'été ,
        Dans un endroit bien abrité
Des cuisantes ardeurs d'une chaleur intense ,
        Se promenait gravement ,
        Je veux dire lentement.
            Au même instant
        Un superbe Serpent ,
Rampant sans bruit sous la molle verdure ,
    Par là passait aussi par aventure.
    Tiens , comme il marche celui-là !
    S'écria dame l'Ecrevisse ;
        Je crois , Dieu me bénisse ,
    Que cet animal que voilà
    Ne voyage pas à son aise ! —
        Qui , moi? ne t'en déplaise ,
        Répliqua le Serpent ,
    Je trouve mon allure bonne.
Mais tu veux rire assurément ,
        Écrevisse mignonne ,

Regarde-toi marcher !
Tes mouvements sont ridicules :
A tous pas on te voit broncher,
Et puis, plutôt que d'approcher
    Sans cesse tu recules. —
Qui, moi, je recule, mon cher ?
    Tu n'y vois pas bien clair !
Repliqua l'Écrevisse sotte,
Je crois vraiment qu'ami Serpent radotte !
Cependant j'arrive à mon but :
Donc je marche tout comme un autre.

Maître Serpent fit ce qu'il put,
    Parla comme un apôtre,
    Discuta, pérora,
    Et quelquefois jura,
    Pour lui faire comprendre
Que son marcher était vilain ;
Mais il y perdit son latin.

Aux autres vouloir faire entendre
Qu'ils ont des défauts apparents,
    On perd toujours son temps.

FABLE XVII.

L'Anguille et les deux Garçons.

—

Deux vigoureux Garçons ayant pris une Anguille,
La portèrent joyeux sur le bord du ruisseau :
Elle est belle, dit l'un ; elle est grosse et gentille.
L'Anguille, à ce qu'on dit, est un friand morceau ;
Je veux en régaler à dîner ma famille.—
    Et moi, dit l'autre, y serai-je pour rien ?
       Comme à toi, c'est mon bien ;
Je te le revendique et ne lâcherai prise.—
    Le premier dit : Elle est à moi,
     Aussi, j'aurai la marchandise.—
J'en veux ma part, et beaucoup plus que toi ;
Répliqua l'autre. Il tire à lui l'Anguille ;
L'autre tient bon et tire autant qu'il peut.
L'un se l'adjuge, et l'autre aussi la veut.
    On crie, on se pousse, l'on grille
     D'en venir aux coups : on y vint.
    Chacun d'une main lâchant prise,
On se prend aux cheveux : personne ne se plaint
     Des souffrances : on les maîtrise,
   Tant la colère étouffe la douleur !
    Et chacun tirait de bon cœur.
Notre Anguille, sentant qu'elle était moins étreinte.

Fait un effort, s'échappe, et s'élance dans l'eau,
   Et, délivrée ainsi de toute crainte,
      Leur dit : J'ai retiré ma peau
      De vos griffes sans avarie ;
      Continuez, je vous en prie,
      Ce combat qui vous satisfait,
      Et dont je vous remercie.
       Mais, Messieurs, s'il vous plait,
   Sachez que plus on presse Anguille
       Gentille, qui frétille,
       Plus vite elle s'enfuit.
   Vous auriez eu bien plus de joie
       A partager la proie
       Sans faire autant de bruit ;
      Mais dame Convoitise,
      Vous montrant tout en beau,
      Vous a fait lâcher prise
      Et m'a remise à l'eau.
  Adieu. Venez me prendre de nouveau !

FABLE XVIII.

La Brebis et le Jeune Mouton.

—

  Prudente mère, une Brebis
A tout moment faisait la leçon à son fils.
  Bien jeune encore et sans expérience,

Lui disait-elle, ô mon fils ! l'existence,
Pour des gens comme nous, est pleine de dangers
    N'écoute point les avis étrangers,
    Le plus souvent on en devient victime.
        La flatterie est un abîme
        Où l'innocent tombe toujours.
        Mon cher Bébé, fuis les détours
        Et des bois l'attrayant ombrage;
        Notre ennemi s'y tient caché.
Fuis les fourrés ; aux ronces attaché,
        Le Mouton imprudent, peu sage,
        Y reste en proie aux dents du loup;
        Ne t'éloigne jamais beaucoup
        Du troupeau quand la nuit approche.

        Bah ! bah ! toujours même discours !
Dit le Mouton; j'ai vu tous les détours
        Si redoutés de cette roche ;
        J'ai suivi les contours du bois;
        Et je puis t'assurer, je crois,
        Que le loup n'est qu'une chimère,
        Qu'inventa dame ta grand' mère,
Pour empêcher de bêler ses enfants
        Et pour intimider les gens.
        Je n'ai pas peur, je te le montre.
        Ayant dit, il part comme un trait.
        Le sot ! en chemin il rencontre
        Un fourré, qu'un arbre ombrageait,

Une molle et fraiche verdure
Lui promettant ample pâture :
Joyeux, il s'y lance d'un coup ;
Mais il y rencontre le loup :
  Qui, de la dent, lui fait comprendre
Qu'aux avis d'une mère il faut toujours se rendre.

FABLE XIX.

La Vigne et le Sapin.

—

La Vigne un jour disait au Sapin son voisin,
    Avec trop d'emphase peut-être;
    Que Dieu le divin maître,
Pour le bonheur du monde avait donné le vin.
  Par moi, le cœur s'épanouit de joie,
    L'homme se croit riche et puissant ;
    Le souci dans le vin se noie :
    L'homme, sans vin, devient sa proie,
Il est triste, rêveur, et toujours mécontent.
    La vigne est un présent céleste !
Mais toi, pauvre Sapin, que je méprise au reste,
  A quoi sers-tu? Le sol est appauvri
    Par tes suçoirs sans nombre;
    Tu n'offres sous ton ombre
    Qu'un incomplet abri.

Dieu s'est mépris , je crois le reconnaître ,
　　En te plantant là près de moi :
　　L'être inutile comme toi
　　　Ne devrait jamais naître !
　　　Le Sapin se piqua ,
　　　Puis tout bas répliqua :
Tout beau , tout beau , ma joyeuse voisine ,
J'ai mon mérite aussi bien que le vin :
Nous avons , l'un et l'autre , une même origine :
Dieu nous planta tous deux , et le fit-il en vain ?
　　Chacun de nous à l'homme est nécessaire.
Par ta liqueur , j'en conviens , ma très-chère ,
　　　Tu réjouis le cœur humain,
Tu chasses les soucis , tu chasses la misère,
　　　Et tant que l'on boit , tout va bien ;
　　　Mais ta faveur est passagère ,
　　　Le sommeil d'une seule nuit
　　　La dissipe et l'évanouit.
　　　La mienne est beaucoup plus durable :
Ais , charpente , j'assure à l'homme un abri stable ;
　　　Je le réchauffe à son foyer ;
　　　Et quand le temps le fait ployer
　　　Sous le poids des maux et de l'âge ,
　　Accéléré souvent par ton breuvage ,
　　Il trouve en moi l'asile respecté
　　　Qu'en frissonnant l'homme contemple.
Si de l'humanité je suis le dernier temple,
Nous devenons unis jusqu'à l'éternité.

Le Sapin parle comme un livre ;
C'est notre ami le plus constant.
Le vin est bon ; mais il enivre.
L'ivresse est un honteux penchant
Qui fait descendre au degré de la brute ;
Et cette dégradante chûte
Qui déshonore notre cœur,
Est-elle pour tous le bonheur ,
Je vous le demande , lecteur ?

FABLE XX.

Ne jugeons pas l'Homme à sa taille.

Le génie est un Dieu bizarre ,
De ses faveurs toujours avare,
Et quelquefois capricieux ;
Ce n'est guère aux grands qu'il se montre.
Il fuit l'homme orgueilleux.
Le fait suivant nous le démontre;
Et le proverbe aussi nous dit
Que dans le corps le plus petit,
Le moins orné de faste,
Souvent gît le cœur le plus vaste.

Un certain jour, un Mort

Franchit le bord
De ces lieux sombres
Où se rendent les ombres
Des mortels, on m'entend.
De toùs les côtés on se rend
Pour voir et pour entendre
Le mort nouveau venu ;
On veut savoir comment il a vécu,
Ce qui l'a fait descendre
Dans le noir
Manoir.
Autour de lui chacun se presse.
Qu'il est petit ! dit l'un ;
Que son air est commun !
Il n'a ni maintien ni noblesse !
Il fut pâtre ou valet ! —
Eh ! que faisais-tu, s'il te plaît,
Dit l'autre, sur la terre ?
Ce n'est pas toi, surtout,
Qui lançais le tonnerre,
Ton petit tout
Indique le contraire ;
Ta face atrabilaire
En est un sûr garant.
Puis, voyez cette mine
Sombre et chagrine ;
Il ne fut qu'un manant !
Laissons-le ! Cependant,

Il faut qu'on le connaisse :
Dis-nous quel fut ton nom ?

A ces mots, l'ombre se redresse,
Et dit : Je suis Napoléon !

A ce grand nom, je laisse
A penser ce qu'on dit :
Autour du héros on se presse,
Tout admire, tout applaudit,
Tout des yeux le caresse.

FABLE XXI.

Le Souriceau et le Chat.

—

Un jeune Souriceau, bien sot et bien novice,
Pour la première fois mit le nez à son trou ;
Il faut vous dire aussi qu'il était sans malice.
Cependant il hésite, il allonge le cou.
Quel spectacle ! dit-il ; que la nature est belle !
Et j'ai pu jusque-là rester sous la tutelle
De mes parents ignorants en tous points ?
Ne t'aventure pas et prends bien tous tes soins,
Sois circonspect, me disent-ils sans cesse :
Le monde est plein de faux et de trompeurs ;
L'un est souple et plein de finesse ;

Ceux-ci sont fourbes et flatteurs ;
Ceux-là, surtout, emploieront la malice
Pour t'attirer dans le malheur ;
D'autres, mesurant l'artifice
A la fausseté de leur cœur,
T'entraîncront droit à ta perte.
Vains mots ! vaines raisons !
Ce ciel si beau, cette campagne verte,
Ces clairs ruisseaux, ces beaux vallons,
Ce feu qui tourne autour de cette boule ronde,
Ce spectacle paraît digne de mes regards.
Pauvres parents, restez dans vos remparts,
Restez ; moi, je veux voir le monde.
Adieu, chers Pénates, je pars.
Ayant dit, le voilà qui trotte.

Un bon gros Chat, au doux regard,
Qui se trouvait là par hazard,
Lui dit : Où va le cher compatriote,
Si vite et sans paquet ? —
Je m'en vais, s'il te plaît,
Courir un peu le monde,
Pour voir tout ce qu'a de parfait
Cette belle machine ronde.—
Viens chez moi, dit le Chat ;
Tu verras là, sans bruit et sans éclat,
Ce que tu désires connaître.
Le Rat fit le récalcitrant ;

Mais le Chat, en moins d'un instant,
    Lui montra qu'il était son maître.
Griffes et dents opérèrent si bien,
    Que notre Rat ne dit plus rien.

Par la présomption, souvent l'homme succombe ;
    Par ignorance, il croit que tout est bien ;
    Le dieu du mal le conduit par la main :
        Son gouffre s'entr'ouvre, il y tombe.

FABLE XXII.

L'Homme et son Chien.

—

Pour une faute très-légère,
Un Homme, au dernier point colère,
A coups de pied frappait son Chien ;
Celui-ci lui léchait la main,
Et, par le regard le plus tendre,
Cherchait à lui faire comprendre
Qu'il avait tort, qu'il demandait pardon.
Je ne sais si le Chien se fit comprendre ou non,
    Toujours est-il que coups de pied ne cessent,
        Qui le meurtrissent et le blessent.
Voyant cela, César, jusqu'à ce jour si bon,
    S'irrite et prend un autre ton,

                        15

Vous m'entendez, celui qui calme la colère.
    Montrant les dents, il le saisit au cou,
    Peut-être au ventre, enfin, je ne sais où,
        Mais d'une si forte manière,
        Que bien lui prit de caler doux.

    Tout beau, César, n'étrangle pas ton maître ;
        J'ai tort. Maîtrise ton courroux ;
        Ne veux-tu plus me reconnaître
        Pour un de tes meilleurs amis ?
        A sa voix, le Chien lâche prise,
            Rampe, parait soumis,
        Léche son maître et s'humanise.

        Si les caresses et surtout
            La douceur si puissante
    N'opèrent rien sur une âme méchante,
        La force en vient toujours à bout :
            C'est l'arme la plus sûre
        Que met en jeu dame Nature.

FABLE XXIII.

Le Potiron.

—

Il prit envie un jour au Potiron
    De voyager, assure-t-on. —

Un Potiron ? me direz-vous sans doute,
C'est un cas singulier ! Parlez, je vous écoute, —
    Je suis à vous, mon cher lecteur ;
   Je ne ris point, j'en jure sur l'honneur ;
Surtout il ne faut pas que cela vous étonne.
Ce Potiron partit un beau matin d'automne :
Etait-ce pour Pékin, Londres, Rome ou Moskow.
   En vérité, je ne puis vous dire où.
  Toujours est-il que tel jour, à telle heure,
    Joyeux, il quitta sa demeure,
     Et monta comme il put
    Dans une élégante voiture,
    Bien armoriée en peinture. —
    En voiture ?... mais dans quel but ? —
    Lecteur, comme vous, je l'ignore.
Mais qu'importe. Il partit, précédé d'un courrier
    Qui courait à franc-étrier,
    Et, d'une voix sonore,
Annonçait aux relais le seigneur Potiron.
    A ce risible nom,
  Lecteurs, faut-il que je le dise,
   La foule était grande, dit-on,
Et chacun voulait voir le marquis, le baron,
Rien moins à tant de bruit. Jugez de la surprise
    Des impatients curieux,
  En ne voyant qu'un Potiron galeux.
C'est un seigneur pourtant, répétait chaque bouche,
  On le voit bien au grand train qui le suit.

Ce n'est pas l'or seul qui reluit.
Que l'on soit impotent, galeux, difforme ou louche ;
Pourvu qu'avec éclat on se montre en public ,
On possède honneur et noblesse ,
Je le dirai sans cesse ;
Mais sans éclat , voilà le hic,
L'homme n'est rien , on le méprise.
Cependant, cher lecteur , examinons de près
Et traits pour traits ;
Cette brillante marchandise
Admirée à chaque relais ,
Trouverons-nous peut-être,
Si nous pouvons bien les connaître ,
Que tous ces porteurs d'un grand nom
Souvent ne sont rien plus que marquis Potiron.

FABLE XXIV.

Le Loup capucin.

—

Un certain Loup, déjà sur l'âge,
Faisait le bon apôtre et prêchait la douceur ;
Et je vous avouerai, lecteur,
Que sa morale était très-sage.
Il prit bien tous ses soins et cacha son pelage
Sous la robe d'un capucin ;
Robe, sermons, tout allait bien :

C'était à s'y méprendre !
De tous cotés on venait pour l'entendre ,
Tant sa voix était douce et tendre.
Un certain jour pourtant que Loup gesticulait ,
Sa queue un peu trop soulevait ,
Derrière , le froc qu'il portait ;
On reconnut bientôt la ruse ,
Et l'auditoire épouvanté ,
Dans ce cas ne s'amuse
A chercher plus de vérité ,
Chacun fuit au plus vite,
Autant qu'il put assurément.
Une brebis pourtant ,
Atteinte dans sa fuite ,
Paya comptant
(De sa vie , on doit me comprendre)
Le prône du Loup capucin.

Fit-il mal ? fit-il bien ?
Suivant son naturel chacun pourra l'entendre ;
Quant à moi, je n'ose y toucher.

Le méchant a beau se cacher
Et prendre froc ou jupes ,
On connaît tôt ou tard
La ruse du pendard ,
Mais non sans qu'il ait fait des dupes !

FABLE XXV.

Les trois Singes.

—

John et Bertrand s'aimaient d'un amour tendre;
N'avaient jamais le moindre différent ;
Cela suffit pour vous faire comprendre
Que l'amitié rend heureux et content :
Nos deux amis l'étaient, il faut le dire.
Il faut vous dire aussi que ces deux amis là
          Avaient la passion d'écrire ,
Et cette passion un beau jour les brouilla ;
          Un tiers auteur en profita :
          Ce cas est assez ordinaire.
Lecteur , voici le fait d'une manière claire :
Nos deux amis s'étant montré leurs manuscrits,
          Que pense John de mon ouvrage ?
     Disait Bertrand. — Ce sont de ces écrits
Dont la faveur passe comme un nuage ,
          Répondit John , une fois lus ,
          C'est assez, on n'y revient plus. —
     Par conséquent , mon cher confrère ;
Je te le dis sans haine , sans colère ,
Nous sommes en cela parfaitement égaux ,
Lui répliquait Bertrand , tes tours originaux
          Ne sont admirés que des sots.
L'un l'autre on se piqua ; de propos en propos,

On en vint bientôt aux gros mots ,
Et presqu'aux coups , je vous le jure.

Passant par là par aventure ,
Un tiers ami , Sufax , mit les hola.
Quel tintamare , amis , faites-vous là ,
Dit-il, c'est à rompre la tête !
Je ne vous comprends pas.
Voyons , expliquez-moi le cas :
Avant tout que la paix soit faite.

On lui conte le tout
De l'un à l'autre bout.
C'est fort bien, mes amis. Donnez-moi vos ouvrages,
Je les lirai demain , et puis
Je vous en dirai mon avis.
En attendant, soyez plus sages ;
Sur ce , Sufax partit.
Ce rusé là , savez-vous ce qu'il fit
Dans cette circonstance ?
Vous l'avez deviné ; je pense :
Il garda comme siens
Les livres de ses deux voisins ,
Et plus tard en tira des profits raisonnables.

Lecteurs , dans maints et maints cas ,
Parmi nous ne voyons-nous pas
Des ruses en tous points semblables ?

L'homme adroit, de tout temps
Ne sut-il pas tirer parti des différents ?
N'est-ce point aussi là l'image
De Thémis qu'on nous peint si sage,
Attirant sous sa main l'argent
Du plaideur imprudent,
Ne lui laissant pour faveur singulière,
Que les regrets et la misère ?

FABLE XXVI.

La Fourmi et le Ciron.

—

Une Fourmi faisant sa tournée ordinaire,
Dans l'intérêt du magasin commun,
Rencontra, dit l'histoire, en son chemin quelqu'un
Que d'abord elle ne vit guère,
Tant ce quelqu'un était petit.
Mais quand elle eut pris ses lunettes
A sa main toujours prêtes,
Notre ménagère entrevit
Maître Ciron sur un brin d'herbe,
Bien peigné, bien botté,
Plumet en tête et l'épée au côté,
Qui se carrait et faisait le superbe.
Que fais-tu là, Ciron, dit la Fourmi,
Piqué comme un Saint-Georges ? —

Tiens ! tu ne vois donc qu'à demi ,
Dit le Ciron , je reçois les éloges
  De ces êtres nombreux
  Venus de loin , sans doute ,
Pour m'admirer ; je suis grand à leurs yeux. —
 Pauvre Ciron ! plus je t'écoute ,
Dit la Fourmi , plus j'ai pitié de toi !
  Tu crois que le peuple t'admire?
 Mon cher , c'est une erreur , crois-moi;
Et comprends bien ce que je vais te dire :
« On ne peut admirer ce qu'on n'aperçoit pas !»

Que d'êtres parmi nous se trouvent dans ce cas !
Ils font les importants de toutes les manières,
Proclament leurs talents , se parent d'un beau nom:
Examinés de près , ils ne paraissent guères
  A nos yeux plus grands qu'un Ciron!

FABLE XXVII.

Le Festin des Animaux.

—

Un jour, sire Lion s'étant mis dans la tête
  De régaler les animaux ,
 Vous m'entendez , ses amis , ses vassaux ,
  Prit tous les soins pour que la fête

Fût belle et qu'il n'y manquât rien :
Rien n'y manqua , je vous le jure !
C'était un vrai repas de souverain !
Le diner fut servi sous un toit de verdure ;
Mille flambeaux dorés éclairaient le festin ;
Et , qui plus est , à ce que dit l'histoire ,
(Cher lecteur , nous devons la croire)
Ce fut Meunier
Qu'il prit pour cuisinier.

Avec de tels convives ,
Je laisse à penser aux lecteurs
Les scènes un peu vives ,
Les excês , les clameurs
De cette assemblée en goguette
Dont je ne suis que l'interprête !
Mais tout se passa bien pourtant :
Chaque convié fut content ;
Un seul eut à se plaindre.
Ce fait , je dois le peindre ,
Et le voici : Meunier
Quoique bon cuisinier ,
Oublia , par mégarde ,
D'apprêter un plat de chardons
Dont sont si friands les ânons.
Quoi qu'il en soit , l'âne , en bon camarade ,
Ne s'en plaint point du tout ;
S'il manqua de pitance

Dont en pâtit sa panse,
En revanche , il but un bon coup ,
Et puis se mit à braire
D'une belle manière ;
Chacun comprit l'affaire ,
Et l'assemblée en rit beaucoup.

Ces faits ne sont-ils pas les nôtres ,
Lecteurs ? Dans chaque réunion,
Ne voyons-nous pas quelqu'ânon
Qui fait rire les autres?

FABLE XXVIII.

Le Dindon et le Canard de Barbarie.

Un gros Dindon , à longue crête ,
A collier rouge , un beau jour se carrait.
Il s'était mis sans doute en tête
Qu'en passant chacun l'admirait :
Aussi se gonflait-il d'une belle manière !
C'est bien naturel , disait-il ,
En se redressant en arrière ,
Que l'on m'admire : esprit subtil ,
Beau collier , beau corsage ;
Quant au plumage,

Je crois bien
Que le seigneur Paon n'y fait rien !

A ces éloges on doit croire
Que, des lieux les plus reculés,
Maints oisillons, amis zélés,
Se firent une gloire
De venir applaudir notre orgueilleux Dindon.
Seul, un Canard de Barbarie
Ne parla pas du même ton ;
Il fit bien ; car la flatterie
Est un vilain défaut :
Elle est, je crois, pis que la jalousie.

Pauvre Dindon, pauvre nigaud !
Dit-il, tu crois que l'on t'admire ?
Ce peuple que ta voix attire,
Ce peuple flatteur que voilà,
Selon moi, ne vient là
Que pour rire
De ton orgueil,
De ton habit de deuil,
De ta sottise extrême
Et de tes vains propos.
Celui qui s'encense lui-même,
Foi de Canard, est le plus grand des sots !

Ce Canard, que je crois honnête,
A mon sens, n'est pas une bête.

En critiquant Colas Dindon,
Il critique en même temps l'homme ;
Et je crois tout de bon
Que l'orgueil est un vrai fantôme
Qui nous dirige ainsi que les Dindons.
Ce Canard qui connaît si bien le cœur des autres,
Peut bien, par ses leçons,
Chasser l'orgueil des nôtres.

FABLE XXIX.

Le Renard et les Poulets.

—

Petits, petits, venez vers moi,
Je vous aime de bonne foi,
Disait un vieux Renard paralytique,
D'autres disent épileptique,
A six gentils petits Poulets.
Je veux vous enseigner à lire,
Je connais tous les alphabets
Et sais parfaitement écrire.
Venez à mon école :
Il ne vous en coûtera rien,
Je vous en donne ma parole.

Mes chers petits, gardez-vous bien,
Disait à ses enfants, la mère,

16

Gardez-vous bien d'écouter le pendard :
C'est un voleur, c'est un pillard
Qui se nourrit de vos semblables :
　Ses dents sont redoutables.

Je ne crois pas vraiment
Que cet être là soit méchant,
Répondit un Poulet ; avec un air si tendre,
Un regard aussi doux,
Je ne puis pas comprendre
Qu'on puisse être enclin au courroux :
Je veux le voir de près pour mieux l'entendre.
Il partit ; mais ne revint plus :
Le Renard en fit son affaire.

Non, cher lecteur, je ne puis taire
Que les soins d'une mère
Ne nous sont jamais superflus,
Et qu'à celui qui les méprise,
Toujours il arrive malheur.
Et puis, faut-il que je le dise,
Ce serait une grande erreur
De prétendre juger du cœur sur le visage :
Le plus souvent, les traits du sage
Cachent des vices qui font peur.

FABLE XXX.

Le vieux Soldat et la Sangsue.

—

Un vieux Soldat couvert de cicatrices,
Ainsi que l'établit son état de services ;
Et beaucoup mieux sa peau ; portant droit sur le cœur,
    Avec orgueil, la Croix-d'Honneur,
  Rentrait chez lui, son congé dans sa poche ;
Et tel qu'un vrai guerrier sans peur et sans reproche,
Il marchait d'un pas fier quoique pénible et lent ;
    Mais cela n'est pas étonnant,
   Car un jour de grande bataille,
    Par le boulet ou la mitraille,
Il perdit une jambe ; et l'on ne peut, je crois,
Etre aussi prompt avec une jambe de bois.
    Qu'importe ; pourtant il arrive,
  Clopin, clopant, disons-nous, sur la rive
    D'un limpide ruisseau.
  Asseyons-nous, dit-il, près de cette eau :
Le repos rafraîchit et l'onde désaltère.
Ayant dit, il s'assied au bord de la rivière.
    Au même instant,
    Une belle sangsue
    Se présente à sa vue :
Serais-tu fatigué, dit-elle, homme vaillant ? —
  Non pas, morbleu ! mais je suis bien souffrant ;

Comme autrefois je ne suis plus ingambe :
Cette maudite jambe
Finira, je le crois, par me jouer un tour,
Car elle enfle de jour en jour. —
Eh ! bien, mon cher, répliqua la sangsue
Qui dans tous les sens se remue,
Bénis l'heureux destin
Qui t'a mis sous ma main;
Je connais ton mal; j'en possède
Le souverain remède.
Le sang accumulé, par la marche épaissi,
Occasionne ta souffrance;
Laisse-moi le sucer, et, par cela, je pense
Tout-à-fait te guérir. — Oh ! s'il en est ainsi,
Dit le soldat qui la contemple,
Je te bâtis un temple !
Aussitôt fait que dit, notre fille de l'eau
S'attache à sa jambe aussitôt,
Travaille, s'évertue,
S'agite, se remue.
Eh ! bien, mon vieux,
Dit-elle, éprouves-tu du mieux ? —
Le vieux grognard se mit à rire,
Et joyeux, à lui dire :
La sotte ! tu crois que tu bois !
Ne vois-tu pas que tu suces du bois ?

Lecteurs, convenez-en, cette scène nous prouve

Que, parmi nos Docteurs, à chaque instant on trouve,
Comme notre sangsue, un grand nombre de sots :
    L'un nous tire le sang à flots,
    Au moyen des filles de l'onde,
Celui-ci nous déchire et cet autre nous sonde :
    Et tout cela, le plus souvent, je crois,
    N'est que cautère à la jambe de bois.

FABLE XXXI.

La Fille et le Miroir.

—

    Certaine fille
    De dix-huit ans,
    Belle et gentille,
    A ses parents
    Disait sans cesse :
    Jamais époux,
    Souvent jaloux,
    D'humeur railleuse,
Ne m'imposera de lois.
    Je suis joyeuse,
    Je jouis de mes droits,
    Et je crois être
    Sage, en tous cas,
    En ne me donnant pas
    Un maître.

Mais à vingt ans
On change de langage ;
Le désir sur les sens
Imprime son passage,
Et les amours
Font moins d'ombrage.
A vingt-cinq ans
Le teint s'altère ;
Les jeux riants
Disent : ma chère,
Il en est temps,
Prenez un maître :
Plus tard peut-être
Le Dieu d'amour
S'enfuirait sans retour :
Car, qui refuse,
Nous dit-on, muse.
Mais à trente ans,
Désirs pressants,
Comme amour en détresse,
Font consulter sans cesse
Le miroir qui lui dit :
Belle, je l'ai prédit,
L'instant de plaire,
Comme une ombre légère
Un seul instant a lui ;
Avec lui, sans doute,
L'amour a fui

Et s'est mis en déroute,
Mais pour toujours.
Aussi pourquoi, ma belle,
Dans l'âge des amours
Faire ainsi la cruelle?
Souvent tu me disais,
Je m'en rappelle,
Que jamais tu n'aimerais.
Hélas! dit-elle, je mentais!
Que l'on ment dans la vie!
Fille, jeune et jolie,
Ment bien souvent
Et plus tard s'en repent!

FABLE XXXII.

L'Ours et ses alliés.

Qui trop embrasse mal étreint :
Ne ré andez plus d'eau sur un brasier éteint ;
Cela me parait clair, et si quelqu'un en doute,
Je vais le prouver ; qu'il m'écoute,
En ce qui touche au moins le premier cas.
Quant au second, je ne tarderai pas
A l'amener sur cette route

Où j'ai déjà tourné mes pas :
On me comprend, je parle ici de fables.

Un Ours des plus vaillants., la terreur du canton ;
Sous son sceptre de fer, sous ses lois redoutables
    Avait déjà fait ployer, nous dit-on,
    Les animaux les plus recommandables :
    Le Bœuf, le Cerf, la Brebis, le Cheval,
La Chèvre, le Chevreuil, le Loup, qui pis est, l'Ane.
    Pour un début, ce n'était pas bien mal !
Mais qui peut arrêter ce nouvel Annibal?
    Un jour il fit publier par l'organe
    De don Baudet, dans ses vastes Etats ;
    Que tout allié, baron ou petit prince,
        (Pressant était le cas)
    Eût à quitter son château, sa province,
Pour conférer en cour sur des raisons d'Etat.
    Chacun s'empresse de répondre
    A cet ordre; l'Ane hypocondre
    Deux fois ne se fit pas semondre :
    Quoiqu'à regret, sans bruit et sans éclat ;
    Baissant l'oreille, il se rend à la cour.

Messieurs et chers alliés, dit l'Ours, notre royaume ;
    Vos propres biens, de jour en jour
    Déchirés, amoindris; tout comme
    A la décadence de Rome,
Nous font appréhender des revers, des malheurs.

Prévenons-les, nous le pouvons encore :
Chez le Lion, mon voisin, que j'abhorre,
Portons la guerre et toutes ses horreurs.
L'ennemi mort, un repos sans exemple
Répandra sur nous tous ses effets enchanteurs :
Nous bâtirons alors à Mars un temple !

Chacun fut de l'avis du Roi.
Pas un ne resta coi,
Et pour partir chaque guerrier s'apprête.
On part enfin. L'âne sert de trompette.
Mais à peine partis, sur le prochain côteau
On aperçut le Lion en furie
Qui s'approchait. A sa vue aussitôt
L'infanterie
De l'Ours s'enfuit, laissant son général
Aux atteintes des dents du terrible animal.
L'Ours voulut faire résistance ;
Mais le Lion sur lui s'élance,
D'un coup de dent il l'étrangla,
Puis de sa chair se régala.

Jamais on est content de son lot. Petit prince
Veut une plus vaste province ;
Tout roi, de son royaume tend
A pousser plus loin les limites ;
Et du petit au grand,
Chacun fait des poursuites

Pour devenir plus important;
Mais il arrive bien souvent
Qu'en croyant plus s'étendre,
On se laisse tout prendre.

———

EPILOGUE.

—

Au dire de beaucoup de gens,
La fable est une mine immense, inépuisable,
Où chaque auteur peut, à tous les instants,
Aller puiser à sa source adorable,
Comme l'ont fait ceux dont je suis les pas.
Mais ces gens ne savent donc pas
Qu'Esope le bossu, Lafontaine le sage,
Aubert le circonspect, Lamothe le fécond,
Florian le profond,
Ont dépouillé jusques à fond
Ce trésor, précieux ouvrage
Que la nature offre à nos yeux;
Qu'il n'est qu'à glaner après eux?
Qu'en cette vaste carrière
Il est pernicieux souvent de s'engager.
Je le sais bien; pourtant, (c'est être téméraire)
Dans ce chemin scabreux je cherche à voyager.

Mes héros, il est vrai, parfois font la grimace,
  Ou parlent de mauvaise grâce
  Oh ! cela n'est pas étonnant !
Nouveau venu du Pinde et du Parnasse,
  Je ne marche qu'en tâtonnant.

    Si Dieu me prête vie
    Et son puissant appui,
    (Je ne puis rien sans lui)
  Ma route sera poursuivie
    Et le jour et la nuit,
    Je l'espère, avec fruit,
  Du moins je ferai mon possible,
    J'y mettrai tout mon soin ;
  Mais pour cela j'aurai besoin
    Que mon lecteur, sensible
    Aux efforts que je fais,
Accordât à ces deux livres de fables
    Quelques mots favorables ;
    Mais sans cela, ma foi,
  Je crois que je resterai coi ;
  Je ferais bien, je dois le croire,
  Car il vaut bien mieux faire rien
Que d'attirer sur soi l'infect venin
    De cette bête noire,
    La critique, on m'entend.
J'ai suspendu ma lyre en attendant.
    S'ils ne se faisaient pas attendre,

On me verrait bientôt reprendre
Mon vol peut-être audacieux ;
Ils donneraient de la force à mes ailes,
Et soutenu par elles,
Je volerais peut-être jusqu'aux cieux.
J'attends donc. Muse, fais silence,
Et sollicitons l'indulgence ;
Sans elle, plus de vers,
Plus de jeux, plus de joie,
Mes ailes fondent dans les airs :
Nouvel Icare, en mer je tombe et je me noie.

FIN DU SECOND LIVRE.

LIVRE TROISIÈME.

—

FABLE 1er.
Les Animaux Suceurs.

—

Il est beaucoup d'espèces de suceurs :
Les peindre tous me serait difficile ;
Peut-être aussi que bien de mes lecteurs
A mes portraits s'échaufferaient la bile
Et s'en prendraient au peintre du tableau.
Restreignons-nous : n'en courons pas la chance;
Ne nous attirons pas les traits de la vengeance,
Faisons tout simplement, d un seul coup de pinceau,
      Et sans blesser la moindre oreille ,
La portraiture, en traits reconnaissants,
      De deux petits suceurs volants :
Le brillant Papillon , la diligente Abeille.

      Un jour d'été, don Papillon
Etalait au soleil les nuances brillantes
      De ses ailes charmantes
Resplendissant l'azur, le vermillon ;
      Il suçait à son aise
Les trésors embaumés des fleurs,

                              17

Et s'enivrait de leurs douces odeurs :
Le gars était heureux, ne vous déplaise !

Une Abeille, au corset brunâtre et velouté,
Vint à passer par là. Que fais-tu là, dit-elle ?
Tu t'empares des sucs de cette fleur nouvelle ?
Ce trésor m'appartient ; crains mon dard redouté.
Moi, de ces sucs je forme un délicieux miel
Dont l'homme fait profit ; au doux feu de ma cire,
Les souhaits des mortels s'élèvent vers le ciel ;
Toi, tu fourrages tout et ne sais rien produire. —

Ma commère, tout doux, sans doute tu veux rire.
    Lui répondit le Papillon flatteur.
  Tu ne sais donc pas encore, ma mie,
    Que dans cette insipide vie,
C'est un fait bien connu), que le plus grand suceur,
  Sans rien produire, englobe, s'approprie
    Tout le fruit du labeur
    De l'humble travailleur.

FABLE II.

L'Aumône ajournée.

—

N'ajournons point au lendemain
L'acte de charité qu'on peut faire de suite :

L'ajournement affaiblit le mérite.

> Et puis, il n'est pas bien certain
> Que demain sur lequel on compte
> Nous vienne au gré de nos souhaits ;
> Souvent la mort est prompte
> Et n'annonce point ses décrets.

Un nouveau Lucullus, un goinfre, pour tout dire,
Faisait de bien diner son plaisir le plus grand :
Mets exquis et bons vins, c'est tout ce qu'il désire.
> Le monde entier pour lui n'est que néant :
> Il n'aperçoit, n'admire que sa table :
> C'est là que git tout son bonheur.
> Notre gourmand, d'un air recommandable,
> Se met à table en riant de bon cœur.
> Je laisse à penser au lecteur
> S'il fit honneur aux mets de toute sorte
Qu'on lui servait : ces mets disparaissaient,
Et dans son estomac se pressaient, s'entassaient.

> En ce moment, quelqu'un heurte à la porte,
> Non pas de la salle à manger ;
> Mais de celle de la cuisine :
> C'est un pauvre étranger
Qui veut du pain, lui dit sa servante Claudine.—

Ne dérangez jamais l'honnête homme qui dîne,
Dit le gourmand, qu'il revienne demain.

Puis il se mit à rire à gorge déployée,
De son bon mot, qu'il croit divin.
Et quand sa faim se fut noyée
Dans les liqueurs et dans le vin,
Il s'endormit d'un profond somme.

Savez-vous, enfin, chers lecteurs,
Ce qu'il advint ? Notre homme,
Trop repu de vin, de liqueurs,
De chair trop succulente,
La nuit suivante,
Mourut d'une indigestion.
Juste punition
De sa sotte plaisanterie
Et de sa goinfrerie !

FABLE III.

Le Joueur de Lyre et l'Auditeur.

—

Quelqu'un a dit que l'homme est plus enclin
Aux jouissances matérielles.
Qu'à celles
Que nous promet un art divin.
Oh ! je le crois si bien
Qu'en quelques mots il me sera facile
De l'établir on ne peut mieux.

Un certain jour, dans une ville
De la Grèce, fertile en jeux,
Un joueur de lyre, sans peine,
Autour de lui groupa bon nombre d'auditeurs.
Pour mieux saisir les sons flatteurs
Chacun retenait son haleine :
Le calme était parfait.
En ce moment paraît
Quelqu'un qui dit à l'assemblée
Que l'on venait d'ouvrir le marché du poisson.
A ces mots, l'assemblée est vivement troublée ·
Chacun se lève, et, sans façon,
Court au marché pour faire son emplète ;
Il ne resta qu'un auditeur,
Ruminant dans sa tête,
Sans doute, quelque cas majeur
Qui l'empêche de voir que la salle est déserte.

Notre musicien, piqué jusques au vif
De ce départ d'où naît sa perte,
Dit aussitôt à l'auditeur pensif :
Je vous sais gré de sentir dans votre âme
Ce que les arts offrent de positif,
Tandis que je couvre de blâme
Tous ces froids spectateurs,
Qui, méprisant les accords de ma lyre
Que guide le dieu qui m'inspire,
Courent, dans leurs folles ardeurs,
Au marché du poisson plutôt que de m'entendre.—

Quoi ! lui dit l'auditeur,
Surpris de ce qu'il vient d'entendre,
On vendrait le poisson ? Je vous sais gré, Monsieur,
De ce service auquel je ne devais m'attendre ;
J'y cours. Adieu. Notre musicien,
Déconcerté, comme on le pense bien,
Se rappelant ce vieil adage,
Qui me paraît fort sage
Et que chacun connaît :
« Ventre affamé n'a point d'oreilles, »
Dit, pour exprimer son regret :
Les arts promettraient des merveilles ;
Mais la gourmandise avant tout,
Mais la légèreté surtout,
Savent les faire disparaître :
C'est un défaut de l'homme, il faut bien s'y soumettre!

Cet homme là n'était pas sot,
Quoique stupéfait et capot,
Comprenant bien qu'il ne pouvait contraindre;
Fit beaucoup mieux que de se plaindre.

FABLE IV.

Le Grand fait la Mode, le Petit l'imite.

Le Grand, pour l'ordinaire, est l'inventeur des modes;
Mais le Petit singe toujours les Grands.

Pour l'établir me faut-il des garants ?
Ecoutez-moi, lecteurs ; sans feuilleter les codes
De la mode, on m'entend, je puis vous le prouver ;
　　Et mon garant est facile à trouver.

　Un beau Monsieur étant à sa toilette,
　　　Se mit étourdiment en tête
　D'imaginer un agrément nouveau
　　　Et qui ferait sûrement mode :
　　　Ce projet lui paraissait beau.
Se raser tous les jours, dit-il, est incommode ;
　　　La barbe longue aurait, je crois,
　　　Le triple effet que j'entrevois :
　　　Elle imprime sur la figure
　　　Un air un peu plus masculin,
　　　Donne une attitude plus sûre
　　　Et force au respect le vilain ;
　　　Car, il faut bien que je le dise,
Depuis que les rasoirs se vendent à vil prix,
　Les paysans ressemblent au marquis ;
　　　Sans l'espace qui les divise,
　　　On s'y méprendrait fort souvent.
　　　Mon projet en vaut bien un autre !
Et puisque par la barbe on peut se distinguer,
　　　Laissons croître la nôtre.
　　Il le fit. Et sans fatiguer
　L'attention du lecteur, je dois dire
　　　Que ce seigneur là se trompa ;
　　　La barbe plus ne se coupa,

Tant la mode a d'empire
Sur l'esprit des mortels !
Et, dans le moins d'un lustre,
Le marquis et le rustre
Se ressemblèrent en tous points.

Notre faiseur de mode alors comprit sans peine
L'insuffisance de ses soins ;
Et, persistant dans sa recherche vaine,
Pour qu'un petit ne lui ressemblât pas,
Mit de nouveau sa barbe à bas.

Moi, je crois fort que c'est peine perdue
De chercher par sa barbe, ou bien par son habit,
A mettre une barrière en tout point absolue
Entre le Grand et le Petit :
Le Grand invente et le Petit imite,
Témoin la barbe longue ; et je crois, sur l'honneur,
Que cette mode là ne cessera pas vite ;
Car nos affreux barbus, ces hommes qui font peur,
Croient que la barbe longue est signe de mérite
Et qu'elle donne des talents.
Mon Dieu que se trompent ces gens !
Tant ceux qui veulent mettre une large limite
Qui les sépare du Petit,
Que ceux qui croient qu'un bel habit,
Que du Grand on imite,
Ou bien la barbe longue, annoncent de l'esprit.

A moins que, de nos jours, on veuille faire croire
Q'un vieux bouc est un phénix de mémoire !

FABLE V.

Le Lapin célibataire.

—

Ne chassez pas deux lièvres à la fois,
Si vous ne voulez pas que tous deux vous échappent.
Ce sont des vérités, je crois,
Qui frappent
Assez nos sens, sans qu'il soit trop besoin
De le prouver en forme ;
Mais puisque à l'établir vous me laissez le soin,
A vos désirs, lecteurs, je me conforme.

Un Lapin, déjà vieux, et las du célibat,
A ce qu'on dit, voulant changer d'état,
Prit les mesures
Les plus sûres
Pour arriver au résultat
D'où dépendait le charme de sa vie.
Il avait déjà fait un choix
Très-convenable, je crois :
Une Lapine, ayant pour nom Sylvie,
Jeune, vertueuse en tout point,
Fixa d'abord son amoureuse flamme ;

Mais un ami, lui venant d'assez loin,
Dérangea tant soit peu les élans de son ame.
L'amitié qui nous lie, ayant dit cet ami,
    M'a fait penser que nous devions encore
Resserrer ce lien que dans mon cœur j'adore,
    Et par l'hymen à jamais affermi
    J'ai projeté d'unir nos deux familles ;
        Je t'offre l'une de mes filles :
        Elle est digne de ton amour,
        Crois-en mon amitié sincère,
        Crois-en l'amour d'un père.

        Jean Lapin, dès ce jour,
    Sans cesser de voir sa Sylvie,
    Voyait en même temps Ida.
Entre elles deux il partageait sa vie.
    Mais las ! la sombre jalousie
    A tant de bonheur se mêla !
    Elle fit tant que nos deux belles
    Devinrent on ne peut plus cruelles :
L'une disait : Monsieur n'aime que son Ida ;
Je ne le blâme pas et n'en suis point jalouse :
    Je ne suis point de celles que l'on blouse ;
    Allez vers elle, amour l'approuvera.
Ida, de son côté, jalouse murmura :
    D'un cœur banal je n'aime point la flamme.
Monsieur, ne troublez pas le repos de mon âme ;
Je ne désire point de vous appartenir.

Désespéré, confus, n'y pouvant plus tenir,
Le pauvre Jean Lapin, ayant perdu la tête,
A la porte d'Ida se pendit bel et bien,
Et la tendre Sylvie en mourut de chagrin.

Enflammer un cœur est conquête;
Mais, selon moi, pousser au désespoir
Est l'acte le plus noir.
Combien de douces Héloïses
A ce résultat sont soumises!
Combien de brûlants Abélards
Courent la chance des hasards!
Amour, amour, que tu fais de victimes!
A ta cour que l'on voit de crimes!

FABLE VI.

A MADAME F......
EN LUI ENVOYANT LA FABLE SUIVANTE.

Les vendanges Bourbonnaises.

Qu'il est beau, qu'il est remuant
Ce bienheureux, mais court instant
Si bien goûté par la jeunesse!
Partout règnent les jeux,

Les danses, l'allégresse.
Mille groupes joyeux;
Se forment, se dispersent
Sur nos côteaux chéris;
Parmi les ceps se dressent
Les diners que les ris,
De leur main libérale,
Assaisonnent toujours;
Et souvent les amours,
De leur voix virginale,
En prolongent le cours
Le front de la modeste fille,
Du fard de la pudeur
Parfois se couvre et brille,
Et rappelle à son cœur
Innocent et timide,
Un instant bien rapide,
Un instant de bonheur.
On sourit, on soupire,
Et ce soupir souvent
    Au cœur aimant
    Sait beaucoup dire.
On se rassure enfin :
La rougeur s'évapore;
Le teint devient serein,
Quoique l'on sente encore
Un charme qu'on ignore.
Mais c'est, me direz-vous,
D'un sentiment bien doux

Les flatteuses étreintes ;
Car, aux vignes, l'amour
A de douces atteintes
Dont on désire le retour !

La scène change.
Voyez ces Vignerons,
Barbouillant de Vendange
Leurs vives Madelons ;
C'est la règle établie :
Qu'on soit laide ou jolie,
De mûre ou de raisin
Il faut qu'on soit marquée ;
Et la fête serait manquée,
Le plaisir serait vain,
Si chaque Vendangeuse
Rentrait à la maison
Sans la marque vineuse.

Pour moi, je dis qu'on a raison :
On a ri, fait bien rire ;
C'est la joie en délire :
Bacchus le veut ainsi.
Madame, tout ceci
Indique, à s'y méprendre,
Que le vin nous rend fous.
Eh ! ne le sommes-nous pas tous,
Quand ce nectar si tendre

Réveille nos esprits ?
Il provoque les ris,
Fait naître le courage :
L'homme ivre est tout heureux,
Il est riche, il est sage,
Il est digne des cieux.
Mais quand l'ivresse
          Cesse,
     Il est Gros-Jean
     Comme devant !

Tandis que je raisonne,
     Chaque beauté,
Joyeuse du plaisir goûté,
   Et soupire et s'étonne
    De voir déjà la nuit,
   Chassant Phœbus qui fuit,
   Les rappeler en ville.
       Ombrelle en main,
Et, d'un pas incertain,
     On suit la file
Des Vignerons joyeux,
Bien aises, bien heureux
     De la journée
Charmante, fortunée,
Qui combla leurs désirs ,
Qui doubla leurs plaisirs.
On se cherche , on se presse ;

Mais si le plaisir cesse ,
On est toujours certain
Qu'il renaîtra demain.

Joyeux comme eux , je rentre en ville.
Madame , je crois inutile
De vous dire qu'en ce sujet
J'ai trouvé celui d'une fable ;
Soyez assez aimable
Pour la parcourir , s'il vous plait ;
Si parfois elle peut vous plaire ,
Ce serait mon plus doux salaire.

LE VOYAGEUR RUSSE.

Un Russe, jeune encore, nouvel Anacharsis,
Entreprit un voyage au centre de l'Europe
Où l'art si bien se développe ,
Pour tout étudier , en doter son pays.
Il ne néglige rien : arts , politesse , usages ,
Caractère , progrès et mœurs.
Ses intentions étaient sages,
Et je ne puis qu'approuver ses labeurs.
Il avait déjà vu l'Allemagne, la Prusse ;
L'Angleterre , la Suisse , et dans son ame russe
Il avait bien classé tout ce qu'il avait vu :

Notant, avec grand soin, ce qui frappait sa vue.
Un jour il arriva, sans qu'on l'eût aperçu,
A Gannat, dans l'Allier. Errant dans une rue
Où tout se remuait, maîtres, faquins, valets,
    Il demanda quels étaient les sujets
       De tous ces remuements étranges.
         Nous sommes, lui dit-on,
         Dans le temps des vendanges.
     Fort bien ! dit-il, ce temps est bon :
J'en ai vu quelque chose en traversant l'Alsace.
Voyons comment ici cela se passe.

     Seul, son calepin sous le bras,
       Il dirigea ses pas
    Vers le côteau couvert de vignes.
    Il entre. Et que voit-il d'abord ?
      Le maître au noble port
    Qu'il reconnait à ses insignes,
    A son habit, on me comprend ;
    Puis, parmi les ceps, maintes filles
    Et maints jeunes garçons bons drilles,
     Bien occupés apparemment,
Le visage rougi de raisins et de mûres.
    D'où vient, Monsieur, ce rouge cramoisi
    Demanda-t-il, qui couvre ces figures ?
    Notre bourgeois, d'abord un peu saisi
De cette question ; comprit bientôt l'affaire,
    Se rassurant, répondit aussitôt :

Ces gens que vous voyez ne touchent pas plustòt
   Cet arbrisseau qu'on nomme vigne ,
Surtout quand on vendange, ou bien que l'on provigne,
   Que sur leur face on voit cette couleur ,
      Mais qui disparait , par bonheur ,
      Quand de la vigne on se retire. —

      C'est un phénomène étonnant !
      Et, foi de Russe , je l'admire.
      Je vais le noter à l'instant.
   Et cela fait , il se retire ensuite,
Après pourtant avoir salué le bourgeois.
   Du savant Russe il rit beaucoup, je crois ,
      Et de sa découverte écrite.

Lecteurs , n'écoutez pas coureurs de nations ;
   Ils sont trompés mille fois dans leurs courses
Et nous dupent toujours par leurs relations
Qu'ils ne puisent jamais à de meilleures sources.

FABLE VII.

Le Chat et le Moineau.

—

Je t'aime bien , Minet, disait la jeune Adèle
   A son beau Chat qu'elle nommait Fidèle ;
   Je t'aime bien ; mais mon Oiseau ,

Mon folâtre et gentil Moineau,
A sur toi, je l'avoue, encor la préférence.
Si tu lui fais du mal, je te ferai mourir.
Cette punition serait grande, je pense,
  Tu ne voudras pas l'encourir ?
Tiens-toi pour averti, je te le dis encore,
  Et cache bien griffes et dents !

  Pendant quelques semaines,
  Mais non pas sans beaucoup de peines,
  Le Chat fut sage et point méchant.
  Pierrot jouait avec Fidèle :
Tout se taisait, et la griffe, et la dent ;
Cette amitié paraissait éternelle.
  Adèle l'admirait,
  Et de plaisir en souriait ;
  Mais, on le sait, la jalousie
  Est le démon de notre vie.
  L'être le plus parfait,
S'il est jaloux, de lui n'est plus le maître :
Il ne craint rien, ne sait plus se connaître ;
Et ces mots-ci : Pierrot est plus aimé que toi !
  D'un cœur méchant s'effacent avec peine.
  Là chose est si certaine,
Qu'à quelques jours de là, Pierrot, de bonne foi,
  Voulut jouer avec Fidèle;
  Le jaloux appliqua

Sur Pierrot sa griffe cruelle,
Et puis il le croqua.

Ne comptons pas sur l'apparence
D'amitié d'un cœur perverti :
Ce cœur a pris son pli ;
Rien ne peut, je le pense,
Sans crainte d'être démenti,
Redresser sa rude nature :
S'il ne répand le sang, il vomira l'injure.
L'être cruel sera toujours cruel :
Tel est l'effet du naturel,
Et c'est de l'huile
La tâche indélébile :
Amitié, menaces et temps ,
Pour l'effacer sont impuissants.

FABLE VIII.

Tout est bien dans la Nature.

Un philosophe grec, Xénocrate, je crois,
Au Lycée, un beau jour, cherchait à faire entendre
Qu'ici-bas tout est bien. Chacun, pour bien comprendre
Les vérités que proclamait sa voix,
Se groupait près de lui : l'assemblée était grande.

Tant il est vrai que la vertu commande !
Tout est bien, disait-il, je vais vous l'établir :
L'auteur de l'univers ne pouvait pas faillir,
  Son œuvre en tous points est parfaite.—

Je le nie !...— A ces mots, Xénocrate s'arrête.
Quel est celui, dit-il, qui peut ici nier
  Ce que l'évidence démontre ?
  Qu'il s'approche et se montre.—

Je ne le puis, car je suis impotent ;
  Et ce fait seul est suffisant
  Pour te prouver d'une manière claire
  Que tout est très-loin d'être bien :
  Je te démontre le contraire.

  Notre orateur soudain,
  Sans se déconcerter en rien,
Dit : cet homme est infirme. On croirait, à sa vue,
  Entrevoir que Dieu s'est mépris ;
  Il n'en est rien pourtant, mes chers amis ;
  Une raison inapperçue,
Un vice de famille, ou quelques autres cas
De cette infirmité peuvent être la cause,
  Du moins je le suppose ;
  Et je ne croirai pas
  Que Dieu puisse ainsi se méprendre.
Et puis, examinez ces jambes, s'il vous plaît :

Le sang ne cesse de s'y rendre,
    Leur ensemble est parfait,
Il n'y manque que la souplesse,
Et malgré toute leur faiblesse,
Quelqu'un de vous peut-il en faire autant?
    Je ne dois pas le croire. —
    Non, non assurément,
    Répondit l'auditoire. —
Ainsi donc, tout est bien, dit l'orateur !

Qu'en dites-vous, mon cher lecteur ?

FABLE IX.

L'Hirondelle et l'Araignée.

—

Au printemps, sous un toit, Prognée,
Petit à petit, bâtissait
Le monument de sa lignée.
Tout près de là, dame Araignée,
    Dans le calme tissait
    Ses beaux réseaux de soie,
    Et voyait avec joie
    S'avancer ses travaux.
    Ah ! bientôt, disait-elle,
    Aux chants de l'Hirondelle,

Moucherons les plus beaux
Viendront se prendre dans mes toiles,
Et la nuit de ses sombres voiles
Ne les garantira pas :
Je ferai d'excellents repas !

Mais la pauvre Araignée
Ne savait pas, je le vois bien,
Que la gazouillante Prognée,
Arrivant de pays lointain,
Faisait aussi sa nourriture
De mouches et de moucherons.
Que bientôt sa progéniture
En purgerait les environs.
En moins de rien, petits crièrent ;
Leurs parents s'empressèrent
De fournir à tous leurs besoins
Avec les plus grands soins ;
Si bien qu'aucune proie
Dans les filets de soie
Tendus avec tant d'art,
Depuis longtemps n'était surprise,
Tant l'oiseau babillard
Sur cette marchandise
Faisait main basse à qui mieux mieux.
Ce fut bien pis encore
Quand, les petits un peu plus vieux,
Voltigeant dès l'aurore,

Purgèrent l'air aux environs
  De tous les moucherons :
  La toile était déserte.

  Entrevoyant sa perte,
L'Araignée, un jour, s'en plaignit.
  Dame Hirondelle en rit.
  On revient à la charge;
  On crie un peu plus fort,
  On fait même tapage.
L'Hirondelle qui n'a pas tort,
Poussée à bout, il faut le dire,
  D'un coup d'aile déchire
  Les fragiles filets,
Et puis, d'un coup de bec, écrase la fileuse.

Si nous voulons avoir la paix
Et mener une vie heureuse
  En ce bas univers,
Evitons la concurrence;
  Toujours de sa présence
  Naissent les grands revers
  Qui brisent la balance
  De la noble équité,
Et rompent la fraternité.

FABLE X.

Le Merle et le Roitelet.

—

Un Merle, en sa cage dorée,
Sans cesse avec force sifflait ;
Sans cesse aussi, par ses chants attirée,
La multitude l'admirait,
Lui prodiguait
Les plus flatteurs éloges.

Un pédant Roitelet,
Que ses confrères nommaient Georges,
Essaya vainement
De dissuader l'auditoire :
Ce n'est qu'un sot, un ignorant,
Disait-il, sa mémoire
Fait tous les frais de son talent :
Il est sans jugement.
Personne ne voulut le croire ;
Moi, j'en aurais fait tout autant.
Il déclamait encore,
Quand, de sa voix sonore,
Le Merle prononça ces mots :
Eh ! mon ami, tu perds ta peine
Et tes inutiles propos !
Regarde la nature humaine,

Dans la ville, comme en nos bois,
Et tu conviendras, je le crois,
Qu'on finit par comprendre
Celui qui parle le plus haut.
Tu peux avoir la voix bien tendre,
Et les anneaux du larynx comme il faut ;
Si ta voix n'est pas assez forte,
Tu perds tes peines et ton temps,
Le curieux passe ta porte
Et méprise tes faibles chants.

Ce Merle n'est pas bête,
Et je crois qu'il dit vrai.
Toujours je le dirai :
Quoique savante tête,
L'homme timide a toujours tort,
Personne ne l'écoute ;
Celui qui parle le plus fort,
Seul a raison, sans doute.

FABLE XI.

Le Valet endormi.

—

Un Domestique, un vrai manant,
D'un tranquille sommeil dormant,
Se croyait, en rêvant,

Possesseur du logis, superbe, en apparence,
Mais où régnait le triste épouvantail
D'un incessant travail,
Et partant, de la dépendance.
Les pavôts du sommeil flatteur
De ce lieu l'établissaient maître ;
Et je crois que peut-être
Il prenait du goût à l'erreur,
Si bien qu'en maître véritable
A ses serviteurs il parlait,
Criait, tempêtait et jurait ;
Et puis, d'un air recommandable,
A l'un il prescrivait tels soins,
Que l'on remplissait en tous points ;
A celui-ci telle autre chose
Que l'on n'exécutait pas moins,
Sans s'inquiéter de la cause.
Tout allait fort bien jusque là.

En ce moment, le véritable maître
Bel et bien l'appela,
En lui faisant connaître
Que, dès longtemps, il faisait jour.
Notre dormeur fit un instant le sourd ;
Mais rappelé par un ordre sévère
Et peut-être d'un ton colère,
Il saute de son lit, et, se frottant les yeux
Comme c'est assez l'habitude :

Je le vois bien , dit-il , les Dieux
M'ont créé pour la servitude !
    Pourquoi cela pourtant ?
Pourquoi m'ont-ils créé manant ?
    Ne suis-je pas à même
D'en faire autant que celui-là ,
    Cet homme que voilà ,
Que la divinité suprême
A voulu m'imposer pour maître ?
Mais dans quel but ? Je n'en sais rien.
Soumettons nous , il le faut bien.

    Il faut le reconnaître ,
Quoiqu'à regret , mon cher lecteur ,
La moitié de la race humaine
Doit servir l'autre. Est-ce une loi bien saine ?
Je dirai non ; et voudrais de bon cœur
Que cette loi qui cause tant de peine
    Et qui force à tant de labeur ,
    Fût au plus tôt , sinon changée ,
    Du moins fortement corrigée.
L'homme est né libre , oui libre , tout le dit.
    La raison même le prescrit ;
Et je ne comprends pas que l'homme, étant son maître,
Ne puisse pas enfin le reconnaître !

FABLE XII.

Les deux Voyageurs et le Juge.

—

Deux hommes voyageant, trouvèrent sur la route
Un tout petit. paquet.
Vous dire ce qu'il contenait
M'est fort difficile, sans doute,
Puisqu'on ne l'ouvrit pas. Eh! qu'importe après tout,
Cela ne fait rien à la chose ;
Mais le plus important surtout,
C'est que chacun le voulait, et pour cause :
L'un soutenait l'avoir vu le premier : —
Cela ne fait rien, disait l'autre,
Si tu l'as vu, je ne puis le nier,
Mais moi je l'ai senti : donc il doit être nôtre.
On dispute, on se pousse, on en vient aux gros mots;
Et puis, de propos en propos,
On se prend bel et bien à la tonsure :
Ils s'en donnaient, je vous assure !

En ce moment, le Juge arrivant là,
Mit bientôt les hola.
Puis de fil en aiguille,
On lui conte le cas.

Quoi, pour cette vétille

En venir à de tels éclats,

Dit le juge, c'est mal s'y prendre !

Et pour terminer les débats,

Voici mon jugement, veuillez bien le comprendre :

La cour saisit l'objet litigieux

Au profit du perdant, sinon, des malheureux.

Allez en paix ; le juge vous l'ordonne.

Thémis prend et jamais ne donne ;

Lecteurs, c'est un fait très-constant,

Chacun peut vous en dire autant

Sans se tromper assurément :

La Justice sait prendre,

Mais ne sait jamais rendre.

FABLE XIII.

Le Pinson discourant.

Autour de maints oiseaux, un Pinson, déjà vieux,

N'y voyant presque plus, à ce que dit l'histoire,

(Ce que l'histoire dit, on doit toujours le croire)

Perché sur un piquet, pérorait de son mieux.

A quoi bon, disait-il, ces animaux nombreux

Que le Très-Haut a placés sur la terre,

Tous ces poissons qui nagent dans les mers,

Tous ces oiseaux qui volent dans les airs ?
Pourquoi, surtout, ce terrible tonnerre ?
Durant les nuits, pourquoi ces longs éclairs
Qui portent la terreur dans ce bas univers ?
Pourquoi donner à l'ours des dents si meurtrières,
Aux vautours de si fortes serres ?
Tant de force aux lions, tant de faiblesse à nous ?
Il faut en convenir, disons-le sans courroux,
Dieu s'est mépris de toutes les manières,
Ou, du moins, il n'y voyait rien,
Son œuvre le démontre bien.

En cet instant, passant par là par aventure,
Un vaurien de tiercelet
Au Pinson coupa le sifflet,
Le pluma, le croqua fort bien, je vous le jure.

L'œuvre du Créateur est bien ;
A critiquer, le sage n'y voit rien.
Là, le lion rugit : plus loin, le taureau beugle ;
Là, rampe la couleuvre ; ici, chante l'oiseau.
En ce grand tout, j'aperçois tout en beau :
Notre Pinson seul est aveugle.
A critiquer l'œuvre du Créateur,
Il arrive toujours malheur.
Le sot, en tout, trouve à redire ;
Le sage seul admire !

————

FABLE XIV.

Le Perroquet et la Pie.

—

Un Perroquet, bavard sempiternel,
Comme on en voit beaucoup trop dans le monde,
Sans rime ni raison, attaquait tel ou tel,
    Et les échos répétaient à la ronde
    Ses vains propos que les vents emportaient :
        Les passants pourtant en riaient.
Dame Margot, non moins bavarde encore,
S'arrêta là. Dans quel but ? Je l'ignore.
Toujours est-il qu'elle s'arrêta là.
Don Perroquet en paroles s'escrime,
    Et critique sans raison légitime.
Dame Margot s'impatiente enfin
Des vils propos de la criarde bête :
Mais, lui dit-elle, au moins, sais-tu combien
Tout ce qu'a d'odieux ton discours malhonnête ?
    Tu traites tel d'imbécile, de sot ;
    Jacques de juif, Nicolas de nigaud ;
    Les connais-tu ? — Du tout, Madame Agace.—
Eh bien ! pourquoi, dis-le moi donc de grâce,
Médire ainsi ? C'est un bien vilain ton ! —

Pourquoi, dis-tu, ma chère Margoton,
Que, quand j'ouvre le bec, je ne fais que médire ?

C'est une erreur, et pour te le prouver,
Je dois ici franchement t'avouer
Que je ne dis que ce que j'entends dire,
          Sans malice surtout,
    Et que, si je parle beaucoup,
C'est seulement pour parler . voilà tout.

      Parler , ce n'est qu'une manie ,
Convenez-en , cher lecteur , s'il vous plait.
      Nous possédons tous le caquet
Au suprême degré du bavard Perroquet ;
      Oh ! personne ici ne le nie !
Presque toujours nous parlons pour parler ;
          Pour nous , la calomnie
      N'est qu'un bien doux laisser aller,
      Un brûlant désir d'étaler
      Quelques légères connaissances
      Dans les arts et dans les sciences ,
      Sans y voir clair assurément :
      Autant en emporte le vent.
      Mais il faut que l'on parle en somme :
      C'est un défaut inné de l'homme.
      Du sexe , je n'en dirai rien :
      Lecteur, vous le connaissez bien,
      Cela suffit ; je dois me taire :
Je ne veux pas m'attirer sa colère.

———————

FABLE XV.

Le Bourgeois et le Médecin.

—

Un Bourgeois, fin matois, un peu chiche peut-être ;
                Un jour, voulant connaître
            Le talent de son Médecin ;
Quoiqu'en santé, le fit appeler un matin.
Le médecin, sachant que la poule était grasse ;
            Et, partant, très-bonne à plumer,
            Tout joyeux, part de bonne grace ;
            Il arrive, sans présumer,
                Du moins on doit le croire,
            La mystification noire
                    Qui l'attend :
                Le lecteur le comprend.
                Après les compliments d'usage ;
Voyons le pouls, dit-il. la fièvre fait rage !
Il palpe les côtés, la poitrine, enfin tout.
Le pylorre est squirrheux et la rate est enflée ;
            La peau séche au toucher ; surtout
                La face est boursoufflée :
            Ce sont autant de symptômes fâcheux ;
Mais j'arrive assez tôt, et je me rendrai maître
            Du mal que je crois bien connaître :
            Et tout ira de mieux en mieux,
Rassurez-vous, monsieur. Après ce préambule,

Après avoir ordonné par écrit,
Après avoir surtout regardé la pendule,
    Notre Médecin dit :
    Qu'on se dépêche. Dans deux heures
Je reviendrai. Mais je dois espérer,
    Disons plus, je dois désirer
    Que les suites seront meilleures :
    L'ordonnance doit opérer !

Notre Esculape sort. Le malade se lève
        En riant comme un fou.
    Ah ! charlatan, que la peste te crève,
        Dit-il, je ne sais d'où
        Nous arrive cet Hypocrate ;
        Mais c'est bien le plus sot de tous,
        Et surtout le plus grand des fous !

Il est l'heure indiquée, et le docteur se hâte ;
    Il entre et voit son malade debout.
            Fort bien ! fort bien ! dit-il ; je pense
            Que mes remèdes et surtout
            Mon incomparable science
            Ont produit ce magique effet !
                Oh ! vous avez bien fait
    De m'appeler ; sans moi, daignez le croire,
            Vous voyageriez bel et bien
            Maintenant sur la rive noire.

Qui, moi? monsieur le Médecin?
Je me porte à merveille.—
Oui, grâce à mes médicaments,
A ma science non pareille ! —

Votre art, pour moi, n'est rien ;
Vos drogues ont passé par la fenêtre.
A présent, je dois vous connaître.
Adieu, portez-vous bien.

FABLE XVI.

L'Homme et ses trois Amis.

Sur trois Amis, je crois
Que l'on n'en doit compter qu'un véritable ;
Encor c'est beaucoup, un sur trois !
Voyons, à ce sujet, ce que nous dit la fable.

Un homme, déjà vieux,
Se trouvait fort heureux
D'avoir trois Amis bien sincères ;
Du moins, l'étaient-ils à ses yeux !
Sur ces trois Amis, surtout deux,
Dont l'amour, les douces manières,
Les soins constants, affectueux,

Avaient captivé sa tendresse ;
L'autre lui paraissait au moins indifférent,
N'avait pour lui ni douceur, ni caresse.
Mais pourtant,
Je tiens pour fait constant
Qu'on ne doit pas juger sur l'apparence.
L'occasion fait le larron ,
Nous dit-on ;
C'est elle aussi dont la présence
Démasque l'ami déloyal.
Chercher à le prouver ne serait pas un mal ,
Afin d'éviter des méprises.
Voyons, à ce sujet, les trois Amis aux prises.

Notre homme donc aux trois Amis,
Un jour, quoiqu'innocent, fut accusé d'un crime,
Et mandé par le juge au palais de Thémis.
Dans l'occasion , il s'estime
Heureux et mille fois heureux
D'avoir pu, dans le temps, se faire
Des Amis puissants qui vont le tirer d'affaire.
Dans cette idée, il court chez eux,
Et sur la foi de l'amitié sincère,
Il leur conte le cas de l'un à l'autre bout ;
Les invite surtout
A le suivre à l'audience,
Pour déposer et prendre sa défense.
Le premier s'en excuse et donne pour raison

Qu'une affaire majeure
L'empêche tout-à-l'heure
De quitter sa maison :
Le second eût voulu trouver semblable excuse ;
N'en trouvant pas, il se sert d'une ruse,
Et fait semblant de le suivre au Palais :
Mais, étant arrivés à la porte,
Il lui dit : Il m'importe
De ne pas entrer là :
Je n'ai pas été sage, et je crains fort le juge.
Là-dessus, l'ami s'en alla.
Mais le troisième, à l'instant, accepta,
Sans hésiter, sans subterfuge,
La défense de son ami,
S'y prit si bien, qu'il fut renvoyé de la plainte.

L'amitié n'admet point de feinte
Et ne s'offre pas à demi.

L'homme, ici-bas, pendant sa vie,
A trois amis, ou plus ou moins constants :
Le premier, le *métal*, qui flatte son envie,
Le quitte à ses derniers instants ;
Le second, ses *parents*,
A sa mort le conduit, par faveur singulière,
Jusqu'à sa demeure dernière.
Revenu chez lui, tout est dit ;
Le temps qui fuit

20

Bientôt détruit

Jusqu'au souvenir le plus tendre.

Et le troisième enfin dont il s'occupa peu,

Ses bonnes actions, qu'il ne pouvait comprendre,

Seul ne le quitte pas et plaide devant Dieu

La cause d'un ami qui ne le choya guère :

C'est notre ami le plus sincère !

FABLE XVII.

La Plume d'Oie et la Plume Métallique.

—

Quoi qu'on en dise de nos jours ,

Tout est Dieu dans ce monde. Et je cherche à comprendre

Et comment et pourquoi l'on prend tant de détours

Pour établir , dans de fades discours ,

Que la raison ne peut entendre

Que tout est matière et hazard.

Je pourrais bien , à cet égard ,

Prouver à ma manière

Que tout n'est pas matière ,

Puisque partout j'entrevois Dieu

Brillant , éclatant de lumière.

Ce projet serait téméraire.

Je m'en rapporte à ce qu'ont dit
Descartes , Gassendi , Pascal , Jean Lafontaine
Châteaubriant, Buffon, et Newton l'érudit,
    Ces scrutateurs de la nature humaine.
            J'adresse mes lecteurs
              A ces vastes génies;
        Ils leur dépeindront les grandeurs
              Immenses, infinies ;
        De ce Dieu qu'ils ont vu partout.

    En attendant que la raison revienne
          A petit pas , à petit coup ,
        D'une marche moins incertaine ;
            Dans les cœurs pervertis
        Des philosophes du pays ,
        Entretenons-les d'une fable
              Qui n'a pas tout-à-fait
        Trait à cet important sujet ;
        Mais qui peut être profitable ,
    En ce sens seul qu'on entendra parler
Des objets tout-à-fait muets pour nos oreilles,
Comme Dieu l'est pour ceux qu'on craint de dévoiler:
        Et c'est par de telles merveilles
          Qu'on peut encore rappeler ,
          Ou pour le moins faire comprendre,
Que partout, en tous lieux, on peut toujours s'attendre
          A trouver la divinité ;
    Car la parole est une faculté

Qui nous indique un être raisonnable ,
Et la raison approche du Divin.
           Mais voyons notre fable.

Sur le bureau d'un illustre écrivain ,
Deux Plumes, l'une d'oie et l'autre métallique ,
       Se rencontrèrent par hazard.
         Eh ! bonjour donc , ma sœur antique,
Que fais-tu là sur ce marbre , à l'écart ?
       On te méprise , et moi je règne ;
           Je veille , et toi tu dors.
             Sans peine et sans efforts ,
Sans que la force en mon cœur ne s'éteigne .
         J'enfante un volume par jour ;
         Je régne , et ma sœur s'en désole.

       La Plume d'oie a la parole :
       Tu peux , lui dit-elle, à ton tour
       Travailler et faire merveille ;
           Mais ta gloire jamais
             Ne peut être pareille
         A la mienne : Tous les progrès
Qui se sont opérés ; on les doit à mon zèle.
Par moi se sont formés ces hommes immortels
         Auxquels on dressa des autels :
Lafontaine , Rousseau, Voltaire , Fontenelle,
Buffon , Montesquieu, Bourdaloue ; Augustin,
Chateaubriant, Corneille et Molière, et Racine,

Raignard, et Bossuet, Gresset et Lamartine,
  Mille autres dont le temps de son burin
  Grava les noms sur le bronze durable ;
Mais toi, tu ne produis que d'orduriers romans,
Qu'insipides écrits, fatras épouvantable,
Qui naissent dans un jour, dont les nobles instants
          S'éteignent après la lecture :
          Jamais on ne les lit deux fois.
              Dès lors ma gloire est sure ;
              La tienne, je le crois,
          Est équivoque, est incertaine.
                  La raison humaine,
          Et le grand appréciateur,
                Le temps je veux dire,
              Qui n'est jamais menteur,
              Qui prononce sans rire ;
Indiqueront un jour laquelle des deux sœurs
            A le plus de mérite.

              En attendant, lecteurs,
              Jugez, et je vous quitte ;
        Sur ce sujet je ne puis rien plus dire :
          Ces cas importants me font peur ;
          Et pour mon véritable honneur,
            Je dois sur eux faire taire ma lyre.

FABLE XVIII.

Les deux Voisins.

—

Un homme riche et de récente époque,
De probité très-équivoque,
    Fit bâtir à grand frais
Une maison, je me trompe, un palais.
Le marbre, l'or, le stuc encadraient la peinture,
Et faisaient ressortir l'effet de l'architecture ;
    Rien n'y manquait : richesse, goût,
    Et le luxe brillait partout.
    C'était trop beau pour la province :
C'était enfin la demeure d'un prince !
Et pour donner au tout plus d'importance encor
On voyait sur le mur, en belles lettres d'or,
    Cette inscription laconique,
    Sur un fond tout exprès noirci :
    Rien d'impur n'entre ici !

Ce beau logis, ce palais admirable
Etant fini, notre homme en tout aimable,
    Fit appeler son ami, son voisin,
    En bâtiments connaisseur fin,
Pour avoir son avis sur son œuvre nouvelle.

Le voisin donc, complaisant, plein de zèle,
    Se rend à l'invitation.
    Il lit d'abord l'inscription :
Fort bien! dit-il, et je vous remercie
    De votre don que j'apprécie,
Car c'est pour moi que vous fîtes bâtir ;
    Et je puis dire sans mentir
Que je suis digne en tout d'en être maître.

L'homme au palais, un peu surpris peut-être,
    Dit aussitôt : vous riez, mon voisin ? —
Je ne ris point, dit l'autre. Et vous comprenez bien :
    (Pardonnez-moi si ma franchise
        En rien ne se déguise)
Qu'un homme comme vous, d'exactions noirci,
D'après l'inscription, ne peut entrer ici ;
    Moi seul j'y puis prétendre.

Le constructeur, feignant de ne le point comprendre,
    Fit effacer pourtant l'inscription,
    Et garda pour lui sa maison.

En quatre mots, voilà comme nous sommes :
    Par son faste, l'un de ces hommes
Croit effacer ce qu'il a fait jadis
Contre les gens et contre son pays ;
    L'autre croit, sans se bien connaître,
    Pouvoir se poser comme un être

Probe et pétri d'honneur,
Tandis que, dans le fond du cœur,
Sa conscience dit : *Tu fais le bon apôtre,*
Mais tu ne vaux pas mieux qu'un autre !

FABLE XIX.

Le Dogue et le Carlin.

—

Un Dogue, un jour, le long d'un bois
Rôdait et faisait sentinelle ;
Il s'était aperçu, je crois,
Qu'un loup, bête cruelle,
En ce lieu désert quelquefois
Venait faire tapage,
Et surtout exercer sa rage
Sur les moutons du domaine voisin.
Le même jour, un superbe Carlin,
Bien peigné, bien mignon, un vrai tou-tou de Dame,
Passait aussi par là. Le Dogue en a pitié,
Le salue, et par amitié
Lui fait la semonce et le blâme
De s'exposer seul, près d'un bois :
Quoi ! tout seul, petit, dans la boue !
Tu perds la tête, je le vois !

Où vas-tu ?— J'ai tort, je l'avoue,
Lui dit Carlin ; mais quand on a beaucoup d'esprit,
Peut-on toujours rester dans une salle ?
Bien d'autres , avant moi, l'ont dit,
Que l'esprit s'use et se ravale
Quand on ne sait pas l'aiguiser:
Et dans ce but je vais herboriser.—
Herboriser ! Eh ! dis-moi donc, mon frère,
Quelle est cette science là ?
Herboriser ! ma foi, voilà
La première fois en ma vie
Que j'entends prononcer ce mot !—

Je le crois bien, dit aussitôt
Le Carlin, ta race avilie.
Un Dogue, dis-je, sert, boit, dort,
Mange, s'engraisse, aboie et mord,
Voilà toute son existence.
Mais un Carlin, mon cher Sultan,
C'est la pure science.
Toujours au salon, il entend
Les conversations savantes
Qui s'y font chaque jour ;
Des vers, des épitres riantes
Sur la volupté, sur l'amour
Y sont lus. Oh ! c'est une école,
Je t'en donne ma parole,
Où l'on apprend de tout.

Où l'âme s'élève beaucoup,
Devient généreuse, sublime :
Telle est la mienne maintenant.
Avec l'esprit, crois-moi, Sultan,
On résiste aux excès, au crime :
On a la force, la vertu.
Mais toi, sous ton épaisse écorce,
Tu ne possèdes que la force.
Adieu. Rester ici, c'est temps perdu.
Ayant dit, Carlin le salue.

Le bon Sultan ne répond rien ;
Mais dans son âme émue,
Il sent contre le fat Carlin,
Orgueilleux, surtout malhonnête,
        Tant soit peu de courroux ;
        Mais en prudente bête,
        Il rumine en sa tête
        Qu'il vaut mieux être doux.
Là dessus, Sultan s'achemine,
Un peu pensif, vers sa cuisine.
Il était déjà loin quand, droit vers la forêt,
Il entendit crier Carlin à toute tête.
A ces cris douloureux, Sultan la bonne bête,
Reconnut le danger de l'ami freluquet ;
Oubliant son injure, il y court à la hâte.
        Ma foi ! le bon Sultan fit bien ;
Un peu plus tard, c'était fait de Carlin :

Un loup le tenait sous sa patte
Et Carlin faisait les hola.
Enfin Sultan se précipite
Sur maître loup, qui prend la fuite ;
Qui bel et bien mordu par ci, mordu par là,
Fut obligé de lâcher prise.

A son tour, Carlin le savant
Fut berné par l'ami Sultan :
Eh! bien, Carlin, ton ame est-elle un peu remise
De sa frayeur ?
Sultan, sous son écorce épaisse,
A donc trouvé tant soit peu de finesse
Pour t'arracher des dents du ravisseur !
Ah! que n'employais-tu, dans ce moment funeste,
Tes discours, tes sonnets, tes stances à l'amour,
Tes dissertations, tes vers et tout le reste,
Le loup t'eût admiré, caressé tour à tour :
La force de Sultan dès lors eût été nulle,
Je dirai plus, peut-être ridicule ;
Et, si tu veux me croire, ou si tu peux l'oser,
Retourne au bois herboriser.

L'esprit ne donne point le droit de l'insolence :
On peut avoir besoin d'un bien plus sot que soi.
J'aime l'homme modeste, et l'orgueilleux m'offense :
L'un fait tout mon plaisir, et l'autre mon effroi.

FABLE XX.

Le Renard et le Blaireau.

—

Aujourd'hui, rien n'est si commun
Que le savant, ou celui qui croit l'être :
Sous ce nom, que de sots ne voit-on pas paraître!
Je vais essayer d'en peindre un.

Un Renard des plus sots, un jour se mit en tête
De se faire savant, de devenir poète.
Pendant vingt ans au moins
Il donna tous ses soins
A cet art qu'on admire.
Est-il nécessaire de dire
Qu'il souffrit le martyre?
Car je tiens pour certain
Que ce métier, pour qui l'embrasse,
Est bien éloigné d'être un bien.
Plus d'une nuit se passe
Sans sommeil, sans repos;
Rien ne distrait, rien ne délasse.
Souvent, pour quelques mots,
Pour quelques rimes plates,
Qu'un auteur morfondu

Passe de nuits ingrates !
Mais qu'importe le temps perdu,
L'insomnie et la peine :
Partant, il faut rimer
Il faut tout supprimer,
Ou renoncer à l'hypocrène !

Notre Renard souffrait la gêne,
Les tourments et les maux
Pour contenter sa muse
Qui, malgré tant de pénibles travaux,
De froideur, de lenteur l'accuse ;
Pour toute excuse,
Il redouble d'efforts ;
Aussi voit-il, chaqu'an, s'accroître ses trésors,
On me comprend peut-être,
Je parle de ses vers.

Notre savant, qui n'a rien fait paraître
De tant d'objets divers
Si dignes, selon lui, de plaire à l'univers,
Un jour, jugea qu'il ferait bien de vendre
Le fruit d un travail de vingt ans :
Je crois qu'on doit m'entendre
Ses vers, ses chers enfants
Dont le nombre est immense.
Aussitôt fait que dit :
Dans cette idée il s'applaudit.

21

Je ferai bien, dit-il, je pense ,
D'en adresser un ample échantillon ,
Après stricte correction ,
A l'imprimeur de la ville voisine ;
Du prix qu'ils sont, j'aurai
De quoi faire aller la cuisine ;
Du moins je jouirai
Du fruit de mes lumières.
Ayant dit , aussitôt
Il fait un gros ballot
De ses meilleures poésies
Parmi beaucoup d'autres choisies ,
L'adresse à l'imprimeur ,
En lui faisant connaître
Le prix qu'il veut de ce labeur.

Oh ! qu'un poète est un singulier être ,
Il croit de rien tirer parti !
Le ballot part , il est parti.
Notre Renard se berce d'espérance
Et se croit dans l'aisance.
Mais qui compte tout seul souvent compte deux fois.

La quinzaine se passe, un mois, deux mois, trois mois,
Mais de réponse aucune :
Notre Renard en est outré ;
De ses jours il n'a rencontré ,
Dans la plus mauvaise fortune,

Un contre-temps si décevant !

Nouvel écrit, nouveau silence.

Enfin, n'en pouvant plus et perdant patience,

Le poète Renard, à qui mieux mieux jurant,

Exhale en ces mots sa colère :

Qu'un imprimeur est bête, il faut en convenir !

Quel être imaginaire !

Il ne voit rien dans l'avenir !

Quand j'offre à celui-ci de faire sa fortune,

(Pour lui mes vers en était une)

Il est indécis, reste coi :

Il faut qu'il soit bien sot, ma foi !

Oh ! pas si sot que toi,

Dit un Blaireau, son ancien camarade,

Qui se trouvait là par mégarde ;

Qu'eût-il fait de tes vers, dis-moi, les imprimer ?

Pour les garder dans sa boutique !

Mon cher, il ne faut pas que cet aveu te pique,

C'est l'aveu de qui sait aimer.

Je crois réellement te rendre

Un service, en cherchant à te faire comprendre

Que tu ne fus jamais qu'un sot :

Cher ami, retiens bien ce mot.

Si nous avions des amis si sincères,

Combien d'yeux seraient dessillés,

Que d'auteurs seraient ravalés
Si l'on exigeait d'eux des talents , des lumières !

FABLE XXI.

L'Océan et la Terre.

—

Tout se meut dans le monde
Par une sagesse profonde.
L'argument du sophiste est vain ;
La base sur laquelle il s'appuie est un leurre
Qui ne tend qu'à flétrir le cœur humain :
Je vais l'établir tout-à-l'heure.
Pour cela, je n'emploirai pas
Les longs discours de la science,
Et que la flatteuse éloquence
Qui suit toujours ses pas,
Sait arranger avec magie :
Ces discours savants me font peur,
Et font mourir en effigie
Tout homme dont le cœur,
Comme le mien, a su comprendre

Qu'un être créateur
Partout se fait entendre:
Je ne veux recourir
Qu'à la simple nature;
Et je crois, sans mentir,
Que sa parole sure
En apprend plus au cœur
Qu'un sophiste menteur.

A mes yeux, qu'es-tu, pauvre Terre,
Et tout ce que ton globe enserre?
Dit l'Océan, je puis,
Si je le veux, te couvrir de mes ondes;
Et dans mes retraites profondes
Engloutir tes trésors chéris,
Tes hameaux, leurs maisons, leurs chaumes,
Tes villes, tes palais,
Tes animaux, tes hommes,
Comme je le fis autrefois.
Tu ne réponds point à ma voix?
Ton silence me rend colère :
Tremble !..... Soulevez-vous, mes eaux,
Abimez sous vos flots
Cette maudite Terre
Qui se tait à ma voix ?
Puisqu'elle me méprise,
Point de remise,
Bouleversez tout comme autrefois.

A cette voix, les flots s'étendent,
Se soulèvent et se répandent
Sur la terre avec bruit :
Tout se sauve, tout fuit ;
(C'était l'heure du flux) et l'onde
S'étend large et profonde
Sur la grève que, chaque jour,
A la même heure, à la même seconde,
Elle caresse avec amour.
Enfin revient le calme,
Et chaque lame
S'affaisse, s'amoindrit,
Et rentre dans le lit
Que lui creusa l'Etre suprême
Que tout homme sage aime.

La Terre lui dit alors :
Pauvre Océan, que tes efforts
Sont peu de chose
Aux yeux du Créateur !
C'est lui seul qui s'oppose
A tes vastes desseins.
Il mit des bornes immuables
Aux flots comme aux vœux des humains,
Elles seront toujours infranchissables
Pour toi comme pour eux ;
Et devant sa sagesse
Tout s'incline et s'abaisse,

Le sot et l'orgueilleux,
Les hommes et les mondes,
Les astres et les ondes ;
Lui seul est immortel ;
Le reste est un atôme,
Sans en excepter l'homme
Si vain aux yeux de l'Éternel.

FABLE XXII.

Le Chat, le Rat et la Lunette d'approche.

—

Un jour un Rat, près d'une roche,
    Trouva sur le gazon
Une Lunette d'approche.
La trainer dans sa maison,
Pour lui n'était pas bien facile :
Il avait, selon moi, raison.
Pourtant, cet instrument utile
Peut m'être d'un très-grand secours,
    Disait-il en lui-même ;
Par lui, je verrais tous les jours
Venir, d'une distance extrême,

Les ennemis des Rats :
  On me comprend, les Chats.
Voyons, comment faut-il donc faire ?
Puis de la patte et de la dent
    Il roule l'instrument
  Sur une taupinière :
Il en suait à qui mieux mieux,
A ce que dit l'histoire ;
C'est, dit-il, mon observatoire.
Il y porte aussitôt les yeux ;
    Eh ! que voit-il paraître !
Un gros Chat, mais si loin, si loin,
Que pour lors il n'a pas besoin,
      Croit-il, d'en être
      Bien inquiet ;
Mais au même instant, don Minet
Lui fit sentir sa griffe aiguë.
    Grâce, grâce, seigneur,
      Votre Grandeur,
      Trop tôt venue,
    M'empêche en ce moment
De voir d'une belle comète
      L'astre brillant.
    Le Chat, levant la tête,
Lui dit : avec cet instrument ? —
    Seigneur, assurément.

Notre Chat, qui n'est pas trop bête,
Et voulant s'assurer du fait

    Par lui-même,
Regarde, et ne voit chaque objet
Que dans une distance extrême.
Essayons de l'autre côté
De cet instrument enchanté :
Je m'y perds et ne comprends guère
    Un tel mystère !
Un coté rapproche l'objet,
    L'autre l'éloigne !
    Ce curieux effet
    Sans peine me témoigne
Que tu t'es grandement trompé :
Qui voulait ruser s'est dupé.
Apprends d'autres ruses de guerre,
Et surtout à regarder mieux.
Tu pensais lire dans les cieux
Quand tu ne vois pas même à terre.
Le discours se termina là :
Rominagrobis le croqua.

Entre les mains de l'ignorance,
Souvent le meilleur instrument
    Devient nul, et je pense
Qu'il est beaucoup d'hommes en France
Comme notre rat ignorant.

FABLE XXIII.

Le Corsaire et le Poète.

—

Le talent est un passeport
Qui ne craint ni gendarmerie,
    Ni les gardes du port,
Ni les fers, ni la barbarie.
Devant lui tout, oui tout
    Se ploie et s'humilie ;
    Il pousse tout à bout ;
    Devant lui je m'incline ,
    Et son autorité ,
        Presque divine,
    Avec facilité ,
    Et comme par magie,
    Fait courber sous ses lois
    Le courroux, dont la voix
    Ecrase, pétrifie ,
    Fait taire l'envie,
        Et dans les cœurs,
    Etouffant les fureurs ,
    Rappelle la paix stable
    Et l'amour du bienfait.

Voyons à ce sujet
Ce que nous dit la fable.

Un Corsaire Tunésien,
D'autres disent Algérien,
Guettait, attendait au passage
Un beau vaisseau Gênois
Et qu'il croyait prudent et sage
De ranger sous ses lois.
Les passagers étaient en nombre
D'humeur diverse, ou gaîe, ou sombre.
Et riche était la cargaison.
Un matin donc, à l'horizon
Il aperçut le cher navire.
Il est inutile de dire
Ce qu'il éprouva de plaisirs
A l'aspect d'une proie
Qui va combler tous ses désirs;
Ses amis partagent sa joie.

Le Gênois ayant reconnu
Le danger, veut gagner le large;
Le Corsaire, qui l'a prévu,
Le poursuit avec rage,
L'atteint bientôt,
Et monte à l'abordage.
Le passager, le matelot,
Redoutant l'esclavage,
Résistent avec grand courage;

                    Mais il fallut céder
                  Au nombre, à la bravoure.
            Inutile de demander
            Si l'on pleure, si l'on entoure
            A crainte l'Algérien;
            On gémit, on se désespère:
            On perd sa liberté, son bien;
                  Une terre étrangère,
                  Un despote inhumain
                  Vont changer leur destin:
                  On se résigne enfin.
                  Sur ces entrefaites,
                  Apparait le vainqueur,
                  Qui dit avec aigreur:
                  Dites-moi qui vous êtes,
                  Votre but, vos desseins? —
                  Nous sommes Italiens,
            Lui dit l'un avec hardiesse;
                  Notre but est la Grèce.
                  Les uns sont commerçants;
                  Moi, méditant des chants,
                  J'allais, ne t'en déplaise,
            Chercher des inspirations
                  Dans le Péloponèse. —
            J'approuve tes intentions,
                  Répliqua le Corsaire,
                  Se modérant un peu;
                  Pour moi le grand Homère

Est presqu'un Dieu.
Mais dis ton nom ?— Je suis le Tasse.—
Le Tasse ! ah ! permets que j'embrasse
Tes immortels genoux !
Ton aspect m'est bien doux :
Devant toi je m'abaisse.
Poursuis ta route vers la Grèce ;
Je te rends ton vaisseau,
Tes amis, ta richesse ;
Affronte de nouveau
La mer et la tempête :
Tout fléchira devant le grand poète.
Adieu, mon fils,
Et bon voyage,
De tes talents fais bon usage.
On se quitte en amis.

Je crois que ce Corsaire
Fit bien de rendre aux arts
Ce premier fils d'Homère ;
Il le devait à tous égards
Car dès le Tasse il n'en est guère !

FABLE XXIV.

Le Mouton égaré et le Voleur.

—

Un Mouton jeune et sans cervelle,
Un jour s'étant éloigné du troupeau,
Malgré les soins de son berger Thibaut,
Se trouva dans une peine cruelle
Au moment où la nuit, de son épais rideau
Allait envelopper la terre
Et tout ce que son globe enserre :
Il bêlait tristement ;
L'écho seul répétait sa plainte :
Terrible était sa crainte,
Comme on le croit. En ce moment,
Un Voleur qui vient de l'entendre,
Le compte déjà comme sien.
Fondant sur lui l'espoir d'un bon festin,
Il court, s'essouffle pour le prendre ;
Il le poursuit, mais c'est en vain :
Redoutant la voix qui l'appelle,
Le Mouton s'enfuit de plus belle.

Arrête, mon gentil Mouton ;
De foin fin, d'herbe fraîche,

Dit le voleur, et de pur son

  J'ai fait garnir la crêche
De mon étable qui t'attend.
Petit, suis mes pas, autrement
Du loup tu deviendras la proie :
C'est pour ton bien que Dieu m'envoie.

Voleur ou loup, dit le Mouton,
J'ai tout à craindre et de l'un et de l'autre.

  Tu fais le bon apôtre,
Mais je sais bien que tu n'es qu'un fripon.

  C'est pourquoi je fuis ton approche ;
Et si je crains la dent du loup glouton,

  Je crains encore plus ta broche.

  Crois-moi, ne compte pas
Sur moi pour faire un bon repas.
Il dit, et pressant sa poursuite,

  Il s'enfuit au plus vite
Dans le bois, sans crainte du loup.

Parmi la gente moutonnière,
On ne rencontre pas beaucoup
De Moutons de ce caractère,
Eh ! n'a-t-il pas raison de dire qu'un Voleur

  Est pire qu'un loup ravisseur ?
L'un et l'autre n'est-il pas bête carnassière ?

———————

FABLE XXV.

Le Hanneton et l'Escargot.

—

Sur le déclin d'avril, un Hanneton joyeux,
Après avoir couru, brouté dans mille lieux
Des ceps et des noyers les naissantes feuillées,
Et secoué de ses ailes mouillées
        Les perles du matin,
        S'accrocha tant qu'il le put bien
        Au revers d'une feuille d'orme,
        Et s'endormit d'un profond somme.
Dans cet état, un léger coup de vent
        Le fit aisément cheoir sur l'herbe,
        Tout près d'un Escargot superbe,
        Qui broutait là tranquillement
        Le gazon frais et tendre,
Et sur lequel il aimait à s'étendre.
        Ayant aperçu l'Escargot,
        Le Hanneton dit aussitôt :
        Que vois-je ? quelle horrible rencontre
        A mes regards se montre ?
        J'en frémis, foi de Hanneton !.
        Quel es-tu, dis ton nom ?
Il est sans doute affreux comme ta forme.

L'autre lui répond aussitôt :

 On me nomme Escargot.

Ce qui te semble si difforme,

C'est l'humble et modeste maison

Que Dieu forma pour moi co-limaçon,

Que, sur mon dos, je voiture sans cesse. —

Oh ! quel horreur ! dit le sot Hanneton ;

 Quoi ! cette ordure est ta maison ? —

 Oui, mon ami, rien ne m'y blesse,

 Et je m'y trouve on ne peut mieux. —

Tu n'es pas délicat ! Quelle demeure étrange !

 Et pour te rendre plus affreux,

  Tu rampes dans la fange !

  En toi, tout me fait peur,

  Je dirai plus, horreur;

 Ton aspect m'effraie et m'ennuie.

Adieu, je fuis. En ce moment la pluie,

 Que poussait le vent du midi,

 Tombe sur la terre avec force :

Le Hanneton en est tout étourdi.

 En vain pour voler il s'efforce.

 Ah ! mon ami, je suis perdu !

 J'ai recours à ton assistance :

 Compte sur ma reconnaissance ;

Un seul instant encore, c'en est fait, j'ai vécu !

  Reçois-moi tout à l'heure,

 Je t'en supplie, en ton humble demeure. —

Elle te salirait ! répliqua l'Escargot

Aussitôt.
Le créateur te doua de deux ailes ;
Eh ! bien, mon très cher, avec elles
Tu peux fuir. Ma maison n'est faite que pour un.
Pour toi, c'est un logis trop sale, trop commun !
Les airs sont ton empire
Et la fange est le mien.
Il dit, et puis lentement se retire,
En riant bel et bien,
Laissant le Hanneton sans vie (1).

Pour moi, je tiens que c'est folie
D'oser dire au ruisseau :
Je ne boirai pas de ton eau !

FABLE XXVI.

La Buche et le Soufflet.

—

Certaine Buche mise au feu,
Quoique séche, s'enflammant peu,
Un Soufflet son voisin, s'empresse,
S'agite et souffle de son mieux.

(1) Il est presque certain qu'une pluie forte et froide fait périr les Hannetons.

Bientot la flamme autour d'elle se presse
Et se met à ronger le corps ligneux.
    Notre Buche, dans sa colère,
    Se plaint en ces mots au Soufflet :
    Cruel, dis-moi, que t'ai-je fait
Pour vomir contre moi ta rage et ta colère ?
    Je croyais de quelques instants
    Prolonger ma triste existence ;
    Mais ta maligne persistance
    Active mes derniers instants. —
      Que veux-tu que j'y fasse !
      Répondit le Soufflet.
      Comprends bien, s'il te plait,
    Que je ne puis te faire grâce,
    Puisque je ne suis que l'agent
      D'un moteur plus puissant ;
    Et que, si j'agis de la sorte,
    Je ne fais qu'obéir en tout
      A l'impulsion forte
      De ce moteur ; surtout,
      Sache que, dans la vie,
      Tout s'use et se détruit,
    L'Etre suprême l'a prescrit :
    Devant sa loi tout s'humilie.
    Ayant dit, avec plus d'ardeur
    Il s'agite ; mais le moteur,
    Trop fort pour la machine usée,
    Se fracasse et tombe en éclats.

Sur la buche embrâsée
Le maître du soufflet le jette avec fracas ;
La flamme aisément le dévore.

La vie est pleine de ces faits.
L'homme puissant dont on implore
La protection, les bienfaits,
Dans plus d'une rencontre .
Est supplanté par le solliciteur;
Et ce tison qui brûle le démontre
En dévorant maître souffleur.

FABLE XXVII.

Le Pêcheur et la Grenouille.

—

Un jour, pressant ses pas,
Un pêcheur comptant sur sa pêche
Pour faire un bon repas,
Muni de filets, se dépêche,
Et joyeux en tous cas,
Se dirige vers la rivière
Objet de ses désirs.
C'est fort bien, dit-il, eau peu claire,
Temps chaud, légers zéphirs,
Aujourd'hui tout est favorable,

Et je me trompe fort
Si ma pêche n'est raisonnable.
    Il s'approche du bord
Et lance son filet dans l'onde,
    Dans une anse, dit-on,
Poissonneuse, belle et profonde.
    Mais las! pas un poisson
Ne frappe sa vue étonnée!
    Il recommence en vain.
Pendant toute la matinée
    Il pêche et ne prend rien;
Il se plaint et se décourage.
    Voyons, un dernier coup:
Il s'avance sur le rivage,
    Ne comptant pas beaucoup
Au succès, lance à la rivière
    Encore son filet:
Une grenouille est prisonnière,
    Elle s'agite et fait
Maint effort et mainte entreprise
    Pour sortir du réseau.
Voilà mesquine marchandise,
    Dit-il, petit morceau
Pour moi que l'appétit domine!
    Qu'importe, prenons là,
C'est commencement de cuisine:
    Plus tard poisson viendra.
Notre Grenouille se désole.

Que feras-tu de moi ?
Rien qui vaille, sur ma parole !
Je dois subir ta loi :
Pourtant, si tu voulais m'entendre,
Je t'en jure, ma foi !
Je puis facilement t'apprendre
Les poissonneux cantons
Où tu pourrais aisément prendre
Les plus gros des poissons.
Rends-moi libre et veuille m'attendre,
Je les conduirai là ;
Alors tu pourras , à ta guise,
Parmi ces Atilla
Choisir et faire bonne prise.

Notre Pêcheur la crut ;
Joyeuse , elle s'élance à l'onde ,
Mais point ne reparut ,
Et dans sa retraite profonde
Poisson resta caché.
L'homme au filet comprit la ruse ;
Mais quoique un peu fâché ,
Ce tour de finesse l'amuse.

Lecteurs, ne comptons pas
Sur ce que nous promet la crainte ;
Car j'ai vu, dans maints cas,
Que tout n'est que fourbe , que feinte

Chez qui porte des fers.
Vous connaissez ce vieil adage
Qui court par l'univers :
Les champs valent mieux que la cage !

FABLE XXVIII.

Napoléon et Talma.

—

Un jour Napoléon félicitait Talma
     Sur son vaste, énergique,
     Et supérieur talent tragique.
L'univers, disait-il, à ta voix que forma
     Le génie heureux qui t'inspire,
     Proclamant ta célébrité,
Te conduit avec gloire à l'immortalité.
     Talma lui dit : j'accepte, sire,
     Cet augure pour moi flatteur :
     Je verrais là mon empereur,
Assis aux premiers rangs réservés à la gloire,
     Où siégent les demi-Dieux,
     Et je serais heureux !

     Le Temple de mémoire
Je le verrai peut-être un jour,

Dit l'empereur ; c'est mon but , mon amour.
Nos gloires , je le sais , ne seront pas pareilles
En arrivant aux sombres bords :
La tienne opère des merveilles
Calmes , douces et sans efforts ;
La mienne n'offre que des morts ,
Toujours des morts sous des formes hideuses !
De tes lauriers les nuances flatteuses
Refléteront le calme de tes sens
Sur les amis des demeures heureuses ;
Mais les miens , de sang dégoutants,
N'inspireront que dégoût, que tristesse.
Adieu, Talma, sois juge et je te laisse.

Le calme heureux que procurent les arts
Me semble environné de la plus pure gloire.
Et Talma le tragique, au Temple de mémoire
Me semble être plus grand que les plus grands Césars!

FABLE XXIX.

Les deux Voisins ennemis.

Le mal qu'on veut faire au prochain
Presque toujours sur nous retombe.

Le précipice ouvert par une méchante main
    Souvent sert à l'auteur de tombe.

      Nicolas avait pour voisin
Pierre auquel il ne voulait pas de bien,
Et pour le perdre il travaillait sans cesse.
Enfin il crut qu'avec un peu d'adresse
Il le ferait passer pour un voleur,
    Quoiqu'il fût un homme d'honneur
    Et d'une probité profonde.

      Une certaine nuit
Qu'un noir d'ébène étendait à la ronde
Son voile obscur, et surtout qu'aucun bruit
Ne corrompait le calme de la nuit,
Notre homme donc se lève à la sourdine,
    Se met à crier: aux voleurs!
    Aux secours! et qu'on l'assassine.
    A ses lamentables clameurs,
    Le voisinage est en alarmes;
    Chacun s'empresse, prend les armes
    Et se rend sur les lieux.
    Nicolas, comme on peut le croire,
    Quoique connaissant l'humeur noire
De son voisin, colère, injurieux,
    Ne fut pas, raconte l'histoire,
Le dernier des voisins à se rendre à l'appel :
    Il court et franchit la clôture

D'épine et de verdure ;
Et c'est ce qu'attendait Nicolas le cruel !
Il se jette sur lui, l'étreint et le terrasse :
Au secours ! au secours ! dit-il, j'ai le voleur ;
Le voici ; point de grâce ;
Qu'on le conduise au lieu du déshonneur,
Ce qui fut fait. Le juge instruit l'affaire ;
Mais d'après l'aveu des témoins,
L'accusateur, en tous les points,
Est reconnu coupable. Au même instant pour Pierre
La porte des prisons s'entr'ouvre avec fracas,
Et se ferme sur Nicolas.

FABLE XXX.

La Loutre et le Singe.

—

Certaine Loutre à cervelle éventée
Et par l'orgueil fortement tourmentée,
Chaque matin se rendait en un lieu
Epais, fourré, retraite calme et sure,
Que tapissait une molle verdure,
Réduit enfin digne d'un Dieu,
J'entends d'un Dieu de l'onde.

Tout près de ce palais, Don Bertrand habitait.
De beaux vergers s'étendaient à la ronde :
Partant le fruit ne lui manquait.
Un jour qu'il maraudait,
Et dans tous les coins furetait,
Il aperçut la Loutre, au soleil étendue,
Qui digérait son repas de poissons.
Dame Loutre, à sa vue,
Se soulève sur ses moignons
(Je nomme ainsi ses très-petites pattes),
Et lui dit aussitôt : bonjour, notre voisin ;
Le temps est beau, causons, nous ferons bien.
Je songeais tout à l'heure aux aspects disparates
Qu'on voit parmi les animaux
Nos émules et nos égaux :
Je me disais que nul, comme la Loutre,
Ne possède autant de raison,
Surtout autant d'esprit : en outre
S'accommodant bien de chaque saison
Et respirant (comme il est fort peu d'êtres)
Dans les trois éléments,
Et sans excepter nos maîtres,
Les hommes, tu m'entends.

C'est vrai, lui dit le Singe, en tous points je t'approuve,
Mais tu ne parles pas du feu,
Quatrième élément que nous devons à Dieu ? —
Je l'ignorais, dit-elle ; et si le cas se trouve,

Je prétends, dussé-je en crever,
Un jour en tout point l'éprouver.
Don Bertrand répartit : La circonstance est belle ;
Je vois tout près de là, laissé par des bergers,
Au fond de ces vergers,
Un brasier pétillant. — Essayons-le, dit-elle,
Voudrais-tu m'y porter ? Aussitôt fait que dit ;
Entre ses bras maître Singe la prit,
Courut et la jetta sur la brûlante braise
Où je crois qu'elle était fort mal à l'aise ;
Fit-elle aussi ce qu'elle put
Pour en sortir : en vain ! elle mourut.

Qu'un sot orgueil fait faire de sottises !
Que de déceptions , que de lourdes méprises
Suivent de près ses avis les plus beaux !
Et comme ma Loutre , chez l'homme.
Ne voit-on pas en somme
Beaucoup d'Empédocles nouveaux !

FABLE XXXI.

Les trois Belettes.

Deux Belettes , un jour , rencontrèrent un œuf :
Pour telles gens il valait mieux qu'un bœuf.

Au même instant, il fut vu par chacune,
Chacune aussi voulait s'en emparer.
Oh ! c'est moi qui l'ai vu la première ; dit l'une,
Et je prétends aussi m'en restaurer. —
Non pas ! non pas ! dit l'autre, et je crois bien, ma chère,
Quant à la dent ; que c'est une autre affaire !
Tu peux avoir vu l'œuf un peu plustôt que moi :
Mais moi je l'ai senti de plus de deux cents toises ;
Ainsi tu comprends bien, sans procès et sans noises,
Qu'il m'appartient bien plus qu'à toi ;
Et je l'aurai. — Non pas morbleu ! répliqua l'autre :
Tu veux t'approprier un bien que je crois nôtre.
De propos en propos piquants, injurieux,
On en vint vite au sérieux,
Aux coups, je crois que l'on doit me comprendre.

Tandis que coups de dents trottaient,
Que les deux combattants criaient,
Une tierce Belette, aux cris qu'on fait entendre,
En tapinois arrive sur les lieux.
Voyant l'objet litigieux,
Elle comprit d'abord l'affaire :
Gobons cela, dit-elle, et puis
Nous ferons valoir notre avis
Pour arrêter cette noire colère.
Elle courut à l'œuf ; mais quel fut son dépit ;
De honte elle en rougit :
D'un œuf ce n'était que la coque !

Presque toujours Mars qui disloque
  Avec ses terribles fracas,
  Qui brise et dissout les États,
  Ne retire, pour frais de guerre,
  Rien plus qu'une coquille d'œuf.
Lecteurs, ce fait, qui n'est pas neuf,
Nous démontre que, sur la terre,
    Dans les airs, dans les eaux,
Les hommes et les animaux
Ne convoitent qu'une chimère,
Tel que mon œuf, un bien imaginaire.

FABLE XXXII.

La Jeune Mariée.

—

  Entre l'épouse d'une année
  Et l'épouse d'une journée,
La différence est grande, nous dit-on ;
Voyons, à ce sujet, ce que dit le dicton.

Une jeune beauté récemment mariée,
  Jouissait d'un parfait bonheur.
  La félicité variée
  Répandait sa douce faveur

Sur cette épouse révérée,
Disons plus, et presqu'adorée.
Tous ses instants étaient heureux ;
Rien n'était négligé : caresses,
Soins empressés, bals, spectacles, largesses ;
Elle était heureuse en tous points ;
On prévenait même tous ses besoins.

Le lecteur comprendra peut-être
Qu'on en était à la lune de miel,
Où jamais aucun fiel
N'ose paraître.
Hélas ! cette lune passa '
Dès lors le charme commença
Egalement à disparaître.

Je veux, mon petit bon,
Que tu me fasses voir la Suisse et l'Italie,
Où la nature est si jolie,
Où le ciel est si beau, dit-on.
On comprend bien que tout ceci s'adresse
A ce mari si bon jadis,
Si doux, si rempli de tendresse.
Il resta muet, indécis
Sur une semblable demande.
De l'épouse d'abord la surprise fut grande ;
Mais pourtant elle ne dit rien :
La raison on la comprend bien.

A quelque temps de là, notre épouse envieuse,
Changeant un peu de ton, disait à son mari :
    Mon petit bon, mon tout chéri,
Je ne sais pas pourquoi, mais je serais heureuse
    De posséder et carosse et chevaux ;
    Cela donne quelqu'importance.
    Et le mari, sur des désirs si beaux,
Observe encore un glacial silence.
    La jeune femme, cette fois,
    Jusqu'au vif est mortifiée,
    Elle gémit, hausse la voix :
    Mes parents m'ont sacrifiée.
    Hélas ! je le vois maintenant,
    Dit-elle, je suis méprisée !
    Et je ne sais ni pourquoi ni comment,
Ma plus simple demande est toujours refusée.
Les temps sont bien changés ; le charme a disparu ;
Je ne suis plus aimée ! hélas qui l'aurait cru !
Le mari répliqua : Devenez raisonnable,
    Je vous aimerai toujours.
    Et puis sachez, ma toute aimable,
    Qu'en ce monde tout a son cours
Et que le temps même use les amours.

ÉPILOGUE.

—

Quoi, Muse, trois livres de fables,
Il faut en convenir, tes efforts sont charmants!
Tes soins sont si recommandables
Que je te voue un ou deux grains d'encens.
Si je puis, par ce faible sacrifice,
A mes vœux te rendre propice,
Je te demanderai ton bienveillant concours,
Tes inspirations si belles dans leur cours,
Pour soutenir ma voix et les sons de ma Lyre
Dans les nouveaux élans que la fable m'inspire.
J'ai besoin de ton aide, il sera mon garant.
Sans lui je deviens impuissant,
Les cordes de mon Luth se détendent, se brisent,
Et nos projets avortent et se détruisent.

A la postérité peut-être que mes chants
Simples atteindront-ils avec un peu de gloire :
Ce serait trop pour nous, il faut le croire ;
Mais qu'importe, essayons, attendons tout du temps,
Attendons tout de la persévérance :
Dans cet espoir je trouve une assurance
Qui caresse mes sens.
Viens, Muse, je t'attends,

Viens, quoi que l'on en dise,
Le vice est marchandise,
   Qu'on trouve en tout pays,
Et dans toutes les classes,
En province comme à Paris.
Essayons de suivre ses traces,
   De le chercher partout,
   Et de le mettre en face
   Des vertus et surtout
Du ridicule qui terrasse
   L'ennemi le plus fort.
Et si ma morale en exemple
   Répond à ton effort,
Muse, je te bâtis un temple,
Tous mes désirs seraient remplis;
J'aurais bien servi mon pays.
A ce titre je pourrais croire
Avoir acquis un peu de gloire,
Et je n'aspire qu'à ce prix !

FIN DU TROISIÈME LIVRE.

LIVRE QUATRIÈME.

—

FABLE I.

La Jeune Fille et son Portrait.

—

Pour doux gage de leur amour,
    Deux époux n'avaient qu'une fille.
Pour la voir et l'admirer tour à tour,
    Il la firent peindre un beau jour.
    L'enfant était belle et gentille;
    Le Portrait ne l'était pas moins :
    Le peintre avait mis tous ses soins
    Pour attraper la ressemblance,
    Le sourire enfantin aussi,
    Et tout avait bien réussi :
    Beauté, gaîté, douce innocence,
    Ingénuité de l'enfance.

    A huit ans de là, certain jour,
    Cette fille admirait l'image

De son jeune âge,
En jetant tour à tour
Sur le portrait et sur la glace,
Des regards pleins d'amour.
La beauté jamais ne s'efface,
Dit-elle, en comparant ses traits.
A huit ans déjà j'étais
Jolie, à seize je suis belle.
Mais ma glace est-elle fidèle?
Ne trompe-t-elle pas mes yeux?
Mon sourire est bien gracieux;
Ma bouche est le cœur d'une rose;
Cependant mon air est rêveur,
Mes yeux ont un peu de langueur:
Quelle peut en être la cause,
Dis-le moi, mon gentil portrait?

Le portrait, inclinant sa tête,
Lui dit ces mots : ton air distrait
Quelquefois rêveur, t'inquiète !
Mais tranquillise-toi,
De ton bel âge, c'est la loi.
Fille à huit ans est gaie, est vive;
Aucun désir
Ne trouble son loisir;
A seize, elle devient pensive :
Le petit Dieu qu'on nomme amour
L'excite, la lutine;

Tout devant lui s'incline ;
Il faut qu'on s'y soumette un jour ;
S'il ne se montre, on le devine ;
Peut-être est-il venu ton tour
De deviner l'amour !

FABLE II.

La Pie et le Pinson.

—

Un jour, dame Margot, caquetant de son mieux ;
        Critiquait l'un, déchirait l'autre ;
Rien n'était épargné : les sots, les vaniteux,
        L'homme qui fait le bon apôtre ;
        Les bons et les mauvais maris,
La fille dédaigneuse et la femme acariâtre ;
        Les auteurs, leurs écrits ;
L'église, le barreau, les cercles, le théâtre,
        Sans convenances, sans respect,
        Tout enfin passait par son bec.

        Un Pinson, rempli de prudence,
        Pardessus tout plein de science ;
        Du moins je l'ai lu quelque part ;

Et je lis bien , daignez me croire ,
Passant en ce lieu par hasard ,
Crut faire une œuvre méritoire,
En interposant les effets
De son vaste et prudent génie,
Pour mettre fin aux quolibets,
Disons mieux, à la calomnie,
De madame Agace-Margot ;
    Parla comme un Turgot :
    On m'entend, son langage
    Etait celui d'un sage :
Autant en emportait le vent !

    Tiens, ne voilà-t-il pas un autre,
Dit-elle, ici qui fait le bon apôtre !
    Apprends donc, Pinson le savant,
    Que je connais l'humanité ,
    Que l'homme, que j'ai fréquenté,
        Tient un langage
    Semblable, en tous points, en tous sens,
    Au mien, Pinson, tu me comprends?
    Que c'est lui qui m'apprit à dire
    Que le sublime art de médire
        De son prochain,
    Est un beau sentiment humain.

    Chers lecteurs, il ne faut pas rire :
    Le sens de cette fable est vrai.

Avec Agace je dirai
Que le penchant de l'homme est de médire.

FABLE III.

Le Feu et l'Eau.

—

Le Feu jadis eut un grand différent
    Avec l'Eau sa voisine.
  Vous indiquer pourquoi, comment
    Cette lutte intestine
  Prit naissance, je ne le puis.
  Mais je sais de source certaine
  Que chacun des fiers ennemis
    Prit beaucoup de peine
  Pour réunir les éléments
Qui devaient en tous points assurer la victoire.
Le Danube, le Rhin, la Vistule, la Loire,
Le Pô, le bruyant Rhône et tous leurs affluents
    Aux mers, à l'Océan s'unirent.
Que du côté du feu, les fourneaux de l'Hécla,
    Ceux du Vésuve et de l'Etna
    S'agitèrent et répondirent
    Aux brasiers de Guatimala.

Mille fois la terre trembla
Sous tant d'efforts si terribles.
On murmure, on s'approche, on se croit invincibles,
Les flots de tous côtés, abandonnant leurs lits,
S'élancent furieux sur la terre qui tremble
Et n'offre partout que débris :
L'homme, le feu, les animaux ensemble
Assaillis, poursuivis
Dans les maisons, dans les campagnes,
Jusqu'aux sommets des plus hautes montagnes,
Tout disparait en un instant.
C'en était fait de la nature
Si Dieu, n'intervenant,
N'eût pris une sage mesure
Pour empêcher que tout ne se noyât.
Vous connaissez, lecteurs, en cette conjoncture,
Le grand moyen que Dieu, l'auteur de la nature,
Suscita, que Noé l'homme juste, employa ?

Grands rois qui gouvernez le monde,
C'est pour vous seuls que ces vers sont écrits.
Votre ambition sans seconde
Qu'excite encor vos nombreux favoris,
Veut se satisfaire à tous prix ;
Mais au premier revers, le fier monarque tombe
Et couvre de fers, de regrets
Ses malheureux sujets,
Ou les entraîne avec lui dans la tombe.

Aux cieux est écrit cette loi :
On rencontre souvent un plus puissant que soi.
Levez les yeux, grands rois, daignez la lire,
Je ne cesserai de le dire.

FABLE IV.

Le Cheval, la Vapeur et le Juge.

—

Un jour *Dia* fit citer au palais de Thémis
     La Vapeur seulement de France,
Pour réparation des torts que sa présence
     Lui fait. Ses droits sont compromis ;
Il est, dit-il, réduit à l'indigence :
Aussi demande-t-il très-forte indemnité.

     Le Juge ayant ouvert l'audience,
          Et demandé qu'on fît silence ;
          Puis, après avoir ajusté
          Robe, rabat et paperasses,
          Il dit d'un air de gravité :
          Expliquez-vous et de vos places.

          Avant d'aller plus loin, je crois
          Qu'il est nécessaire peut-être

Que je fasse connaître
Le juge dont on a fait choix
D'une commune voix :
C'est un singe sorti de la meilleure école,
Fort sur le droit romain,
Qui sait tout son Barthole,
Et Cujas et Cochin,
Le grec et le latin,
Rusé comme un Rabin.

Le Juge ayant pris la parole :
Maître *Dia*, de quoi te plains-tu ? —
Mon cas vous est connu :
L'assignation le rappelle.
Je suis ruiné, je suis perdu
Si la justice paternelle
Ne vient à mon secours
Et n'interrompt le cours
De la Vapeur cruelle.

Que répond à cela madame la Vapeur ? —
Rien, si ce n'est que l'industrie est libre,
Que, pour établir l'équilibre
Avec mon vieux compétiteur,
Il faut l'astreindre
A faire autant que moi;
Et je crois de très-bonne foi
Qu'il n'aurait pas lieu de se plaindre. —

C'est juste, dit le Juge, et suis de cet avis.
       Sans dépens, la cour vous renvoie.
       Secondez-vous, soyez amis.
Il est travail pour tous. Du travail naît la joie.
       Vous savez qu'en plaidant
       On perd son temps et son argent,
       Allez donc, je vous le répéte,
       Et surtout que la paix soit faite.

       Ce Juge là me plait.
     Comme lui je sais que le plaid
     Et la ruine des familles
Et ne laisse aux plaideurs que le sac et les quilles.

FABLE V.

Le Dineur Auvergnat.

       La présomption bien souvent
       Conduit à de graves méprises,
     Je dirai plus, à de grandes sottises.
   On veut en tout singer l'homme opulent ;
       Mais l'usage manquant,
     Il en résulte qu'on fait rire

Les spectateurs à ses dépens.
De pareils cas s'offrent de temps en temps :
J'ai dépendu ma Lyre,
Et je vais vous en conter un
Dans lequel, je crois, chacun
Pourra, sans peine, reconnaître
Qu'en tout point il surpasse maître.

Un riche paysan, mais un franc Auvergnat ;
Vous dire à point nommé qu'il est natif d'Issoire,
De Royat, de Beaumont ou bien de Pérignat,
Ne m'est pas facile ; l'histoire
N'en dit pas un seul mot ;
Qu'importe. Notre Auvergnat sot
Avait la bourse bien garnie,
Ayant vendu ce jour là tout son blé,
S'imagina qu'il avait bien du génie,
Parce qu'en son gousset il avait rassemblé
De pièces de cinq francs un nombre assez passable :
Aussi se carrait-il, faisait-il le capable ?
Je suis en fonds, dit-il en souriant ;
Payons-nous un diner, mais le plus confortant :
J'ai bien le temps, chez moi, de manger ratatouille.
En achevant ces mots, il entre au restaurant,
Place Jaude à Clermont-Ferrand.
Garçon, servez, dit-il, et soyez diligent. —
J'y suis, maître Gribouille,
Dit le garçon au même instant.

Asseyez-vous. Ce qu'il fit sans réplique,
En lui recommandant toutefois le dessert.
    Pendant le temps qu'on mettait son couvert
        Notre Auvergnat s'applique
A regarder manger trois gros messieurs
      Placés assez près de sa table.
      Pour lui, chose assez remarquable,
      Il vit que ses voisins dineurs
      Mangeaient d'une certaine chose
      Qu'ils prenaient dans un petit pot,
        Mais à légère dose.
        Morbleu! dit-il, il faut,
        Tout ici me l'explique,
      Que ce manger là soit bien cher,
      Ces messieurs n'osent y toucher.
      La curiosité le pique.
      Pourquoi n'en mangerais-je pas
      Aussi bien que ces trois convives
      Qui font ici leurs embarras,
Mais qui ne font qu'en mouiller leurs gencives?
      J'ai des écus, ils ont les leurs.
Viens ça, garçon. Il lui dit à l'oreille:
Tu vois ce pot dont usent ces messieurs:
      Pour eux ce semble être merveille;
        Eh! bien, mon cher, écoute,
Apporte-m'en un saladier tout plein,
        Coûte que coûte.
Le garçon obéit, mais d'un air incertain.

Le saladier arrive et bien rempli sans doute.
Gribouille, au même instant, s'armant d'une cuiller
A ragoûts, on m'entend, du mets remplit sa bouche.
  Pour démontrer qu'il n'était point nitouche,
Et que de sa manière on doit s'émerveiller.
   Mais le lecteur doit bien comprendre
  Combien on rit du désappointement
   De notre Auvergnat ignorant.
   (Le cas est difficile à rendre)
Il croit qu'on l'empoisonne ; il grimace, il vomit,
Ses cris sont étouffés et sa vue est hagarde ;
  Cela devait être, sans contredit,
  Puisque ce mets était de la moutarde !

FABLE VI.

Le Café et le Tabac.

—

Conviens-en, mon ami, de tout temps l'homme fut
  L'être le plus inconcevable,
  Et partant le moins raisonnable,
Dit le Café : sans point fixé, sans but,
  Il admet, il rejette ;
  Le matin, il dit blanc, le soir
   Il dit noir ;

Sans fin il discute, il projette ;
Et tout cela, le plus souvent,
N'est que du vent.
Eh ! que n'a-t-il pas dit, cet homme girouette ,
De toi , de moi surtout ?
A la santé contraires
De cent mille manières ,
D'un pernicieux goût
Détruisant le sommeil , le calme ,
Provoquant tous les maux,
Et corrompant les sentiments de l'ame.
Que le vulgaire ait tenu ces propos ,
Passe encore ;
Mais des hommes instruits, mais de grands médecins,
Qu'avec sincérité j'honore ,
Parce qu'ils sont les amis des humains ,
Je ne puis le comprendre. —

Voilà comme ils sont tous,
Répliqua le Tabac , contrariants , jaloux ,
Entêtés à ne rien entendre ,
Mais dans le fond entendant bien :
C'est le défaut du genre humain ,
Particulièrement des hommes.
Puis , après avoir bien crié ,
Tempêté , sous toutes les formes ,
Avoir tout repoussé du pied ,
Il s'apprivoise , il s'humanise ,

Devient doux comme un gant,
S'apaise et fraternise ;
Devient chaud partisan
De ce qu'il déchira naguère.
A l'aide du temps, sa colère
Se change en amitié ;
N'en sommes-nous pas un exemple ?
Après avoir tant crié contre nous ,
Au palais , dans la rue , au salon , même au temple,
Nous sommes devenus ses amis les plus doux :
Le rustre , le marquis , le sot , le prolétaire ,
L'artiste , le sage , enfin tous
Nous aiment d'amitié sincère.
Ami , tout s'use avec le temps !

Le Tabac a raison , le Café n'est pas bête :
A tout ce qu'ils ont dit de bon cœur je consens ,
Leurs raisons sont pleines de sens;
Et je tiens pour certain qu'ils sont pour nous conquête
Agréable et d'un très grand prix ;
Mais qu'en tout l'excès est nuisible
Et fait un tort sensible
Aux corps comme aux esprits.

FABLE VII.

L'Avocat et les Juges.

—

Un Avocat s'époumonait,
Argumentait et pérorait
Pour rendre bonne une mauvaise cause.
C'était un vrai plaisir de voir
Le feu qu'il mettait à la chose !
Vouloir prouver que blanc est noir
Cependant paraît difficile.
Qu'arriva-t-il ? Le tribunal
Regardait ses efforts comme peine inutile,
Et lassé du discours banal,
Quoique brillant de plus d'une manière,
Finit par s'endormir.
Notre Avocat, presqu'en colère
De ce sommeil, ne se rebuta pas ;
Du moins ce n'était pas le cas ;
Il hausse encor la voix, et plaidant par chapitres,
Ses poumons de Stentor font raisonner les vitres.
Soins perdus ! Thémis dort toujours !
Quel parti prendre en cette circonstance ?
Notre Avocat, pas bête, je le pense,
Suspendant tout d'un coup son véhément discours,

Regarde en souriant les Juges.
On a vu bien souvent,
Un semblable cas échéant,
De pareils subterfuges
Avoir un bon effet :
Le tribunal s'éveille, un peu honteux, je pense,
Mais en homme rassis : voyons le résultat,
Dit l'un d'eux, avec assurance ;
Concluez, avocat,
La cause est entendue.
Mais que s'offre à ma vue,
Monsieur l'avocat dort ?—
Pardon, monsieur, vous m'accusez à tort,
Dit l'avocat ; j'ai dû me taire
Pour voir dormir le tribunal :
En tout cela je ne vois aucun mal.

Nous avons vu mille fois dans la vie
Que le bon droit appartient au plus fort,
Et que le faible a toujours tort.
Chercher à le prouver je n'en ai nulle envie,
Car c'est un point pour moi trop important ;
Lafontaine l'a dit souvent :
Au lecteur cela doit suffire.
Quant à ma fable, je dois dire
Qu'un tribunal qui dort
Se fait tort et fait tort,
Et que son sommeil assassine

Le malheureux plaideur.

Un proverbe dit : *Qui dort dine* ;

Je le crois faux quant au juge dormeur,

Car sa cuisine

N'en va pas moins son train ;

Et Lucullus aussi choyait le traversin ;

La chose aisément se devine :

Caton était frugal,

Et son divin génie.

N'éprouvait qu'un seul mal,

Celui de l'insomnie.

FABLE VIII.

L'Animal affamé.

—

Je ne vous dirai point, lecteurs, si c'est un conte,

Une histoire : qu'importe à celui qui raconte ;

Mais j'ai lu quelque part que, dans une cité,

Un animal énorme, un monstre redouté,

Affamé, furieux, à la prunelle ardente,

Menaçait d'engloutir dans sa gueule béante

Les villes, les hameaux, les hommes, les moissons,

Les bois, les prés, les fruits, le bétail, les poissons.

Inerte était son corps, ses mains inanimées ;

En revanche, sa bouche avec force agissait.
A peine satisfait, l'appétit renaissait.

Autour de lui mille petits pygmées
Dévorants comme lui, remuants, empressés,
Ne cessaient, jour et nuit, d'engouffrer dans sa bouche
Copieuse pâture, et l'Animal farouche
En demandait toujours. Les habitants lassés
De sans cesse apporter, réduits à la misère,
N'en pouvaient plus de plus d'une manière ;
Comprenant à la fin qu'ils n'y pouvaient tenir,
S'avisèrent un jour, (c'était pour en finir),
De tenir un conseil. L'être qui nous ruine,
Dit un des assistants, ne bouge aucunement.
Qu'avons-nous tant à craindre? Et sa faim intestine
Serait bientôt à bout, je le crois surement,
Si nous lui refusions l'aliment, nos richesses.
L'avis fut approuvé d'une unanime voix,
Et chacun fit les plus grandes promesses
De n'apporter plus rien. Ils firent bien, je crois ;
Et je suis étonné que, dans la circonstance,
Ce peuple clairvoyant ne l'ait pas fait plustôt.
Notre animal, manquant de subsistance,
En gémissant creva bientôt.

Le lecteur me comprend, je dois du moins le croire.
N'est-ce point là la véritable histoire,
Ou l'image plutôt d'un grand gouvernement
Peu prévoyant, peu sage ;

Qui fait bientôt naufrage
Quand, de son peuple, il a sucé tout l'aliment.

FABLE IX.

L'Aigle et le Colibri.

—

Dois-je en croire mes yeux, et n'est-ce point un rêve?
  Disait hier l'Aigle au Colibri
 Perché sur un arbuste rabougri:
 Je ne sais pas pourquoi Dieu te conserve
   Au nombre des oiseaux;
  Ta petitesse est si difforme,
  Quoique tous tes contours soient beaux,
 Qu'on te prendrait pour une mouche informe.
  A peine dans les airs tes ailes
  Trop faibles, te soutiennent-elles ;
  Tandis que, moi, roi parmi vous,
  Par ma force, par ma puissance
  Et beaucoup plus par mon courroux,
Je gouverne à mon gré la volatille engeance.
 Je fus choyé des Romains, des Français :
Ils ont vaincu par moi les peuples de la terre.
  Je hantais jadis le palais

Du maître du tonnerre,
Je portais ses foudres de guerre.
Et toi, mon pauvre Colibri,
Qui te crois si beau, si chéri,
A peine mon œil te discerne,
Parmi les branches de ce verne,
Des mouches, des frelons,
Tes joyeux compagnons.
Je le dis avec peine,
Foi d'Aigle, tu me fais pitié !

Une voix, mais une moitié
De voix, sort à l'instant du feuillage du verne :
C'est vrai, dit cette voix, je suis assurément
Le plus petit oiseau de la nature,
Mais j'en suis l'ornement,
La plus belle parure ;
Toi, tu n'en es que le tyran.
Dieu me créa dans cette forme
Qui te semble difforme ;
Il orna de mille couleurs
Mon petit, mais gentil plumage
Et m'accorda mille faveurs ;
Il fit plus encore, et je gage
Qu'il me doua du plus touchant des cœurs.
Je me nourris du suc des fleurs ;
Et toi, du moins je le présume,
Tu déchires qui porte plume.

Aux faibles, la bonté ;
Aux puissants, la férocité.

Vous conviendrez, je dois le croire,
Lecteurs, que Colibri dit vrai,
Que l'œuvre du Très-haut est en tout méritoire,
Et sans cesse je le dirai.
Aux uns il dispensa la force, la puissance ;
Aux autres faiblesse et douceur,
A ceux-ci la bonté du cœur ;
A ceux-là l'insolence
Et la férocité qui brisent le petit :
Mille autres avant moi l'ont dit.

FABLE X.

Le Cheval et le Dogue.

Eh ! que me font, disait un jour maître Cheval,
Ces superbes harnais, cette belle voiture ?
Que me sert d'être l'animal
Le plus majestueux de dame la nature ?
En suis-je moins captif ? Mes liens, les voici.
Accablé chaque jour du travail le plus rude,

Que m'offre-t-on? L'ingratitude !
Quand le travail et le lourd poids des ans
Auront rendu ma marche trop pesante
Et mes secours insuffisants,
J'entendrai dire un jour d'une voix menaçante :
« Écoute-moi, palefrenier,
Vends cette rosse au chaufournier. »
Telle sera ma récompense !
Ah ! qu'un Cheval est malheureux !
Ah ! que je maudis notre engeance
Dont le sort est affreux !
En cet endroit, une larme brûlante
S'échappa de ses yeux,
Que sa paupière vacillante
Laissa tomber sur son mors fastueux.

Un vieux Dogue qui, de sa loge,
Avait entendu ce discours,
En vain cherche à faire l'éloge
De sa beauté, des grands secours
Que maître *Dia* rend tous les jours
Au commun maître,
A l'homme, on me comprend peut-être.
Ne vois-tu pas, dit le Cheval,
Que ton sort au mien est égal ?
Ne vois-tu point la chaîne
Qui te tient à la gêne ? —
Je sais fort bien ceci,

Lui répliqua le Dogue ;
Mais je sais bien aussi
Que je me trouve bien ici :
Bonne couche , bon toit , les mets les plus en vogue,
Pour un Dogue , tu me comprends ,
Et rien ne me manque céans.
Ce ne serait qu'une chimère
De désirer un état plus prospère ,
Plus libre , plus parfait.
Regarde l'homme , notre maître ,
N'est-il pas lui-même sujet ?
L'amour , l'ambition , le désir de paraître
Beaucoup plus qu'il n'est ,
Cet immense attirail de peines
Qui lui rongent le cœur
Ne sont donc pas pour lui des chaînes
Qui paralysent son bonheur ?
Tout bien considéré , notre état domestique
N'est pas le pire des états.
La liberté pour nous si chimérique ,
Qu'environnent de faux éclats,
Comme l'esclavage a ses peines :
Chaque état a les siennes.

Pour moi ce cas est trop profond
Pour le développer à fond :
A vous , chers lecteurs , cette gloire.
Ces graves sujets me font peur ,

Daignez me croire;
J'y renonce de bon cœur.

FABLE XI.

Les Cheveux blonds et les Cheveux blancs.

—

Chaque chose dans la nature
Est arrangée on ne peut mieux.
Du savant ouvrier des cieux
La science est certaine et sûre ;
Tout ce qu'il fit, il le fit bien ;
Rien d'imparfait n'est sorti de sa main.
Cuvier, Buffon, Jean Lafontaine
Nous ont parlé de ses travaux
Par eux rendus si beaux :
J'admire et je les crois sans peine.
Mais ont-ils parlé des Cheveux ?
Je l'ignore.
Quoi qu'il en soit, je veux
En dire un mot si je le peux,
Et beaucoup plus encore
Si le quinteux ne dit pas non.

Certain jour, les Cheveux étaient en dissidence
    Et se querellaient tout de bon
        Sur la préférence
    Que nous devons leur accorder.
    Inutile de demander
    Si l'on employait l'éloquence
        D'un et d'autre côté.
Les Cheveux blonds disaient : de la douce innocence,
        Surtout de la beauté
Nous embellissons bien les fronts que le bel âge
        Fait briller de ses feux.
    Nous devons avoir l'avantage,
    Puisque blonds étaient les cheveux
    De la déesse de Cythère.

    Les Cheveux blancs faisaient valoir
        Leur immense pouvoir,
    Puisque devant eux la colère
        Se tait avec respect ;
          Qu'à leur aspect
        Tout admire et s'incline :
    Leur puissance est presque divine.
    Que si Vénus, la mère des amours,
vait les cheveux blonds, ceux d'Homère étaient blancs.

    Mais la raison étant intervenue,
    Dit : vous avez tous deux raison :
    Ici bas tout a sa saison ;

Les Cheveux blonds vont bien à la jeunesse
Et conviennent à la beauté ;
Les Cheveux blancs ont de la majesté
Et représentent la sagesse.
Soyez en paix, vous gagnez tous les deux.
La sagesse divine,
Devant laquelle tout s'incline,
Arrangea cela pour le mieux.

FABLE XII.

L'Homme et la Puce.

Un soir d'été, mais de ces soirs brûlants
Qui portent dans nos sens
Le vif désir des pavots de Morphée,
Accablé du travail du jour,
Un homme non pas de la cour
Mais un simple artisan, dont la tête échauffée
Par un labeur pénible et dur,
Se rendait vite à sa couchette
Avec l'espoir d'un sommeil pur.
Mais une Puce qui le guette,
Et qui voit, à son lourd marcher,
Que cet homme va se coucher,
S'étudie à lui faire niche.

Pour le cas de méchanceté,

La Puce, dit-on, n'est pas chiche.

Enfin notre homme, après s'être frotté

Le front, les yeux à plus d'une reprise,

Après avoir bâillé, de nuit s'être ajusté,

Et changé de chemise,

Se guinde entre ses draps,

Bien persuadé de ne pas

Y trouver l'insomnie.

Ne comptons jamais seul, dit-on.

Ce proverbe est plein de raison :

Car souvent un maudit démon

Vient se mêler de la partie

Dans le but de faire enrager.

Déjà de voluptueux songes,

Délicieux mensonges,

Près du lit venaient se ranger,

Quand la Puce s'apprête

A déloger

De sa cachette,

Et va livrer bataille à l'homme qu'elle guette.

D'abord, elle s'attache au cou,

Puis à l'épaule, au sein, à la cuisse, à la hanche,

Au bras, enfin, je ne sais où,

Et partant, boit comme une tanche ;

Non comme une, mais comme deux.

Elle s'y prend si bien, que notre homme s'éveille

En tempêtant à qui mieux mieux ;
Puis, voulant se gratter l'oreille,
Il y surprit la Puce par hasard.
Ah ! maudite harpie,
Il est bien temps, ma mie,
De mettre un terme à votre barbarie !
Animal cruel et pendard,
Vous en vouliez donc à ma vie ?
Eh bien ! vous allez voir beau jeu !
Ayant dit, l'homme se dispose,
Sans ajouter autre chose,
A l'écraser ; et la pressant un peu …
Ah ! qu'allez-vous faire, dit-elle ?
Pour si peu me faire périr ! —
Si peu ! ne dis-tu pas, cruelle ?
Sucer mon sang, m'empêcher de dormir,
C'est bien assez pour me faire mourir ! —
Ah ! considérez, je vous prie,
Que le Très-Haut mè donna vie
Comme à vous, et que c'est oser…—
Pourquoi me mordais-tu ? — Dieu me créa pour mordre.
L'homme ajouta : Moi, pour te tordre,
Et, qui plus est, pour t'écraser.
A ce mot là, le discours se termine.

Le monde est plein d'une sale vermine
Qui mord toujours et qu'on n'écrase pas ;
Elle est bien plus méchante que la Puce,

Puisque sans cesse elle nous suce :
Elle a beaucoup d'adresse, une langue et deux bras.
Je crois que le lecteur devine
Quelle est cette vermine !...

FABLE XIII.

Les Flèches de l'Amour et celles de la Mort.

—

Celui qui ne fait rien ne peut pas se tromper ;
Personne ne dit le contraire ;
Car le sot hébété qui ne sait s'occuper
Ne se trompe jamais puisqu'il ne sait rien faire ;
Mais une erreur souvent cause les plus grands maux.
Si ma muse n'est point colère,
Je puis, en quelques mots,
Le démontrer à ma manière.
Ecoutez-moi, lecteurs, j'arrive au fait,
Et mon tableau peut-être
Vous paraîtra parfait ;
J'en serais vraiment satisfait
Sans vous le faire connaître.

Un jour la Mort qui toujours nous déplait ;

Et l'Amour notre divin maître ,
Donnèrent ensemble à Vulcain
    Leurs traits , qu'un long service
    Envers le genre humain
    Et sa noire malice ,
Avaient tellement émoussés
Qu'ils fonctionnaient avec peine.
On me comprend , je crois , assez
Sans que je crie à perdre haleine ,
Qu'ils avaient besoin d'aiguiser.
Vulcain qui n'ose refuser
    A de telles pratiques ,
    Pressant l'activité
    De ses soufflets magiques ,
Embrâse avec facilité
    Ses fourneaux magnifiques ;
Ensuite il met les traits au feu ,
Les forge sous la même forme ,
Leur donne une trempe uniforme ,
De telle sorte que le Dieu
    Ne peut reconnaître
    Les traits qui peuvent être
Ceux de la Mort , ceux de l'Amour.
Il en fait un égal partage ,
Puis il les place tour-à-tour ,
(Ne prévoyant pas le ravage
Qui doit , plus tard, en résulter)
Dans chacun des carquois ; et, sans s'inquiéter

Qu'Amour ait des flèches mortelles
Et la Mort des traits amoureux.
Mais, ciel ! que ces armes nouvelles
Vont donc porter des coups affreux,
Jeter de trouble dans les ames !

Plus tard, les Dieux ayant repris leurs armes,
        Et payé bel et bien
        Au forgeron Vulcain
        Un modique salaire,
        S'élèvent dans les airs,
        Parcourent l'univers
En lançant, comme à l'ordinaire,
Par-ci, par-là, leurs traits sur les humains.
        Mais ces traits jamais incertains,
        Produisent un effet contraire
        A celui qu'on se proposait :
            Tel, encor dans l'enfance,
        Sans avoir commencé d'aimer,
        Sans avoir pu même former
        Les doux liens de la tendresse,
        Au tombeau se voit enfermer ;
        Tel autre accablé de vieillesse,
        De maux, de dégoût, de tristesse,
            Et prêt à s'abimer
        Dans l'éternité qui l'affaisse,
            S'enflammant tour-à-tour
            De tendresse et d'amour,

Flatte et caresse
Sa gentille maîtresse ,
Tandis qu'un spectre décrépit
Comme lui, de dépit
Le pousse vers la tombe :
Il chancelle , il y tombe.

FABLE XIV.

Le Temps , la Mort et le Jeune Homme.

—

Un jour la Mort , comme à son ordinaire ,
Voyageant pour son ministère ,
En certain lieu de ce bas univers ,
Fit rencontre du Temps dans une voie étroite.
Le Temps , voulant passer : Allons, détourne à droite,
Lui dit-il aussitôt , regardant de travers :
Tu sais qu'il faut que le temps passe.
La Mort ne tint pas compte et de cette menace ,
Et de l'ordre donné ,
Opposa de la résistance.
Le Temps n'en est point étonné ;
Et comme il sait d'avance
Qu'il doit passer partout ,

Il prend un essor si rapide
Que, crac, du premier coup
Il passe, et sur le sol humide
Il renverse la Mort
Meurtrie et fracassée.
Elle gémit. En vain elle fait un effort
Pour sortir de la fange ; elle y reste enfoncée.

Au même lieu, passe dans ce moment
Un leste et vigoureux jeune homme.
Vous indiquer qu'il vient de Pékin ou de Rome,
Lecteurs, cela vous est sans doute indifférent.
Toujours est-il que, dans cette rencontre,
Il remit la Mort sur ses pieds ;
Et cela fait, la déesse se montre
Tout ce qu'elle est à ses yeux effrayés.
Il veut fuir. La Mort le rassure :
Je suis la Mort. Je puis sous ma faulx t'accabler.
Écoute-moi, mon fils, sans crainte et sans trembler.
Je ne puis t'affranchir des lois de la nature :
Tout doit finir un jour. Dans cet ordre sacré
La raison reconnaît un Etre, un Dieu suprême.
Ainsi, puisque tout meurt, tu mourras toi même ;
Mais tiens pour assuré,
Qu'avant de te frapper, mes plus vifs émissaires
Te préviendront. Adieu, mon fils, adieu :
Daigne penser à moi ; daigne penser à Dieu.
On se sépare alors satisfait l'un de l'autre.

Le jeune jouvenceau s'abandonne aux plaisirs,
Comptant sur la promesse; aussi le bon apôtre
Ne cherche point à mettre un frein à ses désirs.
Mais comme dans la vie il est un terme à tout;
Que les plaisirs ne sont que de vains artifices,
Les précurseurs des vices,
Qui poussent la raison à bout,
Arriva la vieillesse avec ses satellites :
La gravelle, la toux, dame la surdité,
La goutte, le scorbut, l'affreuse cécité,
Et la fièvre quarte et toutes les gastrites.

A quelque temps de là,
En faisant par le monde
Sa journalière ronde,
La Mort par hazard rencontra
Le bon homme paralytique,
Aveugle, épileptique :
Suis moi, dit-elle, il en est temps.—
Tu ne tiens point, Camuse, à la promesse faite!—
Quoi, dit la Mort, la perte de tes sens,
Et tous les maux rassemblés sur ta tête
Ne sont donc point des avertissements?
Et saisissant sa main tremblante,
Celle qui point ne pardonna
La Mort, dis-je, enfin l'entraina.

FABLE XV.

Les deux Chasseurs et le Garde-Champêtre.

—

L'homme propose
Et Dieu dispose ;
Rien n'est aussi certain :
Cette fable le prouve bien.

Un matin, deux chasseurs, bien dispos, bien alertes,
Après avoir battu les taillis, les guérets,
Les chaumes, les genêts
Et les broussailles vertes,
Un gros lièvre, un de ces vieux routiers
Qui connaissent tous les sentiers ,
Sort d'un fourré, court comme quatre.
Il est à nous, dit l'un de nos Chasseurs;
Mais comme il est trop loin pour qu'on puisse l'abattre,
Attendons-le sur ces hauteurs ;
Nos chiens le ramèneront vite
Au gîte. —
Et comment le mangerons-nous ?
Toi qui connais tous les ragoûts,
Dis voir ? en civet ? à la broche ?

En ce moment le Garde qui s'approche,
 Déconcerte un peu les amis :
 L'un d'eux n'avait point de permis.
 Le Garde en est ravi de joie,
  Couve des yeux sa proie.
 Le cas, dit-il, est opportun
 Et fera bouillir la marmite :
  Dix francs au moins chacun,
Sinon procès-verbal, sérieuse poursuite !
  Pour nos Chasseurs, ce cas
  Est grave : on délibère.
 J'ai mon permis, tu n'en as pas,
Dit l'un, eh bien ! pour sortir d'embarras,
  Je vais m'enfuir à toutes jambes.
Ne crains rien. Puis il part comme un trait.
 C'était plaisir de voir comme il courait ?
  Le Garde étant des plus ingambes,
  Comme un lévrier le poursuit.
 Voyant cela, l'autre Chasseur s'enfuit.
Le Chasseur poursuivi s'arrête enfin. Le Garde
Lui dit: votre permis ? — Mon très cher, je n'ai garde
  De chasser sans cela :
  Lisez, car le voilà.—
Pourquoi courir alors ?— Pourquoi ! cela m'amuse.

  Ne voyant plus l'autre Chasseur,
  Notre Garde comprit la ruse.
  Ah ! pourquoi, dit-il en lui même.

Compter seul? c'est sottise extrême !
Car le plus souvent, je le vois,
On est réduit à compter plusieurs fois.
Point de dix francs, partant, point la marmite
Ne bouillira, je crois.
Aujourd'hui le Chasseur pour la peur en est quitte!
On ne m'y prendra plus, ma foi !

Mais le plus plaisant, selon moi,
C'est le lièvre lassé de la longue poursuite,
Rentrant paisiblement au gîte.

Pour un autre jour le civet,
Messieurs les Chasseurs, s'il vous plaît ?

FABLE XVI.

Le Petit donne du relief au Grand.

Rarement on sait se connaître ;
Tout veut paraître plus qu'il n'est.
Je le démontrerais peut-être
Si la quinteuse le voulait.
Voyons. Deux graves personnages,

Bien différents de rang et de visages,
Dans un tilbury que trainait,
Avec une extrême vitesse,
Le plus agile des chevaux,
Arrivaient hier ici, sans doute pour la messe,
Car mes voyageurs sont dévots.
L'un des deux sentait la noblesse
De cent pas à la ronde au moins ;
Mais franc, loyal, plein de délicatesse,
Quoique jeune, donnant ses soins
Mille fois moins à sa personne
Qu'à soulager les malheureux.

Lecteur, si ce portrait t'étonne,
Tu pourras juger qui des deux,
Dans cette circonstance,
Doit mériter la préférence.

Notre autre voyageur,
Gonflé d'orgueil autant qu'un moine,
Rampant comme l'est un flatteur,
Etait ivre d'un tel honneur :
Jamais âne mangeant de l'avoine
N'éprouva de si doux plaisirs ;
Il ne sentait plus de désirs,
Il se croyait un tout autre être,
Et plus baron que le baron
Son jeune et noble compagnon.

Il ne pouvait penser qu'on pût le reconnaitre,
  Qu'on pût même songer
 Que son père n'est qu'un berger.

  Lecteur, tu vois sans doute
  Où je veux arriver.
  Encore un mot, écoute :
 Le flatteur pense s'élever
  En cajolant la noblesse.
  Mais si celle-ci s'abaisse
  Ou parait s'abaisser,
 C'est pour montrer l'espace
  Qui sépare sa classe
 De celle qu'elle sait éclipser,
  Et que son opulence efface.
  La nuit, le firmament,
 Est étincelant de lumière ;
 Mais dès que le soleil brillant
  Commence sa carrière,
 Les petits globes lumineux
  S'éteignent à nos yeux.

FABLE XVII.

Le Maître, ses Domestiques et la Pie.

Une chaleur intense et prolongée
  Avait tari les eaux

Des fontaines et des ruisseaux,
Et la nature était plongée
Dans un état désespérant, affreux.
Un habitant, je crois, d'Afrique,
Possesseur de nombreux troupeaux
Et d'un immense domestique,
Gémissait sur le sort
Qui le frappait de mort,
Tout au moins de ruine.
Il invoqua des Dieux de ses aieux
La puissance divine.
Il aperçut soudain un rayon lumineux
Au-dessus de sa tête, au beau milieu des cieux.
A cette vue, il espère, il s'incline.
Il eut de suite une inspiration
Que, dans telle excavation,
Il existait de l'eau potable ;
Il y court avec tous ses gens.
On creuse, on est infatigable.
(L'espoir, pour l'homme misérable,
Est le plus grand des stimulants).
On fait jouer la mine, on sue, on creuse encore,
Et l'eau belle et claire parait.
Béni soit le Dieu que j'adore !
Son pouvoir est grand et parfait ;
Disait le chef ; sa suite répétait :
Béni soit Dieu ; admirons sa puissance,
Elle est divine, elle est immense ;

Elle nous tend la main au moment du péril !

  Le chef reprend : Je dois fixer, dit-il ;

L'ordre suivant lequel chacun, de cette eau claire

Se désaltérera. Je boirai le premier ;

Aucun de vous, je crois, ne dira le contraire ;

Il serait fort plaisant qu'un chef bût le dernier !

Ma femme, mes enfants, les leurs viendront ensuite.

  L'ordre, pour vous, sera votre mérite,

  Vous m'entendez ? Celui des animaux

  Sera fixé sur le prix des travaux,

   De leur valeur, de leurs services,

    Surtout des bénéfices

  Que j'en retire chaque jour.

Cet ordre ainsi réglé, chacun but à son tour.

Une Pie étant là, comprenant à merveille

   Le sort qui l'attendait,

   En gémissant, disait :

Ah ! devais-je m'attendre à sentence pareille !

   Surement je mourrai :

  Je ne vaux rien, on le suppose,

  Si toutefois mon amour vrai

  Est regardé comme minime chose.

Pourtant, du chef je suis l'oiseau chéri ;

   Mille fois il a ri

De mes bons mots et de mes réparties ;

  Mais cela n'a point de valeur,

  Pas plus que l'amitié du cœur !

Je le vois bien , les eaux seront taries
  Avant que mon tour soit venu !

Cette Pie a raison : l'amitié , la tendresse ,
  Pour un cœur d'avarice imbu ,
  Qui ne convoite que richesse ,
  Ne sont , pour ainsi dire , rien ;
  Au moindre accident il oublie ,
  Comme on a fait de notre Pie ,
   L'amour le plus certain ,
  Qui cependant me semble un bien
Sacré , devant lequel je m'humilie.

FABLE XVIII.

L'Araignée et le Balai.

—

Une Araignée , un jour , se plaignait au Balai
De ce que trop souvent il brisait son filet :
Je périrai de faim si cela continue ,
  Plus de filets, mouches et moucherons
Saliront à loisir solives et plafonds ;
   Tu ne me laisses que la vue :
   Avec elle, je ne puis pas
   Assurer ma frêle existence ;

Mes réseaux seuls font ma puissance ;
Sans mes filets, point de repas,
Et je tombe dans l'indigence.

Que veux-tu ! chacun son métier :
Mon ouvrage est de nettoyer,
Le tien est de faire la toile ;
Aussitôt qu'elle me dévoile
    Ta présence en un coin ,
J'y cours ; pour moi c'est un besoin ,
Un devoir, de briser l'ouvrage ;
En cela je crois être sage :
Tout serviteur doit l'être ainsi.
Écoute : arrangeons tout ceci ,
Ne tisse plus , ou change de demeure ,
Et je te promets que, sur l'heure,
Nous deviendrons de bons amis ;
Mais tiens-toi pour bien assurée
Que ce ne sera qu'à ce prix :
    Ma parole est sacrée ,
    Tu peux compter dessus. —

    Tous mes vœux sont déçus ,
Dit l'Araignée interdite , abattue :
Ne plus filer ! il vaut mieux qu'on me tue ,
    Car la faim bientôt le ferait :
    Je ne travaille que pour vivre ;
    Toi , tu ne vis que pour détruire

Ce que tout autre admirerait.
Un Balai n'est qu'une machine.
Quand on n'a plus besoin de toi,
Tu vas au feu, voilà ta destinée! —

Je remplis mon devoir sans m'occuper de moi,
Dit le Balai colère, et je crois, sur ma foi,
Ma gentille fille de Roi,
Ma laborieuse Arachnée,
Que mon devoir, que ton bonheur
Veulent que je t'écrase
Pour mettre fin à ton malheur.
Sans plus tarder, ses filets il brisa,
Et du premier coup l'écrasa
En terminant sa phrase.

FABLE XIX.

Le Vin, la Raison et l'Ours.

—

Le Vin et la Raison étaient en différent.
L'un prétendait que par l'ivresse
Il effaçait le mécontentement,
Les peines, les soucis et la morne tristesse;

Que, par lui, l'homme acquérait à l'instant
　　La science, la hardiesse,
　　L'esprit, la force, la souplesse,
　　Et le bonheur le plus souvent.
L'autre disait : je produis la sagesse.
　　　Cette seule déesse
　　　Suffit assurément
　　　Pour chasser la tristesse.
　　L'ivresse n'est qu'un faux semblant
　　　De bonheur qui caresse
　　　　Sans cesse,
　　　Sans porter dans le cœur
　　Les charmes du réel bonheur.

　　Le Vin croit avoir l'avantage;
Dame Raison ne veut pas avoir tort,
　　On convient, d'un commun accord,
　　De recourir à l'arbitrage.
　　Un Ours, qui passait pour un sage,
Fut agréé par les deux concurrents,
On lui conta le cas d'une manière claire.
　　Fort bien? leur dit-il, je comprends
　　On ne peut mieux cette matière.
　　En deux mots, voici mon avis :
　　Le Vin ne produit que l'ivresse;
　　Et l'ivresse à ses favoris,
　　Ne donne qu'un bonheur qui cesse
　　En même temps que ses vapeurs.

De la Raison proviennent la sagesse,
Les vertus et les douces mœurs
Qui sont sœurs ;
Sans elles
Il n'est point de réel bonheur.

L'Ours a raison ; ces filles immortelles
Sont le bonheur du cœur ;
L'ivresse n'est qu'un leurre,
Qu'un charme passager
Et toujours étranger,
Qui caresse à toute heure,
Mais qui ne peut être compté
Comme pure félicité.

FABLE XX.

La Charité et la Sagesse.

—

Un certain, jour la Charité,
En faisant sa ronde pieuse
Avec la piété,
Sa sœur silencieuse,
Dans un chemin étroit
Rencontra la Sagesse

Qui, pensive, suivait tout droit,
En répandant des larmes de tristesse,
La route qui vient de Paris.
Ayant levé son œil humide
Sur l'humble Charité, sur sa sœur, qui la guide,
Ah ! dit-elle, je ris,
Mais d'un ris qui me désespère
Et qui me met presqu'en colère
De vos soins caressants.
Le monde est perverti, ne rêve qu'égoïsme ;
Et malgré mes vœux incessants,
Je n'ai pu vaincre l'athéisme
Qui le berce d'erreur
Et qui détruit le vrai bonheur.
Je l'ai reconnu tout à l'heure,
Je ne suis plus qu'un leurre,
Qu'un objet de mépris ;
C'est pourquoi j'ai quitté Paris.
Retournez sur vos pas. Le tourbillon du monde,
Où vous courez, est repoussant ;
La misère est profonde :
Là votre aspect est impuissant ;
Le vice impérieux, l'astuce, l'avarice,
Le luxe outré, les excès monstrueux
Creusent le précipice
Immense, affreux,
Où la vertu succombe,
Où l'innocence tombe.

Je cherchais des heureux,
Je n'ai trouvé que vice, que misère,
Fuyez, fuyez, ma chère,
Cet antre dangereux.

Ah ! dit avec un doux sourire
L'aimable Charité,
J'y cours, c'est mon empire.
La misère, l'impiété,
Et les vices qui vous font peur,
Et surtout l'égoïsme,
Ne me font point horreur.
Je naquis du Christianisme :
C'est lui qui me donna le courage et l'espoir,
Et m'imposa ce grand devoir :
Soulager l'infortune,
Combattre les erreurs,
Et les chasser des cœurs ;
Telle est la loi, si c'en est une,
Que me dicta cet Homme-Dieu,
Dans cette ère compris si peu.
La misère m'appelle ;
Sa voix sollicite mon zèle,
Aussi j'y cours. Adieu.

Les vices, les excès font peur à la Sagesse ;
Sur eux elle répand des pleurs ;
Mais la Charité les caresse,

Pour les chasser plus tard des cœurs.
L'ancienne et savante Grèce
Adora la Sagesse ;
Ah ! qu'eût-elle donc fait si l'humble Charité
Alors eût existé ?

FABLE XXI.

Le Rat envieux des honneurs.

—

Un certain Rat qui faisait le Caton,
Ne voyait pas avec indifférence
Le respect et la préférence
Que tous les Rats de son canton
Accordaient librement à l'un de ses confrères
Qui l'effaçait, dit-on, par ses nobles manières
Il s'ingénie, il rêve, il cherche les moyens
D'irriter contre lui ses plus proches voisins ;
Il les convoque et leur dit ces paroles :
Mes chers amis, la liberté,
Nos droits chéris, l'égalité
Ne sont jamais de noms frivoles ;
Mais cependant, au train
Que va la chose,

Bientôt ils ne seront plus rien,
Puisque personne ne s'oppose
A l'influence de nos grands.
Notre ennemi, je le sais, je l'avoue,
Eut des ancêtres méritants :
Mais pour cela doit-il nous trainer dans la boue ?
Il réunit sur lui tous les honneurs,
Priviléges et préférences,
Les soins les plus flatteurs;
De si grandes faveurs
Paralysant notre influence
Nous réduisent à rien.
Si vous voulez me croire,
Effaçons tant de gloire
En nous défaisant bel et bien
De l'ennemi qui nous opprime :
Retarder la vengeance est, je le crois, un crime.—
Mais, mon cher, il est bon, humain,
Dit un vieux rat à la barbe grise :
Agir ainsi, ce serait être ingrats !
Nous l'avons vu, dans divers cas,
Nous accorder son entremise
Pour mettre fin à nos débats;
Il est l'ami de nos familles,
Le protecteur de nos fils, de nos filles,
Il plaint nos maux et notre ennui :
Je ne ferai rien contre lui.—
Ni moi non plus, répéta l'assemblée

D'une unanime voix.
Elle fit bien, je crois,
Elle se serait ravalée
Pour des imaginaires droits.

Le Rat jaloux allait répondre,
Mais il se tut
Quand un gros chat parut,
Qui, pour le plus confondre,
Lui fit sentir sa griffe et le croqua :
Et personne ne répliqua.

Il est, sur la machine ronde,
Beaucoup d'envieux,
Beaucoup d'orgueilleux :
En vain dame Raison en gronde.
Ah ! si, pour un instant, ils devenaient des Rats,
Je prierais Dieu de bonne grâce,
Pour qu'il mît sur leur trace
Les plus déterminés des chats !

FABLE XXII.

La Baleine voyageuse.

Les gros poissons veulent une eau profonde :
Je crois ce fait connu de tout le monde.

28

Si , par caprice , ou quelques cas fortuits ,
Il arrive qu'ils soient conduits
Dans des eaux tant soit peu trop basses
Pour cacher leurs surfaces ,
Toujours à ce périlleux port
Ils rencontrent la mort ;
Et la Baleine de ma fable
En est la preuve irrécusable.

Une Baleine, un jour, lasse d'être trop bien
Dans l'Océan du Nord , où l'aveugle destin
L'avait fait naître ,
Autour du globe elle veut voyager.
Je veux, dit-elle , au moins connaitre
L'univers qui m'est étranger.
Notre esprit s'agrandit , dit-on , par les voyages.
Mes ayeux étaient sots et surtout fort peu sages
De ne pas fuir ces flots glacés ,
Où , sans cesse , on nous fait la guerre.
Le Groënland me déplait, c'est assez.
Fuyons ces bords; voyons une autre terre.
Aussitôt fait que dit ,
Et comme un trait elle partit.
La route fut longue et scabreuse,
Et partant périlleuse ,
Mais qu'importe ; on contente un châtouilleux désir
Après la peine arrive le plaisir.

Enfin, un beau matin, notre folle Baleine
      Arrive avec le flux
    A l'embouchure de la Seine.
    Pour elle ces lieux sont les plus
    Ravissants, les plus admirables.
Fixons-nous là, dit-elle, et jouissons en paix :
Le hasard m'y conduit, ne les quittons jamais.
Elle a raison ; mais sans cependant le comprendre :
    Car à l'instant, le reflux, en grondant,
      Rendit les eaux à l'Océan ;
        Et l'on doit bien m'entendre,
A sec laissa sur le sable brûlant
      La Baleine imprudente,
    Qui, veuve de son élément
      Qui lui donnait la vie,
        Trouva la mort
        Au port
    Qui lui semblait digne d'envie.

    Je le crois comme vous, lecteurs,
    Et je le dis sans flatterie,
      L'amour de la patrie
      Est gravé dans nos cœurs ;
    Nourrissons-en la douce flamme ;
      C'est le baume de l'ame,
      C'est plus ; c'est le bonheur.
    Malheur à celui qui l'oublie !
Sur le sol étranger le suit le déshonneur,

Et sa vie est salie.
Heureux encor, pour prix de son dédain ,
Si , comme ma sotte Balcine ,
Au port d'une autre Seine
Il rencontre un trépas certain ?

FABLE XXIII.

Le Rocher et la Tortue.

Sortant de sa loge aquatique ,
Une Tortue , au marcher symétrique ,
Sur l'herbe rampait gravement !
Oh ! je veux dire lentement ;
Car vous savez que madame Tortue
Jamais ne s'évertue.
Qu'importe. On fait un pas , un autre vient après
Enfin , piane à piane , on se traine , on arrive.
Telle notre Tortue , à l'allure tardive ,
Arrive dans l'endroit objet de ses souhaits.
C'était au pied d'un Roc dont la sommité nue,
En dominant partout , se perdait dans la nue :
C'était le lieu chéri de ses doux passe-temps.

Là , sur le gazon vert et tendre ,

Elle venait, au frais, humer l'air et s'étendre.
Elle était occupée à ces jeux innocents,
    Quand le Rocher de sa cîme pointue
    Lui dit ces mots que répéta l'écho :
      Que fais-tu là, pauvre Tortue ?
A peine on t'aperçoit sous ce frêle arbrisseau !
Que tu me fais pitié ! que ta démarche est lente !
    A quoi pensait l'Auteur de l'univers
    Quand il forma ta machine rampante ?
Que fais-tu les étés ? Que fais-tu les hivers ?
Ton plaisir le plus doux, qui me parait étrange,
C'est d'avoir pour réduit ou l'ordure ou la fange
Et d'avoir pour festin un hideux limaçon.
Que ma position diffère de la tienne !
    Il faut que je t'en entretienne :
Je résiste à la foudre, à l'orage, aux hivers ;
Mon front majestueux s'élève dans la nue,
Je domine surtout ; rien n'échappe à ma vue ;
Mon règne doit durer autant que l'univers. —

Je sais bien, lui répond notre traine-coquille
Que le Moteur de tout vous combla de faveurs ;
On ne peut le nier : votre large front brille
Des premiers feux du Dieu dont les douces chaleurs
Portent l'esprit vital jusqu'au sein de la terre ;
Je sais que vous pouvez résister au tonnerre ;
Mais vous ne pouvez pas marcher, vous agiter :
Vous êtes là cloué comme un stupide terme ;

Vous êtes grand , très grand ; mais je puis vous citer
Cent montagnes ou pics dont la hauteur suprême
     (Daignez ne point vous irriter)
Éclipse votre gloire. Êtes-vous comparable,
Répondez, à l'Atlas, aux Monts Blancs , au Jura ? —
Oh ! non , pas tout-à-fait. — On y remédiera.
Il ne sera plus dit qu'aucun mont ne m'efface,
Et je vais te prouver que je le tiens à cœur :
Regarde bien , ma mie. Eh ! regarde, de grâce.

A ces mots, l'orgueilleux excite son ardeur,
S'agite , se travaille , ébranle son volume;
Ses os craquent ; il fait un bond , il en fait deux.
Sa cîme se détache avec un bruit affreux,
Et tombe au sein des eaux. Le lac bouillonne, écume ;
Mugit et la reçoit dans ses antres vaseux.

Ah Dieu ! dit la Tortue effrayée , interdite ,
     Quelle leçon pour l'orgueilleux !
Il voulait s'élever et sa chute est subite !
Sachons nous contenter chacun de notre état :
Le Rocher , mon voisin , devait être immobile ,
Mois, je dois me trainer; l'un est long, l'autre est plat;
Le Limaçon est lent, le Lion est agile.
     Soumettons-nous aux ordres du Destin.

La Tortue a raison ; j'admire sa sagesse.
Mais la grandeur d'autrui nous offusque, nous blesse;

On veut paraitre en tout semblable à son voisin ;
On essaie, et souvent on trébuche, on chancelle ;
On fait comme ma Roche, on s'abime comme elle.
Sortir de son état maintenant est fureur.
On arrive à sa perte en cherchant la grandeur.
Oh ! vous qui ne rêvez qu'honneur et que fortune,
  C'est pour vous seuls que ces vers sont écrits.
Votre position vous parait trop commune ;
Vous faites, je le sais, des efforts inouïs
  Pour en sortir. Oh ! je vous en supplie,
  Jetez les yeux sur mon pauvre Rocher ;
   Comme lui vous pouvez broncher :
Il est bon quelquefois que l'homme s humilie !

FABLE XXIV.

Minos et les deux Morts.

—

  Deux hommes morts le même jour,
Arrivèrent ensemble au lugubre séjour.
Un spectre s'approcha de ces deux misérables,
En criant : place ici, place, Messieurs les diables,
Allons place à ces Morts. Aussitôt vers Minos
  On les conduit ; ils sont en sa présence.

Minos leur adressa ces mots
Peu rassurants pour eux , je pense :
De suite qu'un de vous, Messieurs,
Réponde à ce que je vais dire :
C'est à toi que je parle, aimais-tu les grandeurs !
Dis moi, que faisais-tu là haut dans l'autre empire ?
Un lui répond : j'étais un pauvre agriculteur,
Je pratiquais les vertus, la douceur.—
Eh ! bien, va, mon ami, dans le lieu du bonheur ;
Qu'on l'accompagne. Et toi?—Ce toi, Minos, me blesse:
Il sonne mal au tympan d'un Seigneur !
Je possédais une immense richesse ;
Mais il faut dire vrai, je fus l'usurpateur
De tous ces biens : je ferai pénitence.—
Vil homme ! il n'est plus temps ! cours au lieu de souffrance,
Confonds-toi parmi ces damnés.—
Que dites-vous, Minos, il faut que j'aille
Parmi des scélérats ?...Minos, vous vous trompez :
Un Seigneur aux enfers avec mainte canaille !
Et mes titres sont-ils de nullité frappés !—
Point de réplique. Hôla, que quelqu'un vienne ici,
Accourez à ma voix, rossez ce drôle-ci.

A cet ordre sacré, Larves, Spectres blêmes,
Ministres de ses lois suprêmes,
Exécutèrent tout. Le grand Seigneur brûla ;
La route des enfers par ses cris s'ébranla.

Le juste ne craint rien ; la sagesse est son guide ,
  Dieu le couvre de ses bienfaits ;
  Mais l'homme convoiteux, avide,
Sera puni ; ses vols ne s'effacent jamais.
  A moins qu'un repentir sincère
  N'apaise de Dieu la colère.

FABLE XXV.

Le Prélat ignorant et le Cloutier.

—

Bien avant dans la nuit, longtemps avant le jour,
Un Cloutier diligent frappait sur son enclume.
Mollement étendu sur sa couche de plume,
Un Prélat soucieux, ennuyé tour à tour,
Attendait vainement les faveurs de Morphée.
  Dès l'aube le Cloutier chantait,
 Dès l'aube aussi notre Prélat pestait,
  Et dans sa colère étouffée,
   Maudissait l'artisan,
  Son marteau, sa gaîté bruyante,
  Enfin, dit-il, depuis un an,
   (Sans compter la courante)
  Que je loge dans ce quartier,

Mon voisin, ce maudit Cloutier,
Ne dort ni nuit, ni jour, je pense.
Mon Dieu, quel travailleur !
Mais aussi, quel chanteur !
A m'étourdir, sa persistance
Finira par pousser à bout ma patience.
Cependant point d'aigreur :
Cet artisan qui, sans cesse, travaille,
Qui n'a ni sou, ni maille,
Cet homme là, dis-je, est joyeux,
Ne cesse de chanter, de rire ;
Et moi qui suis pourvu on ne peut mieux
De ce qui fait tant d'envieux,
De ce que le vulgaire admire,
De la fortune, je veux dire,
Je suis triste, inquiet, rêveur.
D'où vient cela ? Cet homme,
Sans doute, possède un secret.
Pour être heureux et satisfait,
J'entreprendrais, s'il le fallait,
Le voyage de Rome ;
Mais sans aller si loin,
Voyons notre voisin ;
Essayons, et peut-être
Qu'il me fera connaître
Où je trouverai la gaité.
Aussitôt arrêté
Aussitôt exécuté.

Voilà le Prélat magnifique
Dans l'étroite et sombre boutique
Du pauvre, mais gai forgeron,
Qui, tout surpris d'une telle visite,
  S'empresse et quitte
  Soufflet, marteau, charbon.

Après les compliments d'usage,
  Après maint bavardage,
Notre Prélat s'explique ainsi :
Devine, papa la broquette,
Le motif qui m'amène ici ? —
Quoique je ne sois pas trop bête,
Cette fois, je me trouve en défaut, Monseigneur. —
Écoute, je vais te l'apprendre :
Quoiqu'accablé par le labeur,
Tu ne cesses de faire entendre
Ton timbre tant soit peu gaillard ;
  Et ta gaité si franche,
  Qui ne chôme que le dimanche,
Ne sont pas effet de hasard.
Voudrais-tu me faire connaitre
En quoi consiste ton secret ?
Je suis toujours sombre, inquiet,
Quoiqu'assez riche, trop, peut-être.
  Essaie ; et si tu peux
  Me rendre plus joyeux,
Ou m'apprendre ce qu'il faut faire

Pour être gai comme tu l'es,
Ta fortune sera prospère.
Si tu ne cherches point à taire
Ton secret, voisin, je te fais
Part de grandes richesses. —

Foi d'honnête homme, Monseigneur,
Je ne sais rien, rien, sur l'honneur !
Je vous sais gré de vos promesses.
Quand, par d'âpres travaux, je puis
Entretenir et nourrir ma famille,
Pourvoir aux besoins de mes fils,
Établir et doter ma fille,
Cela suffit à mon bonheur;
Et quand rien ne manque à mon cœur,
Ah ! Monseigneur, puis-je être triste ? —

Je suis de ton avis, voisin.
Pourtant il n'est pas moins certain
Que je persiste
Dans mon projet. Comprends-moi bien.
Si de ton art naît l'allégresse,
Voisin, changeons d'état ;
Je serai Cloutier, sois Prélat :
Je t'abandonne ma richesse.—

Non pas, non pas ! si les grands biens
Ne nous procurent pas la joie :

Si l'aimable gaité se noie
Dans les trésors, gardez les vôtres; moi les miens,
Vous m'entendez, mon soufflet, ma boutique.

L'artisan n'a pas tort,
Car la félicité soit privée ou publique
Vaut bien mieux qu'un trésor.

FABLE XXVI.

Le Musicien et la Goutte.

J'ai lu dans quelqu'auteur, (cela n'est pas un conte)
Qu'un favori d'Euterpe, un moderne Amphion,
Aux accords de sa lyre ou de son violon
Attirait près de lui la duchesse, le comte,
La princesse, le roi, le marquis, le baron,
Tel que le fit Mozard en Allemagne, en France.
Il était recherché, non lui; vous m'entendez,
Mais bien son art charmant, art qu'en secret j'encense.
Aussi les grands honneurs; les emplois accordés,
Faisaient de notre artiste un heureux personnage;
Tout lui réussissait. La fortune jamais
Ne prodigua ses dons avec plus d'étalage :

Même elle prévenait ses plus légers souhaits.
On fit tant, qu'Apollon, le dieu de l'harmonie,
Craignant pour son honneur, projeta d'arrêter
Une telle faveur. Un brin de jalousie
Vint troubler son repos : il ne put la dompter.
Si cela continue, on oubliera ma lyre,
Mes autels. Vengeons-nous, aussitôt fait que dit.
Il appelle la Goutte, il l'appelle et soupire :
Prompte comme l'éclair, la Goutte se rendit.
Viens me venger, dit-il, seconde ma colère.
Tu connais ce mortel, jadis mon favori,
Qui cherche, par son art, par sa touche légère,
A détruire, à saper mes droits les plus chéris,
Obéis à ma voix, va, je te l'abandonne ;
Elle part à ces mots, semblable à l'épervier,
Elle voit d'un coup d'œil tout ce qui l'environne ;
Elle voit ; et bientôt de ses serres d'acier
Le malheureux artiste a ressenti la force.
Il s'afflige. A l'instant ses membres ne sont plus
Qu'une plaie irritée où la Goutte s'efforce
De répandre l'ardeur de son mordant virus.
Dans cet instant cruel, notre pauvre harpiste
Voit s'éclipser sa gloire. Adieu, brillants honneurs ;
Adieu soins empressés, séduisantes faveurs :
On abandonne l'homme, on adorait l'artiste.

O vous que l'on recherche à cause de votre art,
Regardez mon harpiste, et puis vous pourrez dire,

Si nous nous attirons des grands le doux regard,
Ce n'est pas nous, mais bien nos talents qu'on admire.

Restons à notre place, un sage nous l'a dit ;
Quelqu'accident fait-il que notre art disparaisse,
Nous rentrons dans l'oubli, l'admiration cesse.
De l'homme maintenant qu'admire-t-on ? l'habit.

FABLE XXVII.

Les Rats et le Maître du logis.

Pour se débarrasser plus promptement des Rats
        Qui dévastaient son domicile,
    Certain bourgeois crut qu'il serait facile
D'inventer un engin qui, bien mieux que les chats,
        Tuerait ces êtres incommodes.
Il s'ingénie, il rêve, il revoit les méthodes
    Dont on se sert ; les trouvant en tous points
        Imparfaites, trop lentes,
            Il y mit tant de soins
        Et de recherches persistantes,
Qu'il mit au jour un redoutable engin
    Qui, selon lui, devait promettre

Un résultat certain.

Les Rats, trompés par le secret du Maître,
Y pouvaient bien entrer, le cas était prévu ;
Mais en sortir était une autre affaire.
Après que l'engin fut pourvu
De ce qui semble nécessaire :
Noix, fromage, vieux rogatons,
Il le place en un lieu fréquenté des Ratons,
Puis sans bruit se retire.
Cela fait, faut-il vous le dire,
Les Rats de tous les environs,
Guidés par l'odeur salutaire
Des mets exquis et des lardons
De l'objet extraordinaire,
Arrivant là par escadrons,
De l'unique portière
Encombrent les abords,
Chacun voulant entrer, on se pousse, on s'excite,
On fait de grands efforts.
L'un dit : la porte est trop petite ;
Et cet autre : je crains
La ruse des humains,
Puis se retire. Un pourtant se dévoue,
Et franchit le passage étroit,
Disons plutôt le redouté détroit.
Ah ! mes amis, venez, la table est bien servie,
Dit-il, jamais, non, jamais de la vie
Un semblable repas

Ne fut offert aux Rats !
Venez tous ; je vous y convie.
On le crut, à l'instant
Chacun se précipite et force le passage :
Autant de pris, on me comprend.

Un vieux Raton, sans doute un sage,
Et qui, dit-on, avait
Perdu la queue à la bataille,
Toujours prudent, disait :
Cela ne me dit rien qui vaille !
Examinons-le de plus près ;
Voilà bien là la porte
Par où mes amis sont entrés ;
Mais je ne vois pas qu'on en sorte.
Fuyons son dangereux accès.
Il fit bien ! car au même instant
Le Maître du grenier arrive.
Sa gaîté fut grande, fut vive,
On le comprend,
Quand il vit que son stratagême
Avait outrepassé ses vœux ;
Il en riait tout en lui-même,
En détruisant ses hôtes dangereux.

Tout est piége dans la vie,
L'homme sage s'en défie.

FABLE XXVIII.

L'Abeille, le jeune Garçon et son Père.

—

Tout n'est pas roses dans la vie.
Souvent à la douceur l'amertume s'allie ;
Dans le mets le plus succulent
Parfois le poison se rencontre :
Le fait suivant
Aisément le démontre.

Un Père était le précepteur de son fils.
Rien n'était négligé, comme on le pense : zèle,
Soins empressés, judicieux avis ;
Les meilleurs procédés en tout étaient suivis.
Et je laisse à penser, sous la main paternelle
Si ce fils faisait des progrès !
Rien n'égale les soins d'un Père.
De celui-ci j'admire la manière
D'enseigner : grec, latin, français,
Philosophie. arithmétique,
Morale, histoire, politique,
Rien n'était oublié
Et par degré multiplié.

Il faut vous dire aussi qu'avec un si beau zèle
　　　On ne doit pas compter pour rien
L'aptitude du Fils qui, je crois, était telle
　　　Qu'à tout elle répondait bien.
Le Père bénissait son trop heureux destin
　　　Et la providence éternelle.

Ils avaient commencé l'histoire naturelle.
　　　Cette science électrisait le Fils.
Ils avaient déjà lu dans ses nombreux replis.
　　　Les animaux
　　　De la terre et des eaux,
　　　Ainsi que les oiseaux
Etaient connus. C'est au tour des insectes,
Disait le Père, ici, comme ailleurs, tout est beau :
Les forêts, les jardins et les terres désertes
Sont remplis des trésors créés par le Très-haut ;
　　　Tout est divin, tout est merveille !
　　　Nous commencerons par l'Abeille
　　　Si multipliée en tout lieu ;
　　　C'est elle qui produit la cire
　　　Qui brûle sur l'autel de Dieu.
　　　C'est cette mouche que j'admire
　　　Qui compose du suc des fleurs
　　　Et de leurs suaves odeurs,
Ce miel délicieux qu'on sert sur notre table,
　　　Que tu trouves si délectable.—
Quoi, le miel, dit le Fils, serait ?...—Oui, mon enfant.

Le fruit du long travail d'un insecte volant,
De l'Abeille.— Ah ! papa, je voudrais la connaître.—
       C'est facile : cours au jardin :
Sur chaque tournesol tu la verras paraitre
     Pour butiner Il y courut soudain.
Mais à l'instant ses cris firent comprendre au Père
Qu'une Abeille sans doute avait piqué son Fils.
Etant vers lui : j'aurais pu t'épargner ces cris
     En t'instruisant que l'Abeille est colère.—
       Ah ! pouvais-je croire, papa,
      Que de la mouche que voilà,
        Il pouvait naître
Tant de douceur avec tant de venin.—

    Mon Fils, plus tard, tu connaîtras peut-être
       Qu'un visage benin
       Souvent nous cache un traître ;
     Que d'une bouche au même instant
Peut couler la douceur et le venin brûlant.

FABLE XXIX.

Le Corbeau et le Pendu.

———

    Ne disons pas : *J'aurai ce bien* ;
Je mangerai ce mets que l'on prépare ;

Car le destin
Presque toujours bizarre,
Déjoue en tous points nos projets
Ou paralyse leurs effets.
Pour l'établir recourons à la fable.

Jadis Thémis se servait du Gibet
Pour faire exécuter ses lois, en cas pendable.
Ce genre de supplice étant trouvé trop laid,
Depuis fort longtemps il est rayé du code.
A guillotiner on s'accommode
Tant bien que mal, attendant mieux :
En cela sommes-nous moins durs que nos ayeux ?

Thémis donc un jour faisait pendre
Un criminel avec de grands apprêts.
Sur un arbre assez près
De la potence, un Corbeau vint se rendre,
Et, tout joyeux, dans son jargon
Disait : voici mon dîner qu'on prépare !
Comme la pendaison
Devient de jour en jour plus rare,
D'un tel morceau soyons avare ;
J'en aurai pour huit jours au moins !
Merci, Thémis, de tes bons soins !

L'homme Pendu, la foule se retire :
Je me trompe, un gamin resta.

Pourquoi ? Lecteurs , je vais le dire.
Notre gamin aussitôt s'apprêta ,
Dans sa malice extrême ,
A tendre des filets près de la face blême
Du criminel Pendu ;
Puis il se retira , pensant bien que sans doute
Maître Corbeau qu'il avait vu ,
Serait bientôt à lui. Celui-ci qui l'écoute ,
Sans cependant comprendre ce qu'il dit ,
Va se percher sur la potence ,
En couvant des yeux sa pitance.
Mais notre sot Corbeau se prit
Dans les lacets et se pendit lui-même.
Ah ! disait-il , dans sa douleur extrême ,
Maudit Destin , Destin malencontreux ;
Quand , pourvu d'un mets savoureux ,
Je deviens moi-même la proie
D'un autre ! Ne disons jamais :
C'est pour moi que l'on sert ces mets ;
Souvent un autre en a la joie.
A ces mots il perdit la voix :
C'était bien temps , je crois !

FABLE XXX.

Le Loup et l'Agneau.

—

Chassez le naturel, il revient au galop.
Ce vers qui n'est pas mien, sans rien dire de trop,
Dit cependant assez sans qu'il soit nécessaire,
    Je présume, de faire
    Un long discours pour le prouver.
    Mais comme souvent la mémoire
    Est un peu lente pour trouver
    Un fait qu'on a vu dans l'histoire,
    Pour l'aider donc, je vais conter
    Un fait qui me vient dans l'idée,
      Touchant le naturel.

Un Loup avait juré de n'être plus cruel.
Dans ce sage projet, son ame fut guidée,
    Par l'inspiration du Ciel.
    Philosophant à sa manière,
Il décida, mais je ne sais pourquoi,
    Qu'il ne jetterait plus l'effroi
    Parmi l'espèce moutonnière.
Assez longtemps, dit-il, ma rage carnassière
A porté la terreur dans tous les environs;

Je ne veux plus me nourrir de Moutons :
La chair des animaux me donne des nausées.
Dorénavant, brebis, vous serez méprisées :
Je consens volontiers qu'on me rogne les dents.
L'eau claire des ruisseaux, l'herbe fraîche des champs
Suffisent au Mouton, au Bœuf, à la Génisse ;
Ils sont frais, gras, dodus, leur poil est vif et lisse,
Et moi qui me nourris de la chair d'animaux,
Je fais horreur et n'ai que la peau sur les os.
La chair, on le dirait, me serait bien contraire !
        Allons paître et je ferai bien.
Il s'éloigne à ces mots, tenant comme certain
Son projet arrêté. Voyons : que va-t-il faire ?
        L'occasion souvent fait le larron,
Et d'un Loup converti parfois fait un glouton.

            En se rendant à la prairie,
Notre saint Loup rencontre un parc de bergerie
Où de nombreux Moutons étaient en sûreté ;
        Les chiens dormaient ; les bergers sous un hêtre
            Jouaient de la flûte champêtre.
            Maître Loup ayant écouté
            Et calculé dans sa cervelle,
            Trouvant l'occasion belle
            Et le temps opportun,
S'approche en tapinois et voit sur l'herbe verte
Les brebis, les moutons étendus, et chacun
Goûtant un doux sommeil. Préméditer leur perte,

Dévorer tout cela des yeux.
Parait au Loup chose facile ;
Mais y porter la dent lui parait difficile
Et le cas périlleux.

Un tout jeune mouton, bien beau, mais sans cervelle,
Voyant le Loup, s'approche du treillis ;
Que cherches-tu, dit-il à la bête cruelle ?—
Le Loup lui répondit : l'herbe fraîche, mon fils.
Il est si doux de paître ici dans la prairie,
Et d'étancher sa soif dans le ruisseau voisin !
Je viens vivre avec vous. — Mais est-il bien certain,
Lui dit l'Agneau, que cette herbe fleurie
Vous suffit?— Tout à fait, mon cher petit bébé ;
Je suis un philosophe et doux comme un abbé.
Je veux t'aimer tout comme on aime un frère :
Descends que je t'embrasse, et puis sur le gazon
Nous brouterons ensemble, ô bien aimé mouton.

Bébé qui crut le Loup sincère,
Saute la claire-voie et court auprès du Loup
Qui l'étrangla du premier coup,
Et le mangea sans faire de réplique.
C'est en vain qu'on s'applique

A repousser le naturel :
A nos efforts il fait la nique.
Le Loup sera toujours cruel,

L'Agneau sautera claire-voie
Et du Loup deviendra la proie ;
La nature le veut ainsi,
Et la raison l'exige aussi.

FABLE XXXI.

Les Singes changeant de Gouvernement.

—

De se gouverner seul chaque peuple se pique :
Il est juste en cela que chacun ait son tour.
(L'Etat en va-t-il mieux ? Le moment ci-l'explique !)

Dans cette intention, un jour
Le peuple Singe, ayant choisi la république
Pour le Gouvernement qui devait le régir,
Et lui semblait celui qui devait mieux agir,
Afin de ramener un parfait équilibre
Et rendre enfin chaque citoyen libre,
La nation s'assemble ; et je dis sans rougir
Que l'assemblée était belle et nombreuse.
Cela ne va guère autrement :
Dès qu'il s'agit de votes

Chacun sent qu'il porte culottes,
Chacun cabale impunément :
Cela ne fait rien à la chose.

Voyons nos gens. L'un d'eux propose
        Bertrand pour président.
    Non, non, dit l'un, c'est un pédant
    Qui tient à l'aristocratie,
        Et la démocratie
    Doit repousser de telles gens.
    L'un porte Pierre, un autre Claude.
    A ces deux noms, chacun clabaude ;
    On crie, on jure à tous venants,
    Si bien qu'on ne peut plus s'entendre.
    Le plus âgé des assistants,
    Cherchant à se faire comprendre,
    Propose le vote secret.
Son avis prévalut. Chacun fait son billet,
    Puis au président le remet.
    L'opération terminée,
    On procède au dépouillement :
    (Il fallut toute la journée),
    Et je vous jure assurément
    Qu'on ne devait guère s'attendre,
    Au surprenant choix qui fut fait :
    On ne pouvait pas le comprendre,
    Tant un tel choix était abject :
    Quoi ! Mathurin, un royaliste !

L'être le plus pédant
De tous ceux portés sur la liste,
Sera le président !
Cela ne peut pas être assurément !
Mais cela fut pourtant.
On fit du bruit de plus d'une manière !
Enfin on finit par se taire,
C'est le point le plus important
Et qu'on n'attendait guère.

Quoi ! ces élections vous étonnent, lecteurs !
Examinez un peu chez nous ce qui se passe ;
Vous conviendrez au moins de bonne grâce
Que les nôtres en tout sont semblables aux leurs.

FABLE XXXII.

Le Curé et les deux Ciriers.

Un grand, tout récemment venait de rendre l'âme.
Beaucoup de convoiteux, ayant un but égal,
A ce signal,
Sont en quête, et chacun réclame ;
Chacun craint d'arriver trop tard

Pour demander sa part
A la succession brillante
   Que la mort leur présente :
   Curé, suisse, sonneurs,
   Bedeau, chantres, porteurs,
   Enfouisseurs, plieuses,
   Sacristain, menuisiers,
   Pauvres et Ciriers.
   Mais parmi cette foule
   Aux yeux qui se déroule,
   Deux Ciriers surtout,
   Faits pour pousser à bout
   Le plus froid caractère,
   Arrivent à la fois
     Au presbytère.
Il est bon de dire, je crois,
     Que le prêtre
     Était l'être
Le plus patient, le plus doux.
Il les écoute avec ce calme
    Qui désarme
    Le courroux.
L'un disait : j'offre de la cire
De supérieure qualité. —
   Mon confrère a beau dire,
Répond l'autre, la vérité
    Est que la mienne
    Vaut mille fois la sienne,

Qui n'est que du vrai suif,
Je le donne pour positif. —
Du suif, dis-tu? La tienne est-elle toute pure?
Aurais-tu bien cette imposture? —
Sans doute ; sans que, pour cela,
J'en hausse le prix d'un centime ;
Et voilà
Pourquoi je m'attire l'estime
Des braves gens
Qui m'honorent de leur pratique ,
Et qui , de moi, sont très-contents.
Mais l'autre , pour toute réplique ,
Propose deux sous de rabais. —
Oh ! qu'à cela ne tienne ,
Dit l'autre , je rabats quatre sous sur la mienne.

Fort bien ! messieurs , je sais
A quoi m'en tenir , dit le prêtre :
Vous m'apprenez à vous connaître.
Allez en paix chacun chez vous;
Mais surtout gardez votre cire,
Et vous me permettrez de dire,
Entre nous,
Que le marchand qui prie
N'attire jamais les chalands ;
Aussi, d'après vous, je comprends
Qu'il faut qu'on s'en défie.

Si, dans la vie, où tout se contrefait,
>> Parfois on rencontrait
Des connaisseurs comme ce prêtre,
On ne verrait pas parmi nous
>> Paraître
Tant de solliciteurs jaloux
>> Du gain de leurs confrères :
Tout rentrerait dans le devoir.

>> Lecteur, tu dois bien voir
>> Que ces rimes légères
S'adressent à tous les métiers.
Juge si mes deux Ciriers
Sont moins convoiteux que le reste,
Qui parait pourtant si modeste,
Et qui devrait se prendre par le nez;
>> Car tout, dans la nature humaine,
>> Veut posséder : voilà sa peine;
Et d'un père commun tous les hommes sont nés!

ÉPILOGUE.

—

Je puis donc m'écrier comme le matelot:
>> *« Courage, amis, je vois la terre! »*

Je suis au port. Disons plutôt
J'ai tari le trésor que ma mémoire enserre.
De l'un à l'autre bout, j'ai tout vu, tout pillé ;
     De tout habit je me suis habillé.
          J ai tout pris, le tiroir est vide.
          Comme Margot j'ai babillé.
          Mais si, d'un pas ferme et rapide,
          J'ai pu, sans obstacles aucuns,
     Pousser à fin mon quatrième livre,
Muse, je ne le dois qu'à tes soins généreux :
          Je ne croyais qu'en faire deux.
Mais malgré ton appui, je ne dois pas poursuivre ;
          Ce chemin est difficile à suivre
          Et rempli d'écueils dangereux ;
          Reposons-nous. Tu sais, ma chère,
          Que le repos est nécessaire
          Surtout pour le bel art des vers ;
Et, dans ce but, déjà j'ai suspendu ma lyre.
Raisonnons. La raison, par ses charmes divers,
Rappelle dans nos sens le calme que j'admire.
          Dis-moi, crois-tu de bonne foi
          Que l'apologue met en fuite
Le vice et les abus qui causent mon effroi,
          Et que j'ai combattus sans cesse ?
          Crois-tu qu'ils deviendront meilleurs
          Ces hommes auxquels je m'adresse,
          Que par la fable je caresse
Et que j'amuse enfin par des contes d'enfants ?

Sans doute! diras-tu de suite.

Je suis heureux et je me félicite
De n'avoir pas perdu mon temps.
C'était le but que je voulais atteindre ;
Je ne dois pas me plaindre
De mon travail pénible et de mes soins.
J'ai fureté dans tous les coins,
Sans appréhensions et surtout sans rien craindre.
Instruire et corriger fut mon unique but.
J'ai peint l'orgueilleux quel qu'il fût,
Le sot, l'avare et beaucoup d'autres.
En peignant les défauts de l'être non pensant,
A larges traits j'ai crayonné les nôtres,
Mais toujours en riant.
Sans haine, sans colère,
J'ai critiqué les vices, les abus ;
J'ai montré belles les vertus,
Et surtout sans épuiser la matière,
On me comprend ; de plus,
Sachant que ce n'est point par la parole amère
Que l'on ramène au bien un cœur méchant,
J'ai toujours ri. Pourtant
Puis-je espérer, en somme,
De rendre meilleur l'homme

Lecteurs, voilà le hic !
Si j'atteins ce but désirable

Par la modeste fable ,
Sans me servir du venin de l'Aspic ,
Sans agiter les serpents de l'Envie,
Je comblerais mes vœux ,
Et je dirais sans flatterie :
Celui qui cherche à faire des heureux
Mérite bien de sa patrie !

Si dans ce langage touchant ,
Personne ne peut me comprendre ,
Et n'aperçoit que du néant,
Je ne sais plus , ma foi . comment m'y prendre !

FIN DU QUATRIÈME LIVRE.

TABLE.

—

LIVRE PREMIER.

—

LIVRE SECOND.

—

TABLE.

TABLE 329

LIVRE TROISIÈME.

LIVRE QUATRIÈME.

—

LISTE

Richard la veuve, à Brout-Vernet. 1
Poyet, curé à Bellenaves 1
Marmion Jean, ex-maire à Deneuille. 1
Hutteau-d'Origny, avocat à Paris. 1
Dutour de Bellenaves, maire à Bellenaves. . . 1
De Bonnault, receveur des finances à Charolles. 1
Bas-Sauvage, ex-maire à Mazerier 1
Labalme et sa sœur, propriétaires à Gannat. 1
Bourilhet, maire à Louroux–de-Bouble 1
Fournier Joseph, percepteur au Mayet-d'Ecole. 1
Baudet-Varenne, propriétaire à Deneuille. . . 1
Roche François-Benoit, maire à Saint-Priest-
    d'Andelot. 1
Mouraud Louis, maire à Saulcet. 1
Thibaud Emile, propriétaire à Clermont. . . 1
Thévenin Eugène, maire à Verneuil. 1
Givois-Perraut, maire à Vesse.. 1
Cadier de Veauce, maire à Veauce. 2
Robelin, ex-maire à Escurolles. 1
Busch, curé à Veauce 1
Jobert, maire à Saulzet. 1
Faucheux, géomètre à Escurolles. 1
Tavernier, avocat à Gannat. 1
Vincent, instituteur à Naves. 1
Neuville François, maire à Target. 2
De Charbonnel, propriétaire *id.* 1
Conchon J.-B., employé à la recette à Gannat. 1
Peigue J.-B., avocat à St.-Ouen, près Tysi. . 1
Chatel Dominique, ex-maire à Montaiguet. . . 1

Lunghini , agent-voyer d'arrondissement à
Gannat. 1
Cornil , curé à Gannat 1
Boudant , curé de Chantelle. 1
Gaymy-Royet, maire à Paray-sous-Briaille . . 2
Laroche , curé à Escurolles. 1
Labbaye J.-B. propriétaire à Vernusse 1
Roux Jean-Baptiste, avocat à Gannat. 1
Desbordes , percepteur à Bellenaves. 1
Dhérat, notaire à Vendat. 1
Charles Laronde, médecin à St.-Pourçain. . . . 1
Lafaye , maire à Charmeil. 1
Aupierre , maire à Monestier. 1
Bonneton Joseph , étudiant à Gannat. 1
Delaplanche , maire à Valignat. 1
Secrétain , médecin à Ebreuil. 1
Pion , curé à Charmes. 1
Vianne , architecte à Gannat. 1
Baynat, curé à Espinasse-Vozelles. 1
Grangier, directeur de la ferme-école de Lachaise 1
Challeton Félix ; médecin au Mayet-d'École . 1
Gaume-Roger ; propriétaire   id. 1
Adam Nicolas, propriétaire à St.-Didier. . . 1
Mége , curé à Ussel. 1
Allier , maire à Fourilles. 1
Mourand ; maire à Loriges 1
Garnière fils , propriétaire id 1
Desgouttes aîné , propriétaire à Montaiguet. 1
Bosc-Dumirail-Jeudi   id. 1

Aufauvre, percepteur à Charmes. 1
Choizy, médecin à Chantelle. 1
Labussière, conseiller d'arrondissement à Chantelle 1
Bès de Bèrc, instituteur à Chantelle. 1
Vivier François, propriétaire à Saint-Bonnet-de-Rochefort. 1
Royet Louis-Auguste, propriétaire à Saint-Bonnet-de-Rochefort. 1
Arnaud Antoine, fils, à Saint-Bonnet-de-Rochefort. 1
Jallat, maire à Marcenat-sur-Allier. 1
Mercier, instituteur *id*. 1
De Maupas, préfet à Toulouse. 1
Taurreau, vicaire à Gannat. 1
Augioux, maire à Bègues. 1
Dupeyroux Olivier, propriétaire à Bègues. . . 1
Lacroix J.-B., fermier à Taxat-Senat. 1
Brunet-Chambon, propriétaire à Naves. . . . 1
Laubignat Jacques, propriétaire à Valignat. . 1
Emelin Gilbert, maire à Lalizolle 1
Combemorel Gilbert, propriétaire à Lalizolle. 1
De Montlaur père   *id*   *id*. . . 1
Benay Antoine   *id*   *id*. . . 1
Vivier Henri-le-Cœur, *id*   *id*. . . 1
Lamotte, pharmacien à Gannat. 1
Arnaud de la Ronzière, ex-sous-préfet, à Bayet 1
Guyot, régisseur à Escurolles. 1
Belon, percepteur à St.-Germain-des-Fossés. 1
De Blangy (la marquise), à Paris 1

De Pontgibaud , propriétaire à Fontenay (Normandie). . . . . 1.

Marmion , maire à Deneuille. 1,

Robin , maire à St.-Rémy-en-Rollat. 1,

Martin , instituteur à *id* . . . . 1.

Tourrete , instituteur à Cesset 1,

Chambon , maire à Saint-Pont. 1,

Sarrot , percepteur à Saint-Pourçain. 1,

Pélissière , avoué à Clermont. 2,

Danval , médecin à Gannat. 1,

Danval , huissier *id*. . . . . 1.

Morand , employé à la conservation des hypothèques à Gannat 1,

Boudant , médecin à Gannat. 1

Leblanc François, propriétaire à St-Germain-de-Salles 1

Jouhet , avocat à Échassières. 1

Tête Claude, propriétaire à Gannat . . . . . 1.

Lucas-Laganne , juge à Clermont. 1

Desboudard, maire à Coutansouze 1

Benoît Jules, juge d'instruction à Gannat. . . 1,

Pellegrini , propriétaire à Gannat. 1

Crévecœur, préfet à Clermont. 1

Rigaud , ex-imprimeur à Gannat. 1,

Guyot-Desjonchères propriétaire à Gannat . . 1.

Bouillet Jean-Baptiste à Clermont-Ferrand. . 1.

Rantian , représentant du peuple à Paris. . 2.

Rabusson de Vaure , ex-notaire à Gannat . . . 1.

Godemel, ex-avoué à Gannat. . . . . 1.

Lecamus, receveur particulier à Gannat. 1
Saintheran, avoué à Gannat 1
Grangier Claude, propriétaire à Brout-Vernet. 1
Aupierre, maire   *id* 1
Aufauvre, ex-notaire   *id* 1
Fournier, Eugène, percepteur   *id* . . . 1
Raymond, instituteur   *id* 1
Chérieux, juge de paix à Saint-Pourçain. . . . 1
Royet, maître de poste 1
Yvon, maire à Barberier. 1
Becqué, lieutenant de gendarmerie à Gannat. 1
De Bonnefoy, propriétaire à Voussac. 1
Dumouchet, receveur de l'enregistrement à
    Gannat. 1
Grasson, conservateur des hypothèques à
    Gannat. 1
Jouanique, notaire à Gannat 1
Degaud, instituteur à *id*. 1
Boudet, professeur à Cluny. 1
Bonnet Michel, propriétaire à Gannat. 1
Buvat, marchand de blé   *id*. 1
Fougère père, carrossier   *id*. 1
Lefort, pharmacien   *id*. 1
Mathonnet Pascal   *id*. 1
Morand Claude, rentier   *id*. 1
Mansier Victor, propriétaire   *id*. 1
Raincy la veuve,   *id*   *id*. 1
Vallery Girard, propriétaire à Mazerier. . . . 1
Chauchard, capitaine des pompiers. 1

Roux, licencié en droit à Gannat. 1

Du Ligondès, propriétaire à Saint-Bonnet-de-
Rochefort 1

Ancelot, substitut du procureur général près
la cour d'appel de Riom 1

Maussier, instituteur à Escurolles. 1

De Villaine Eugène, propriétaire à Chirat-l'Eglise 1

Bathias de Juillat, propriétaire à Echassières. 1

Aufauvre Charles, propriétaire à Gannat. . . 1

Richard, juge de paix à Chantelle 1

Richebourg, commissaire de police à Toulouse. 1

Duclosel, conseiller à la cour d'appel de Riom. 1

De Rubelle, maire à Serbannes. 1

De Laizer, propriétaire à Clermont 1

Charles Laronde, notaire à St.-Pourçain. . . 1

Burin (et son vicaire), curé à Bagnols (Puy-
de-Dôme). 2

Gay, juge à Gannat. 1

Pajot, maire à Jenzat. 1

Dujouhannel de Jenzat, propriétaire à Jenzat. 1

Sablon du Corail, propriétaire à Riom . . . 1

Decante Jacques, propriétaire à Jenzat. . . . 1

De Latrollière, propriétaire à Rozières près
Bourbon-l'Archambault 1

Grenier fils, employé à la recette à Gannat . . 1

Mlle Rousse, institutrice *id.* 1

Grenet, président du tribunal *id.* 1

Giat Pierre, propriétaire *id.* 1

32

Madame veuve Sornin, professeur de musique
    à Gannat. 1
Decombe Thony, ex-juge de paix à Brout-
    Vernet. 1
Brun Jacques, propriétaire à Gannat. 1
Stenger, avoué   *id* 1
De Castellanne, sous-préfet à Montluçon. . . . 1
Fournier, receveur particulier   *id*. 1
Boyron, percepteur à Néris. 1
Langlois,   *id*   à Marcillat. 1
Reydoite, receveur spécial à Montluçon. . . . 1
Mangeret, m. du conseil général à Montluçon. 1
Fournier, juge à Montluçon. 1
Vichy, fondé de pouvoir du receveur parti-
    culier à Montluçon. 1
Génermont, maître de pension à St.-Pourçain. 1
Duclosel Adrien, propriétaire à Paray-s-Briaille. 1
J. Lavallée, propriétaire à Brout-Vernet. . . 1
Moulin Paul, architecte à Chârroux. 1
Raynaud, notaire   *id*. 1
Pastier père, propriétaire *id*. 1
Vavasseur, rentier   *id*. 1
Bonnelat Etienne, propriétaire à Charroux. . 1
Clusel, aumônier à l'hospice de Gannat. . . 1
Garnier, curé de Marcenat-sur-Allier. 1
Mioche, percepteur à Chantelle 1
Papon de Beaurepaire, propriétaire à Vicq. . 1
Richard, premier vicaire à Gannat. 1
Bichard des Granges, propriétaire à Naves. . 1

Artaud de Latérau, propriétaire à Taxat-Senat. 1

Charles Laronde Etienne, propriétaire au
  Mayet - d'Ecole. 1

Fauconnet, curé de Bransat. 1

Lacord, curé à Lafeline. 1

Péronnet, instituteur à Vernusse. 1

Larzat, propriétaire à Cognat (Lyonne). . . 1

Garat, curé à Saulcet. 1

Boudet, instituteur à Saulcet. 1

Labry J.-B. propriétaire à Gannat. 1

Archimbault   id   id. 1

Perrault Antoine, propriétaire à Gannat. . . . 1

Dupoux, maire de Lafeline   id. 1

Dujouhannel de Malmouche, propriétaire à
  Charmes. 1

Marey-Monge, général de division à Metz . . . 1

Dubuisson Julien, propriétaire à Brout-Vernet. 1

Vallé, curé à Poézat. 1

Berthon, curé à Charroux. 1

Bedel, recteur de l'Académie à Moulins 1

De Combes Paul, propriétaire à Saint-Priest- 1
  d'Andelot 1

Ch. Chandonné, sous-préfet de Gannat 1

Andran de Vallerbugue, receveur de l'enregistrement à Escurolles. 1

Aymard, maire à Bayet. 1

Dubouy, maire à Saint-Plaisir. 1

Grange-Guitard, marchand à Aigueperse. . . 1

Delaplanche Pierre, propriétaire à Bellenaves. 1

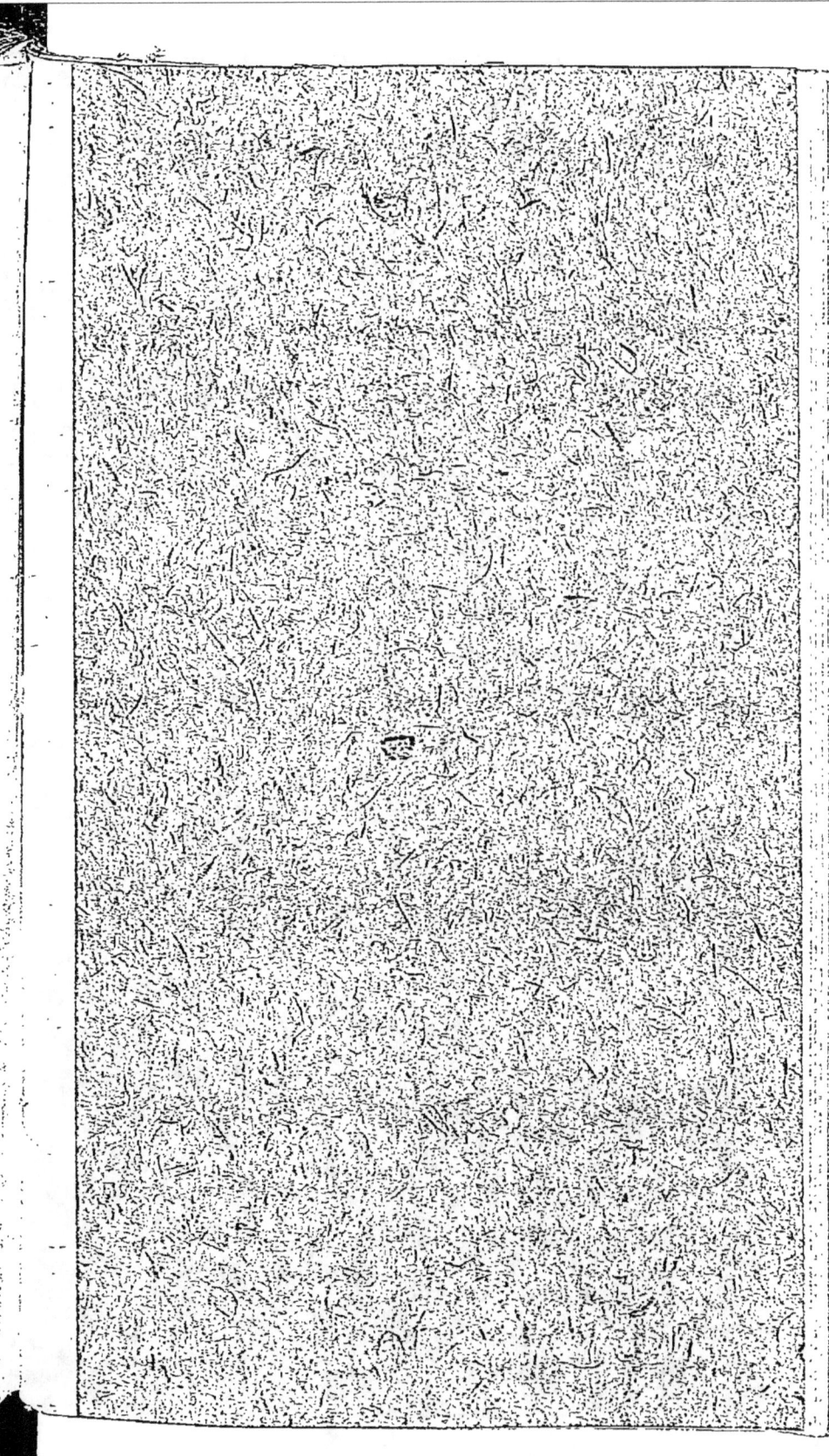

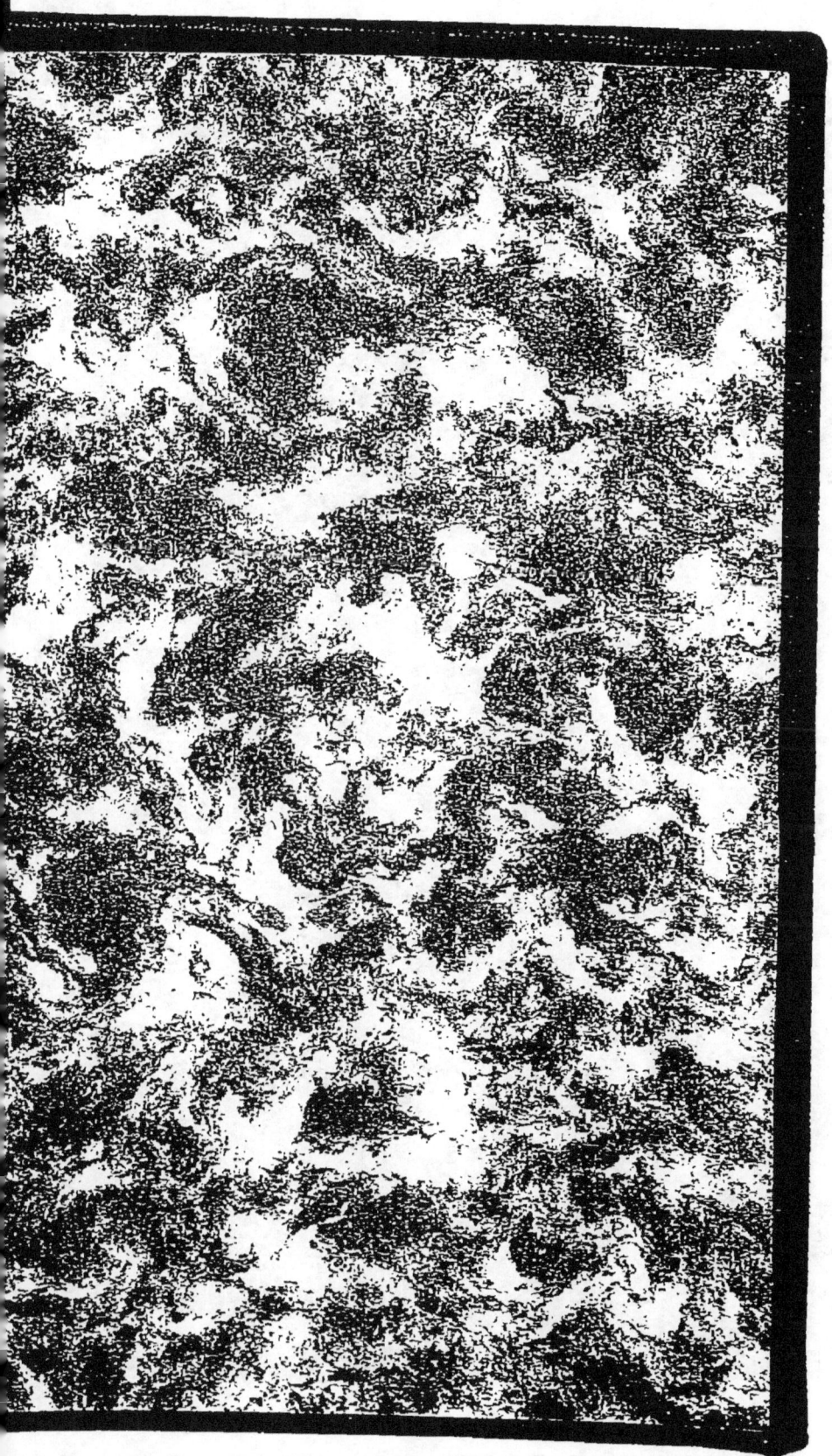